# 우선멈춤

—멈추어야 제대로 발견하는 소중한 시간들

# 멈추어야 제대로 발견하는 소중한 시간들

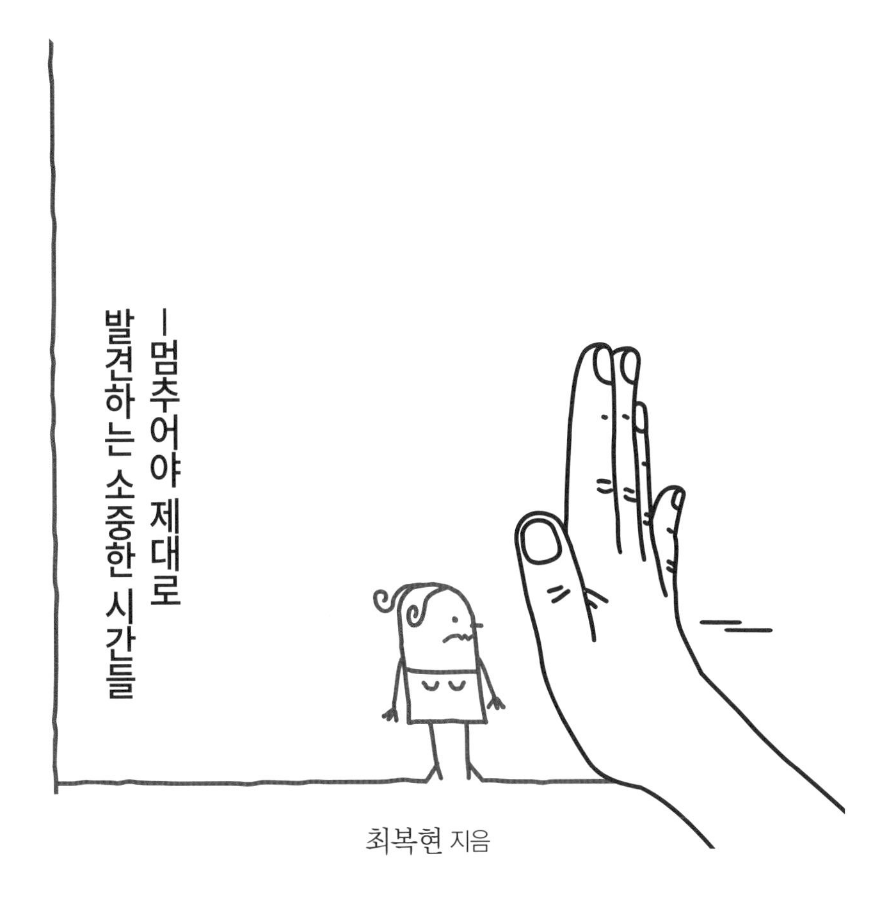

최복현 지음

# 어제에게

사랑한다 사랑한다 말은 하면서도
제대로 사랑 한 번 주지 못했네
내 너에게

사랑한다면 사랑한다면
입술로 모자라 손으로 너를 보고
머리에서 발끝까지 보고 또 볼 것을
얼굴이나 눈길로 어디 한 번 보았으랴

갈 테면 가라 갈 테면 가라고 큰소리 쳐 보내놓고
보채는 너를 짜증내며 보내놓고
때늦은 그리움만 핥는 못난 내 소갈머리

너를 꿈꾼들  그렇게 너를 꿈에서 본들
돌아오지 않을

돌아 올 수도 없을 너를
후회한다며 무릎 꿇고 용서를 빈들

뒷모습만 보이며 냉정히 돌아선 너는 돌아서지 않느니
그리움이 병이 된들 다시 못 올 내 사랑이여

깨어진 이 사랑
달콤할 줄만 알았던 이 사랑

재깍 재깍 재깍!

잘 자다가 한밤중을 지나 새벽에 잠에서 깼습니다. 내일을 위해 좀 더 잠을 자야 하는데 잠이 오지 않았습니다. 잠을 부를수록 탁상시계의 초침소리는 더 크게 들렸습니다.

낮에는 전혀 들리지 않는 재깍 소리, 고요한 밤에는 무척 크게 들립니다. 시간이 한 치의 어김없이 흐르고 있다는 것을 알리는 소리, 시간과 싸움을 시작합니다. 어제란 시간을 생각합니다. 어제에게 미안합니다. 지금은 어제를 반성합니다. 동시에 내일이란 시간에 말을 겁니다. 내일은 잘 보듬으며 나의 것으로 만들어야겠다고, 잘 사랑해야겠다고, 비현실적인 생각을 하며 시간에 인격을 부여합니다. 그래도 잠은 오지 않습니다. 재깍 재깍 재깍! 잠을 쫓는 소리가 처음엔 짜증을 부르더니, 잠들기를 포기하니 온갖 잡념을 불러웁니다.

그 밤 시간의 의미를 생각했습니다. 인간은 시간을 먹고 사는 존재라는 걸 생각했습니다. 신이라면 시간이 무한하니 시간이 무슨 의미가 있겠어요. 셈할 이유도 없고, 시간의 개념조차 없을 텐데요. 그렇게 생각하니 시간을 셈한다, 시간을 소중히 생각한다, 시간을 아끼거나 아쉬워한다, 이처럼 시간에 의미와 가치를 부여하며 사는 인간이 시간을 쓰는 재미가 있겠다 싶었습니다.

어제 그리고 어제의 어제, 꽤 많은 어제들이 지금의 나를 만들었습니다. 지난 시간들이 고마운 건 나는 잘 살았다, 지금 나는 행복하다고 나 자신을 평가하기 때문입니다. 우선 멈추고 돌아보면 과거의 나를 볼 수 있더군요. 비록 힘겨웠어도, 슬펐어도 지금 행복하면 과거는 모두 아름다운 추억이요, 지금의 나를 만들어준 고마운 발판이었음을 깨닫습니다.

그러니 무엇보다 지금 행복해야 합니다. 그래야 나의 지난날들이 아름다운 나의 추억들을 듬뿍 안겨주니까요. 어떻게 행복하냐고요? 그건 내가 나를 위로하고, 내가 나를 행복하다, 잘살고 있다고 평가해야겠지요. 행복은 조건이 아니라 '그럼에도'라는 양보니까요. 지금 행복하면 내일은 이미 아름다운 희망을 나에게 선물하기 시작하니까, 무엇보다 지금 이 순간 행복해야 합니다.

어제에게 미안하다면 오늘 잘살자고요. 그러면 더 이상 미안하지 않아도 돼요. 무조건 목표를 향해 달리면 어제를 돌아볼 여유도, 내일의 꿈을 꿀 시간도 없어요. 우선 멈추어 나 자신을 들여다 보면 보다 의미 있고 보다 가치 있는 괜찮은 나를 만날 수 있어요. 책의 줄거리를 알거나 주제 파악하는 것도 중요하지만 때로는 한 문장에서 진한 감동을 느끼듯 앞으로 달려만 가면서 재깍이는 초침소리에 불안하고 초조하니 보다는 지금 이 순간 하는 일에서 즐거움을 찾는 여유를 갖는다면 항상 행복할 거예요. 그러면 어제는 추억이요, 내일은 고운 꿈, 오늘은 다정한 선물로 나와 함께 머물 거예요.

Bravo your beautiful life!

## 차례

# 01

# 우선멈춤,

## 나를 명품으로 만드는 시간

# 그래,
# 오늘만 날이다!

그리스 신화에서 그리스인들의 가장 많은 사랑을 받는 신 중의 한 신인 아폴론은 잘생겼습니다. 똑똑합니다. 그런데 연애는 잘 못합니다. 늘 짝사랑만 앓다가 마는 경우가 많습니다. 그런데다가 자존심은 무척 강하여 아무리 사랑해도 상대가 자존심을 긁으면 여지없이 돌아섭니다.

아폴론이 트로이의 공주 카산드라를 짝사랑합니다. 언젠가 사랑을 고백하리라 기회를 노리던 아폴론이 마침내 기회를 잡습니다. 카산드라에게 접근합니다. 나름 상대가 무엇을 갖고 싶어하는지 알고 있는 현명한 아폴론은 그녀에게 그녀가 그의 사랑을 받아준다면, 그녀에게 그녀가 그토록 원하는 예언의 능력을 주겠다고 제안합니다.

카산드라는 주저 없이 그러마 약속합니다. 아폴론은 선물을 줍니다. 이제 카산드라는 먼 미래의 일까지 알 수 있습니다. 하지만 막상 아폴론이 그녀에게 키스를 하려고 접근하자 뒷걸음치면서 그를 거부합니다. 화가 난 아폴론은 그녀에게 준 선물을 물릴 수는 없지만, 대신에 그녀가 아무리 훌륭한 예언을 한다 해도 그 말을 믿을 사람은 없을 거라고 저주를 내립니다.

당연히 그녀는 앞으로 일어날 일을 용케도 알지만 어느 누구도 그녀의 말을 듣지 않습니다. 트로이가 망하기 직전 그리스군이 트로이 목마를 침투시킬 계획을 세웁니다. 그것을 끌어들이면 트로이가 멸망할 것임을 알고 있던 카산드라는 그것을 성안으로 들이는 것을 극구 반대하지만 아무도 그녀의 말을 믿지 않습니다. 속 터지는 일이지요. 결국 트로이는 그녀의 말을 믿지 않아 멸망하고 맙니다.

미래를 미리 안다는 것은 꼭 좋은 것만은 아닙니다. 프랑스의 대문호 빅톨 위고는 "사람이 자기의 미래에 관하여 너무 알고 나면, 그의 일생은 항상 끝없는 기쁨과 공포가 뒤얽히어 한순간도 평안할 때가 없을 것이다"라고 합니다. 근원적인 비극을 안고 사는 인간 존재인 우리는 내일을, 미래를 잘 모르고 살기에 다행일 수도 있습니다. 미래를 알고 있다면, 좋지 않은 미래가 있다면 그걸 틀어막는 일에 전전긍긍하느라 소중한 현재를 거기에 낭비할 테니 말입니다.

오늘도 제대로 살지 못하면서 벌써 내일을 생각한다는 건 어리석은 일입니다. 오늘을 건너지 않고는 내일로 갈 수는 없으니까요. 오늘을 당연히 제대로 잘 살면 내일은 오늘처럼, 어쩌면 오늘보다 좋은 모습으로 다가올 테니까요. 내일이란 것도 결국 오늘의 연속이니까요. 그럼에도 우리는 오늘에서 내일을 저만치 떼어 놓고 생각합니다. 그러니까 내일이 두렵습니다. 지금 한창 좋아도 내일이 좋은 분위기가 이어지지 않으면 어쩌나 염려하기 때문입니다. 하지만 내일이란 오늘의 연속으로, 오늘만 계속 이어질 뿐이란 것으로 생각한다면 내일은 두려움의 대상이 아닙니다. 우리에겐 오늘만 있고, 오늘이 계속 이어질 뿐이니까요.

그러니까 이렇게 생각하자고요. 지금이 일할 때다, 지금이 공부할 때다, 지금이 놀 때다, 지금이 즐길 때다, 오늘 못하면 내일 할 수 있는 일이란 없다 라고 말입니다. 그렇게 생각하고 지금 할 수 있는 일 지금하고, 지금 하고 싶은 것 지금 하고, 지금 해야 하는 것 지금 해야만 제대로 누리면서 살 수 있습니다. 지금을 믿어야 합니다. 그리고 지금을 소중히 여겨야 합니다. 지금 당신은 당신만의 소중한 역사를 쓰고 있습니다.

# 마음을 다잡을 시간

시간이 필요합니다. 모든 일엔 시간이 필요합니다. 아무리 고약한 일도, 전혀 종잡을 수 없는 일도 시간이 가면 어떻게든 그 일은 끝납니다. 성서에 '이 또한 지나가리라'란 말씀처럼 말입니다. 그럼에도 우리는 그 시간의 흐름을 기다리지 못합니다. 그렇게 해결되기까지 참지 못합니다. 그렇습니다. 그것도 필요합니다. 무슨 문제이든 차일피일 미루는 건 어리석은 일입니다. 속 터지게 하는 일입니다. 미움 받을 짓입니다. 하지만 우리 삶에서 때로는 기다림이 필요한 일들이 많습니다. 시간이 가면 저절로 해결될 수 있는 일들임에도 불구하고 미리 당겨서 고민하는 일들 말입니다.

또한 저절로 해결되는 일은 아니라도 조금은 기다림이 필요한 일, 아니 기다리면 좋은 일들이 많습니다. 이를테면 사람과 사람 사이에 일어나는 사소한 싸움들입니다. 그 싸움들은 대부분 사소한 오해 때문입니다. 그럼에도 그것을 오해라기보다는 상대의 잘못으로, 상대의 결례로, 상대의 무지 때문으로 이미 결론을 내려놓습니다. 그러니 그 싸움은 잦아들기보다는 감정만 악화될 뿐입니다. 그럴 땐 조금만 참고 기다리면서 생각을 다잡아 보면 그 싸움의 원인은 상대의 잘못이 아니라 자신의 잘못인 경우가 많다는 점입니다. 설령 자신은 잘못이 없다 해도 어느 정도 자신의 잘못이 조금이라도 들어 있다는 것을 알게 됩니다. 그러니까 시간이 필요합니다.

시간, 기다림의 시간이 필요합니다. 부풀어 오른 감정이 잦아들 시간, 들뜬 마음이 가라앉을 시간, 이성을 잃었다가 제자리로 돌아올 시간이 필요합니다. 때문에 기다려야 합니다. 누군가와 분쟁이 일 조짐이 있다면 그 싸움을 벌이기 전에 기다려야 합니다. 그 솟구치는 감정을 잠재울 시간이 필요합니다. 그렇게 감정을 추스르고 상대를 보면 아무것도 아닌 일, 전혀 문제도 아닌 것을 문제로 삼아서 감정 상해했다는 것을 알아차릴 때도 있습니다. 그쯤 되면, 오해가 풀렸다면 더는 시간을 기다려선 안 됩니다. 그 정도까지가 효율적인 시간입니다. 그 이상의 시간을 흘려보내면 그건 시간을 낭비하는 겁니다.

시간의 여유, 그 여유를 즐기려면 그만한 자격을 갖춰야 합니다. 기다림의 시간과 일에 착수할 시간을 구분할 줄 아는 지혜로운 사람만 그 여유를 즐길 수 있습니다. 시간을 아낄 때와 시간을 쓸 때를 구분할 줄 알아야 합니다. 그렇게 쓴 시간들은 어떻게 썼든 후회할 일은 아닙니다. 그 시간을 어떻게 썼든 의미 있었다, 충분히 그럴만한 가치가 있었다, 그렇게 받아들이면 됩니다. 무슨 일이든 의미부여를 하면 의미 있는 일이니까요. 무엇이든 스스로 가치를 인정하면 가치 있는 일이니까요. 그러니까 서로 싸움이 일어날 때 잠시 시간을 흘려보내는 시간, 그건 참 잘 보낸 좋은 시간이에요. 아주 생산적인 시간이에요.

싸움으로 분쟁으로 보낼 더 많은 시간에 비하면, 거기에 낭비될 정력을 생각하면, 거기에서 발생할 스트레스에 비하면, 잠시 쉬면서 자기 정리를 하는 건 아주 잘 보내는 시간입니다. 자! 그러니까 혹 누군가 때문에 감정이 상하는 일이 있다면 일단 그 자리를 피해 조용히 마음을 다잡을 시간을 갖자고요. 그러면 그렇게 보내는 시간들은 아름다운 시간, 즐거운 시간, 의미 있는 시간, 가치 있는 시간일 거예요. 시간, 우리는 그 시간을 생각하지 않고 살 수는 없어요. 하지만 그 시간에 내몰려 자신을 괴롭힐 필요는 없어요. 시간에게 끌려가다간 한없이 끌려갈 테니, 일단 지금은 쉬자고요. 쉬어야 할 시간이라면.

# 즐겁게 누려야 할 시간

'지금 즐거운 일을 하자. 지금 하지 않으면 할 수 없는 일부터 하자. 할 수만 있다면 가끔은 바쁜 일이라도 내려놓고 즐거운 일을 찾아 일단 하고 보자'고요. 시간은 잡히는 게 아니라 제 멋대로 흘러가고 마는 것이니까요.

시간은 흘러가면 그뿐이지만, 그 시간을 멈추겠다고 애쓴 어리석은 신이 있습니다. 그리스 신화에 1대 신으로 등장하는 우라노스 신입니다. 태초의 신 카오스에서 나온 가이아라는 대지의 여신은 자위행위를 하여 자신만큼 큰 우라노스라는 하늘의 신을 낳습니다. 그리고 두 신은 결합을 합니다. 그렇게 하여 남신 6명, 여신 6명 도합 12남매를 낳습니다. 그렇게 탄생한 신들은 바깥 구경을 할 수 없었습니다. 하늘 신 우라노스가 그 아이들을 밖으로 나오지 못하게 했기 때문입니다. 아버지 우라노스는 그 신들을 깊고 깊은 가이아의 자궁 속에 밀어 넣었습니다.

그러고도 우라노스는 가이아와 계속 결합을 잇습니다. 해서 괴상하면서도 거대한 신들이 이번에는 세 쌍둥이로 태어납니다. 헤카톤케레이스 3형제로 천둥, 번개, 벼락의 신입니다. 그러고도 또 결합하여 이번에는 이마에 눈 하나만 박힌 거대한 세 쌍둥이를 낳습니다. 키클롭스 삼 형제군요. 도합 이제는 18명이나 되었음에도 이들은 모두 모신 가이아의 자궁 속에서 웅크리고 있습니다. 우라노스는 이들이 밖으로 나와 세상맛을 보고 나면 자신의 자리가 위태롭다는 생각으로 그들을 가두어 둔 것입니다.

그런데 문제는 그 신들을 맡아 둔 가이아로부터 발생합니다. 아이들을 생산했지만 그 아이들이 자라서 성인이 되어도 안에만 있게 하는 남편의 처세가 영 불만이었습니다. 억지로 이들의 성장을 막으려는 남편을 그대로 두고 볼 수가 없었습니다. 아이들이야 품의 자식이지만 성인이 되어도 억지로 아이 취급하는 것은 말이 안 되는 일이니까요. 남편은 말을 들어 먹지 않지요. 해서 가이아는 비장의 무기를 만듭니다. 스키테라는 청동 낫입니다. 그 비장의 무기로 반란을 꿈꿉니다.

자식들을 남편 몰래 불러 모은 가이아는 자신의 의도를 밝힙니다. 그러자 그 중에서 가장 사악한 막내아들 크로노스가 자기가 아버지를 내치는 일에 앞장서겠다고 합니다. 아버지를 대적하여 이길 수 있는 방법은 두 가지입니다. 첫째는 비장의 무기를 사용하기, 둘째는 아버지는 자신보다 강하니까 급소를 노리기뿐입니다. 만반의 준비를 갖춘 크로노스는 침실에 숨어 아버지가 어머니와 결합하러 오기를 기다립니다. 드디어 아버지가 잔뜩 흥분하여 어머니를 덮치려 합니다. 때를 제대로 잡은 그가 아버지의 급소를 스키테로 자릅니다. 그리곤 그것을 뒤에 바다로 던져 버립니다. 비명을 지르며 우라노스는 "티탄!"이라고 저주합니다. 불한당 같은 놈들이라는 뜻입니다. 생산력을 잃은 그는 아들을 저주하며 하늘로 사라집니다. 그렇게 우라노스의 시대는 막을 내립니다.

시간은 흘러야 합니다. 시간이 흐르면 아이는 자라 성인이 됩니다. 그 흐름을 억지로 막을 수는 없습니다. 그럼에도 우라노스는 그 흐름을 억지로 흐르지 않게 할 수 있다고 생각한 겁니다. 그러나 아이는 가이아의 자궁 속에서 자신을 대적할 만큼 성인이 된 것입니다. 아무리 시간은 막아도 흐르게 되어 있고, 존재는 그 시간이란 바람에 실려 생장과 소멸을 하게 마련입니다. 시간의 순리를 무시하다 당한 우라노스의 예처럼 시간의 흐름을 막을 수는 없습니다. 시간에겐 둑이 없기 때문입니다. 아무리 애를 써도 시간은 고여 있지 않습니다. 그러니까 시간을 아끼려 한들 저축하려 한들 소용없습니다. 흘러가는 그 흐름에 올라타고 그 시간을 즐겨야 합니다.

그 시간에 할 수 있는 일은 그때 해야 합니다. 그 시간에 즐길 수 있는 일이라면 그 시간에 즐겨야 합니다. 그렇지 않으면 그냥 고민하는 시간으로, 갈등하는 시간으로 그 시간들을 좀 먹고 맙니다. 시간은 누구에게나 공평하게 흐릅니다. 그 흐름을 어느 누구도 멈출 수는 없습니다. 돈으로도, 명예로도, 권력으로도, 지식으로도 그 흐름을 멈출 수는 없습니다. 그 시간의 흐름은 명예의 색, 지식의 색, 권력의 색, 부의 색, 그 모든 것들의 색을 바래게 하고 낡게 만듭니다. 그러니까 그 시간을 제대로 흐르게 해야 합니다. 그 흐름에 맞춰 그 시간을 자기 것으로 삼아 써야 합니다.

지금 하고 싶은 일을 하세요. 지금 누리고 싶은 것 지금 누리세요. 시간은 절약이 안 됩니다. 그리고 흘러간 시간을 아쉬워하지 마세요. 보낸 시간을 후회하지 마세요. 반성은 하되 후회는 하지 마세요. 반성이란 잘못한 것을 돌아보고 그 대신에 그 시행착오를 줄이는 지혜로운 일입니다. 반면 후회는 지난 일을 아쉬워하는 아주 비생산적인 것입니다. 후회는 우울을 낳고 심하면 절망을 낳습니다. 아무리 후회해도 소용없는 일로 삶의 열정을 낭비하지 마세요. 그래요. 카르페디엠!

# 크로노스의 멈춰진 시간

그리스 신화에서 발견한 시간 이야기입니다.

우라노스가 물러나자 그 자리를 차지한 크로노스는 자신의 누이 레아와 결합합니다. 남녀가 함께하면 자연 아이를 낳게 되듯이 두 신은 아이를 생산합니다. 헤스티아를 낳습니다. 그 아이가 태어나자 크로노스는 그 아이를 자신이 삼켜버립니다. 우라노스, 이를테면 자신의 아버지의 실패의 원인을 알기 때문입니다. 어머니 가이아와 작당하여 아버지를 내친 것은 바로 자신이니까요. 그렇게 아버지로부터 권력을 빼앗았습니다. 아내에게 아이들을 맡겼다가 권력을 잃은 아버지, 그래서 그는 자신의 아내를, 여자를 믿을 수 없습니다. 때문에 그는 아이를 자신이 삼킵니다. 그게 가장 확실한 방법이기 때문입니다.

둘째딸 데메테르도, 셋째딸 헤라도 삼킵니다. 큰아들 하데스가 태어나자 그를 삼킵니다. 둘째아들 포세이돈도 삼킵니다. 그렇게 자기 안에 아이들을 삼킵니다. 아이들을 다섯이나 낳았으나 그 아이들은 바깥세상으로 나오지 못합니다. 크로노스가 자기 안에 가두고 있기 때문입니다. 그렇게 그는 시간이 더 이상 흐르지 못하도록 막고 있는 겁니다. 그 상황이 유지되는 시간만큼 그는 최고신의 자리를 차지하고 있습니다. 그렇게 시간은 그에게서 고여 있습니다. 멈춰진 시간, 크로노스란 이름의 의미는 말 그대로 멈춰진 시간입니다. 그는 시간을 멈추게 하여 자기 권력을 유지합니다.

그러나 억지로 멈춘 시간은 언제까지 유지될 수는 없습니다. 그가 안심하고 있는 사이 그의 아내 레아는 반란을 꿈꾸고 있었습니다. 그녀는 남편의 어처구니없는 행동에 치를 떨었습니다. 아이들이 탄생하면 즉시 자신에게서 빼앗아 삼켜버리는 남편의 횡포를 그대로 두고 볼 수 없었습니다. 해서 자신의 어머니 가이아와 아버지 우라노스에게 그 사정을 알리고 조언을 구했습니다. 그러자 가이아와 우라노스는 레아에게 조언을 해주었습니다. 다음에 탄생할 신은 아버지를 능가할 신이 될 테니 남편 몰래 숨어서 낳으라는 거였습니다. 아이를 낳으면 몰래 숨겨서 키우고 대신에 아이만한 돌을 취하여 강보에 싸서 남편에게 주라는 것이었습니다.

레아는 어머니가 시키는 대로 크레타 섬 중에서 가장 삼림이 울창한 곳에 숨어서 아이를 낳습니다. 그리고 그 아이를 아말테이아란 님프에게 맡겨서 양육하게 합니다. 그 대신에 아이만한 돌을 강보에 싸서 크로노스에게 줍니다. 또 아이를 낳았구나 싶어서 크로노스는 그것을 삼킵니다. 일 년이 지나자 레아가 숨어서 낳아 숨겨서 키운 제우스는 완전한 어른이 되어 아버지 앞에 섭니다. 그리고 아버지에게 결투를 청합니다. 그 결투에서 제우스는 승리하고 크로노스는 약속대로 벌을 받습니다. 메티스의 구토제를 먹는 벌입니다. 그 바람에 앞서 제우스인 줄 알고 삼킨 돌이 우선 나옵니다. 그 돌을 제우스가 승전 기념으로 델피라는 지구의 중심에 세우니, 배꼽이란 뜻의 옴파로스입니다. 이어서 그의 형제들과 누이들이 토해져 나옵니다. 그렇게 크로노스의 시대도 끝납니다.

역시 시간은 흘러야 합니다. 그것이 우주의 원리이며 순리이기 때문입니다. 당연히 흘러야 하는 시간을 부여잡고 놓지 않으려 했던 크로노스의 종말은 비참했습니다. 아들의 형제들에 이끌려 타르타로스란 무한 지옥에 갇히고 말았으니까요. 아이는 자라 어른이 되고, 어른은 나이 들어 노인이 되는 것, 그게 순리입니다. 그 순리를 막으려 하다간 결국 그 자리를 억지로 미래의 시대에게 내어주어야 하는 수모를 겪어야 합니다. 그리고 그것으로 끝나지 않고 비참한 최후를 맞아야 합니다. 그것 자체를 거부한다면 추하게 나이 들어갈 수밖에 없습니다.

어느 누구라도 시간의 둑을 만들 수는 없습니다. 시간의 흐름에 따라 생장과 소멸을 거듭해야 합니다. 아무리 애쓴들 아이는 어른이 되고 어른은 늙고 늙음 후에 소멸이 옵니다. 그 연쇄고리에서, 장강의 물결처럼 밀려가야 하는 그 물결을 거부하며 반항한들 추한 모습밖에 안 됩니다. 그저 그 시간이란 물결에 떠밀려 가되 그 흐름에 곱고 아름답게 맞추어 가야 합니다. 자연스럽게 성장하고 곱게 늙어가야 합니다. 우리가 비운 자리는 우리보다 더 아름다운 미래의 우리가 차지할 것이기 때문입니다. 크로노스의 시간을 버리고 자연스럽게 흘러가는 시간의 주인이 되어 살아야 합니다. 때에 맞는 사람, 나이만큼 정신이 성숙한 사람, 그런 사람이 아름답습니다.

# 프로메테우스의 순환의 시간

그리스 신화에서 인간을 만든 신은 프로메테우스입니다. 프로메테우스는 인간 외에 다른 생명체들을 만들었습니다. 만들기에 바빴던 그는 아우인 에피메테우스에게 각 생명체에게 재능을 나누어주라며 재능 자루를 주었습니다. 프로메테우스가 미리 생각하는 자라는 의미를 가진 것에 반하여 에피메테우스는 나중 생각하는 자라는 이름이듯이 에피메테우스는 생각 없이 재능을 나누어주었습니다. 새에겐 날개를, 치타에겐 빠른 발을, 호랑이에겐 강한 이빨을 주었습니다.

문제는 인간이었습니다. 인간은 느지막하게 나타나서 자기 몫을 달라는 겁니다. 늦게 나타난 인간도 그렇지만 생각 없이 나누어주다가 자루를 완전히 비운 에피메테우스도 한심하지요. 그제야 에피메테우스는 형에게 달려가 그간의 사정을 이야기합니다. 만물 중에 인간에게 가장 애착이 많았던 프로메테우스는 얼른 올림포스로 올라가서 제우스에게선 불을, 아테나에게선 지혜를 얻어다 인간에게 줍니다. 그렇게 얻은 지혜를 가지고 불을 다스리는 덕에 인간은 다른 동물보다 좋은 삶의 조건을 만들었습니다. 하지만 에피메테우스를 닮은 인간은 항상 일을 저질러놓고 나중에야 후회하는 존재들이 되었습니다.

그 사건이 있은 후, 제우스는 건방을 떠는 인간들과 신들의 지위를 확실히 하려고 했습니다. 그때까지 인간은 신에 버금가는 지위를 누리고 있었으니까요. 하여 제우스는 프로메테우스에게 인간과 신을 구별할 수 있도록 방법을 찾게 했습니다. 프로메테우스는 제우스의 명에 따라 그 작업을 수행했습니다. 지상에 내려와 아주 살찐 황소 한 마리를 잡았습니다. 그 황소의 가죽을 벗기고 비개를 떴습니다. 내장을 따로 들어내고 살을 바르고 뼈를 발라냈습니다. 그렇게 하여 두 개의 선물을 만들었습니다. 하나에는 안에 뼈를 모아 넣고 그 뼈를 곱게 벗겨낸 비개로 감쌌습니다. 다른 하나에는 맛있는 살코기를 모아 담고 겉에는 내장을 둘둘 말았습니다.

그 두 개의 선물을 가지고 올림포스에 올라간 프로메테우스는 신들의 회의석상에 그것을 놓고 제우스에게 선택을 하라고 합니다. 여기서 제우스가 선택하는 것은 신들의 음식이 되고, 그렇지 않은 것은 인간들의 음식이 되는 것입니다. 제우스는 고민 없이 비개로 싸인 선물을 골랐습니다. 그리고는 그것을 풀었습니다. 거기엔 먹을 거라곤 하나도 없는 뼈뿐이었습니다. 그 결과 신들은 뼈를 선택하여 먹을 것은 없지만 영원한 삶을 얻는 대신에 뼈를 태워 얼리는 연기만 흠향하게 되었고, 덕분에 인간은 살코기를 먹는 대신에 썩는 살처럼 유한자가 되었습니다. 신과 인간의 지위는 이제 확실히 달라졌고요. 제우스는 무척 화가 났습니다. 해서 인간 세상에 있던 불을 빼앗아 가버렸습니다.

그럼에도 인간을 사랑한 프로메테우스는 다시 하늘에 올라가 제우스의 불을 훔쳐 회향목에 숨겨서 인간에게 가져다주었고, 그와 함께 밀을 훔쳐다 제우스에게 들키지 않으려고 땅속에 묻어두었습니다. 처음에 제우스가 준 불을 영원히 꺼지지 않는 불이었으나 이번에 훔쳐온 불은 꺼지는 불이라 불씨를 잘 관리해야 했습니다. 불을 관리해야 했고, 감춰둔 밀은 이듬해 봄에 싹이 났으니 그 밀을 경작하여 양식으로 삼아야 했습니다. 이때부터 관리와 경작이 시작되는 인간의 문화가 시작되었습니다.

제우스가 인간들의 세상을 내려다보았습니다. 캄캄해야 할 인간 세상에 불이 켜져 있었습니다. 프로메테우스의 짓이란 것을 안 제우스는 그를 끌어다 쇠사슬을 채워서 코카서스 산 정상에 묶어 놓았습니다. 그리고는 독수리를 보내 그의 간을 쪼아 먹게 했습니다. 무려 3,000년 간이나 그 고통을 겪어야 했습니다. 독수리는 하루 종일 그의 간을 쪼아댑니다. 그리고 저녁이면 독수리는 그 일을 멈춥니다. 그 사이에 간은 다시 재생되고 다음날은 다시 그 고통의 시작입니다. 그렇게 3,000년이 지나고 그곳을 지나가던 인간 헤라클레스가 독수리를 활로 쏘아 죽임으로써 그 고통이 끝납니다.

끝없이 반복되는 같은 일, 이를테면 순환되는 일, 그래서 프로메테우스의 시간을 순환의 시간이라고 합니다. 계속되는 고통의 반복, 변화 없는 그 반복, 힘겨운 삶을 이어가는 이들이 있습니다. 프로메테우스처럼 말입니다. 그런 이들은 때로 프로메테우스처럼 무슨 일이든 터져서 세상을 뒤집어놓았으면 합니다. 그들에게 시간은 정지된 것처럼 꼼짝도 안합니다. 시간은 같은 속도로 흘러도 우리를 달리 느끼게 하는 건 심리적인 시간입니다. 고통의 시간은 아주 더디게 흐르고 즐거운 시간은 아주 빠릅니다. 하지만 고통의 시간도 다소 더디긴 하지만 언젠가는 끝납니다. 즐거운 시간도 언제까지 이어지는 건 아닙니다. '그 일 또한 지나갈 일입니다.' 그러니 절망하지도 방심하지도 말고 상황에 맞게 누리며 살아갈 일입니다.

## 카이로스의 기회의 시간

“주께는 하루가 천 년 같고, 천 년이 하루 같다”라는 성경 말씀이 있습니다. 이는 흐르는 시간은 늘 한결같은 속도로 흘러가지만, 그 시간의 흐름을 느끼는 것은 기분에 따라 다르다는 의미입니다. 분명 같은 시간이지만 누구와 함께 있느냐, 어떤 상황에 있느냐에 따라 그 흐름에 대한 느낌은 아주 다릅니다. 어떤 때 또는 어떤 상황에서는 아주 시간이 더디 가는 것 같습니다. 다른 때 또는 다른 상황에서는 아주 빨리 가는 것 같습니다. 좋아하는 사람과 함께 있을 때, 즐겁거나 행복할 때는 아주 시간이 빨리 가는 느낌이지만, 싫은 사람과 함께 있거나 슬플 때는 시간이 아주 더디 가는 것 같습니다.

이렇게 시간의 흐름이 달리 느껴지는 시간을 심리적인 시간이라고 합니다. 이를테면 시간이란 물리적인 시간 또는 기계적인 시간이 있는가 하면, 그 반면에 심리적인 시간이 있습니다. 그리스 신화에 등장하는 신 중 카이로스Kairos가 바로 심리적인 시간을 대

변하고 있습니다. 카이로스는 제우스의 아들로 좋은 기회와 적당한 시간을 맡아보는 신입니다. 이 신의 신상은 주로 레슬링 학교에 세워져 있다고 합니다. 지금까지 알려진 이 신의 신상은 기원전 4세기경에 리스포스가 제작한 청동상이 유명합니다. 이 신상은 처음엔 시키온에 세워졌다가 나중에 콘스탄티노플, 즉 지금의 이스탄불로 옮겨졌습니다.

그림으로 알 수 있듯이 이 신의 신발엔 날개가 달렸습니다. 그의 이마 위로는 곱슬머리가 제법 깁니다. 그런데 그는 좀 우스꽝스럽게도 뒤통수는 대머리인 젊은 남자입니다. 게다가 한 손엔 저울을 들고, 한 손엔 칼을 들고 있습니다. 뭐가 바쁜지 한쪽 발뒤꿈치를 들고 도망갈 준비를 하고 있습니다. 이 기회의 신의 석상에는 "내 앞머리가 무성한 이유는 사람들이 나를 쉽게 붙잡을 수 없도록 하기 위함이다. 뒷머리가 대머리인 이유는 내가 지나가면 다시 붙잡지 못하도록 하기 위함이다. 어깨와 발뒤꿈치에 날개가 달린 이유는 최대한 빨리 사라지기 위함이다. 손에 들고 있는 칼과 저울은 나를 만났을 때 신중한 판단과 신속한 의사결정을 하라는 뜻이다니 내 이름은 카이로스, 바로 기회다"라고 말입니다.

앞머리가 곱슬머리로 제법 길기 때문에 기회의 신은 제때 잡으면 쉽게 잡을 수 있습니다. 그리고 잡으면 머리가 길기 때문에 놓치지 않을 수 있습니다. 때문에 기회는 찾아 올 때 얼른 단단히 잡아야 합니다. 반면 기회를 잡을 적당한 시간을 놓치면 뒷머리에 머리가 없어서 잡을 데가 없습니다. 기회는 제때 잘 잡아야 하고 뒷북을 치면 기회는 날개를 단 새처럼 눈 깜짝할 사이 달아나고 맙니다. 때문에 언제가 기회인지, 어떤 일이 기회인지를 분별할 수 있는 지혜를 길러야 합니다. 그래서 기회다 싶으면 마치 저울에 달듯이 잘 달아서 판단을 잘하여야 하고, 칼로 뭔가를 잘 자르듯이 단호하게 결정해야 합니다. 기회는 망설이는 자의 것이 아니라 잘 판단하여 단호하게 결정하는 자의 몫이기 때문입니다.

기회는 카이로스가 발뒤꿈치를 들고 있다가 잽싸게 달아나는 것처럼, 한 번 기회를 놓치면 아주 야박하게도 가차 없이 사라지고 맙니다. 따라서 항상 분별력을 가지고 기회가 오자마자 잽싸게 앞머리를 힘차게 잡아야 합니다. 무슨 일이든 때를 잘 잡으면 생산적으로 그 일을 처리할 수 있습니다. 반면 때를 놓치면 그것을 처리하는데 몇 배의 노력을 해야 하고, 몇 배의 희생을 치러야 합니다. 그러므로 기회를 잘 포착하여 그 기회를 제때 잡아 생산적으로 살아야 합니다. 그 기회의 시간을 잘 포착해야 합니다. 그 기회란 그냥 흘러가는 시간으로 바라보면 잡을 수 없습니다. 남과 달리 세상을 바라봐야 알 수 있습니다. 기회는 기계적인 시간이 아니라 심리적인 시간, 이를테면 하루하루를 어떻게 살아가느냐에 따라 달라지는 시간들이기 때문입니다. 그러니까 시간을 능동적으로, 긍정적으로 의미를 부여하며 살아야 합니다.

# 생생한 과거를 재생하는 시간

생물은 시간과 함께 존재합니다. 시간을 먹고 시간을 배설하며 삽니다. 시간을 먹지 않고 사는 존재는 없습니다. 생명체인 우리 역시 시간의 지배를 받고 공간의 지배를 받습니다. 시간과 공간 속에 살아가는 우리는 흘려버린 시간은 되찾을 수는 없습니다. 그렇게 그 시간들은 흔적 없이 사라집니다. 과거란 시간의 실체는 찾을 수조차 없습니다. 다만 그 시간의 흐름은 존재의 변화로 짐작할 수 있거나 여전히 남아 있는 공간을 통해 그 시간들을 더듬어 볼 수 있습니다. 그것은 기억의 형태로 남아 있기 때문입니다. 흔적 없이 사라진 그 시간들을 우리는 과거라고 부릅니다. 그 과거는 기억 속에만 남아 있으니, 기억을 잃으면 과거도 사라지고 맙니다.

그 잃어버린 기억을 되찾을 수는 없을까요? 때로 우리는 공간의 도움을 받아 그 기억을 되살릴 수 있습니다. 왜냐하면 시간은 흔적을 남길 수 없지만 공간은 여전히 남아 있기 때문입니다. 공간은 그렇게 남아 잃어버린 기억을 재생시켜 줍니다. 기억의 문을 열고 잃어버린 기억을 되찾을 수 있게 합니다. 때문에 우리 삶의 이야기들은 공간의 도움을 받아 재생됩니다. 그렇게 재생된 기억들을 추억이라 부릅니다. 때라서 추억은 생각하면서 세상을 살아온 이들에게 과거를 재생시켜 보여줍니다. 따라서 생각하며 사는 사람이 더 많은 기억을 기억의 창고에 쌓아둘 수 있습니다. 그 기억 중에서 인상에 각인된 게 바로 추억입니다. 때문에 추억의 장소에 가면 우리는 잃어버린 과거를 문득 떠올릴 수 있습니다.

그 좋은 예가 미하일 엔데의 소설 《모모》 시작 부분의 장소입니다. 잃어버린 과거를 떠올릴 수 있는 장소, 바로 모모는 그곳에 삽니다. 모모는 나이가 몇인지도 모르는 아이입니다. 그 이아는 원형극장에 삽니다. 폐허가 된 원형극장입니다. 지붕도 없습니다. 수천 년 전에 지은 곳입니다. 그러니까 수천 년의 사연을 담고 있습니다. 이를테면 시간을 재생시키는 장소입니다. 모모는 그곳에서 생활합니다. 혼자 있으면 그는 상상합니다. 그곳의 모습, 구석구석에 남은 과거의 흔적들을 보면서 상상을 합니다. 그러면 한 번도 볼 수 없었던 많은 일들을 머리에 그릴 수 있습니다. 그곳은 원형극장이기 때문입니다.

원형극장은 기억의 저장소이며, 추억의 저장소이며, 역사의 저장소입니다. 때로는 감동적인 이야기를, 때로는 우스운 이야기를 이 장소에서 연출했습니다. 그 연극을 보면서 많은 이들이 웃고 울었습니다. 그런 사연들이 여기 숨 쉬고 있습니다. 그러니까 그곳은 과거가 현재 속에 살고 있는 장소입니다. 삶보다, 평범한 삶보다 훨씬 극적이고 실감나는 연극, 일상보다 더 실감이 나는 연극, 수천 년 전의 그 모습들을 가만히 상상하면 현실처럼 생생하게 그 광경들이 떠오릅니다. 덕분에 그곳에서 생활하는 모모는 외롭지 않습니다. 무섭지 않습니다. 그곳에서 그는 맘껏 시간을 즐기며. 그곳에 얽힌 과거의 이야기를 듣습니다. 물론 아무나 그 과거의 이야기를 듣지는 못합니다. 마음의 여유가 있는 사람, 상상의 세계를 사랑하는 사람만이 볼 수 있습니다.

모모가 바로 그 공간의 주인입니다. 모모는 자신의 나이 따위는 신경 쓰지 않습니다. 때문에 정확하게 자기 나이도 모릅니다. 시간이 빨리 간다고 초조해 하지도 않습니다. 모모는 마음껏 여유를 즐깁니다. 모모는 그 여유로 수많은 사연을 안고 있는 공간에서 상상으로 많은 시간을 끌어다 즐깁니다. 모모에겐 남아도는 게 시간이니까요. 모모는 시간을 잃을까 걱정하지 않습니다. 시간이 빨리 흘러간다고 초조해 하지 않습니다. 모모는 바로 과거를 재생하는 심리적인 시간의 주인입니다. 심리적인 시간을 즐기는 사람만이 시간의 주인으로 살 수 있습니다. 그런 사람에게 과거는 생생하게 살아납니다. 그러니까 오늘은 시계를 풀어놓고 시계 없는 곳에서 미처 돌아보지 못한 과거로의 여행을 떠나보는 것은 어떨까요? 잊고 있던 과거도 분명 우리 자신의 것이니까요. 가끔은 추억도 먹으며 살아볼 일입니다.

## 사람의 숨결을 느끼는 시간

자연스럽다는 말이 있습니다. 이 말은 인공적인 것에 반한다는 의미입니다. 그저 자연 그대로란 말입니다. 구부러지면 구부러지는 대로, 멈추면 멈춘 채로, 흐르면 흐르는 대로, 곱든 추하든, 곧바르든 구부러졌든, 각이든 선이든, 다듬지 않은 그대로라는 의미입니다. 그러면 자연적인 것이 더 개성이 있을까요? 아니면 인공적인 더 개성적일까요? 물질문명이 발전할수록 아이러니하게도 사람들은 개성을 찾습니다. 남다른 것을 원합니다. 하지만 자연에서 멀어질수록 개성은 없어지고 그저 획일화되어 갑니다.

모든 것들이 규격화되고, 단일화됩니다. 개성을 찾으나 개성적이지 않습니다. 왜냐하면 점차 빠른 것을 원하고 편리한 것을 원하기 때문입니다. 그러다 보니 당연히 어떤 틀을 만들고 모든 것을 그 틀에 맞추는 겁니다. 당연히 개성을 원하나 유행을 따르고, 획일화될 수밖에 없습니다. 물건도 공장에서 같은 것들을 찍어냅니다. 집도 똑같은 구조로 대대적으로 짓습니다. 그러한 공간, 그러한 물건들 속에서 사람들의 마음마저도 거의 엇비슷하게 변합니다. 그들은 생각도 닮아가고 행동도 닮아갑니다. 마치 공장에서 찍어낸 사람들처럼 같은 행동을 하고, 같은 생각을 칩에 담아 입력당한 로봇처럼 같은 생각을 하며 삽니다.

시간과 공간의 지배를 받는 인간은 어떤 장소에서 생활하느냐에 따라, 어떤 상황에 처해 있느냐에 따라 마음가짐도 행동도 그에 따릅니다. 현대인은 모두 인공적입니다. 그러니까 모두들 기계적으로 행동하고, 기계적으로 생각합니다. 자연스러운 인간이 아니라 기계적인 존재로 변하는 겁니다. 그러니까 인심이 각박해지고 사람이 사람답지 못하고 기계처럼 변하는 겁니다. 자연스러운 감정 대신에 인공적인 이성의 지배를 받습니다. 따뜻한 마음 대신에 사무적인 마음으로 사람을 대합니다. 이렇게 껍질은 사람이나 속은 로봇으로 변하고 있습니다. 문제는 그렇게 변하면서도 그 변화를 모르고 있다는 겁니다.

모든 것을 자연 그대로 두고 살아가기란 어렵습니다. 그럼에도 모모가 생활하는 원형극장은 구조도 생김새도 재료도 자연적인 것을 최대한 유지하고 있습니다. 커다란 돌로만 지어졌습니다. 관객이 앉는 좌석은 깔때기처럼 겹겹이 계단식입니다. 건물도 획일적이 아니라 원 모양, 갸름한 타원형, 커다란 반원 모양 등 다양합니다. 축구장만큼 큰 것, 자그마한 극장이 있습니다. 장식이 화려한 극장이 있는가 하면 아무 장식도 없는 극장도 있습니다. 이들

극장의 공통점이라면 지붕이 없다는 것입니다. 때문에 하늘이 모두 트여 있습니다. 따라서 해가 쨍쨍한 날엔 햇살을 그대로 받고 비가 내리는 날엔 고스란히 그 비를 맞아야 합니다.

그 시대의 사람들은 그럼에도 그런 극장을 갖고 싶어 했답니다.

"그들은, 무대에서 그려지는 감동적인 이야기나 우스운 이야기에 귀를 기울일 때면, 무대에서 벌어지는 삶이 자신들의 일상의 삶보다 더 현실 같다는 묘한 느낌을 갖곤 했다. 그들은 이러한 또 다른 현실에 귀 기울이기를 좋아했다"고 작가는 쓰고 있습니다. 극장의 시대 거기엔 우리 삶을 재현한 연극이 상연되었습니다. 그들에게선 실제로 땀 냄새가 났으며, 거친 숨소리가 그대로 흘러나왔습니다. 반면 현대는 그런 연극보다는 영화의 시대입니다. 획일화 대형화되어 가고 있습니다.

모모의 공간은 자연스러운 공간입니다. 이를테면 인간 본래의 생각이 살아 있는 공간입니다. 사람의 마음이 고스란히 녹아 있는 공간입니다. 그 다양한 사람들의 마음만큼이나 각기 독특한 삶의 모습들이, 울퉁불퉁하면서도 다소곳하게 숨 쉬던 공간입니다. 거기엔 자연이 그대로 스며들어 오고, 자연의 혜택이 그대로 주어지기도 하고, 자연의 심술이 그대로 헤집고 들어오는 곳이기도 했습니다. 그렇게 울퉁불퉁한 삶들, 들쭉날쭉한 삶들, 오밀조밀한 삶들이 자연을 닮은 채로 숨 쉬고 있었습니다.

가끔 그런 삶의 모습, 못생긴 삶의 모습들이 그립습니다. 잘생긴, 획일화된 삶의 모습들, 공장제품 같은 개성 없는 삶의 모습들 속에 섞여 살면서 우리는 가끔 폐쇄된 공간에 사는 듯한 답답함을 느낍니다. 그러면서도 우리는 그 자연스러움에서 가급적 멀리 가려합니다. 그것이 더 편리하고 빠르기 때문입니다. 그렇지 않으면 혼자만 뒤쳐져서 생존마저 어려울 것 같기 때문입니다. 그럼에도 사람의 숨결이, 자연이 고스란히 살아 있는 공간이 그립습니다. 획일화를 추진하면서도 개성을 찾는 이 모순 앞에서 가끔 자연을 그리워하고 자연을 찾아 그 자연의 품속에 들어가기라도 해야겠지요. 우리는 그래도 사람이고 싶으니까요. 오늘은 잠시라도 푸른 가을 하늘을 올려다봐야하겠습니다.

# 좌우를 살피는 시간

시계가 없던 시절이 있었습니다. 그저 해가 뜨면 아침을 먹고 일하다 배고프면 점심을 먹고, 해 저물면 저녁을 먹었습니다. 해가 뜨고 지는 것으로 하루를 셈하고, 계절이 바뀌고 바뀌어 한 바퀴 돌면 해가 바뀐 것으로 계산하고, 달이 차면 기울기를 한 차례씩 하면 한 달이 가는 걸로 계산했습니다. 그때에도 지금과 똑같이 시간은 흘렀습니다. 그랬는데 사람들이 한 곳에 모여살기 시작하더니 도시가 생겼고 시계란 괴물을 만들어 놓았습니다. 고놈의 재깍 거리는 소리는 시간을 더 빨리 가게 했습니다. 더 바쁘게 했습니다. 계산이 정확할수록 점점 바빠졌습니다.

시간이 흐르는 속도는 변함이 없는데 시계가 생긴 이후로 시간은 미친 것처럼 빨리 갑니다. 이를테면 심리적으로 느끼는 시간의 속도는 점차 빨리 달려갑니다. 시간이 빨리 달려갈수록 사람들은 그 시간을 따라 빨리 달려갑니다. 그러면 시간은 더 빨리 도망갑니다. 그러니 바삐 살수록 점점 바쁠 수밖에 없습니다. 어느 순간 멈추지 않으면 시간을 쫓다가 그렇게 끝내고 맙니다. 그러니까 이제 멈추어야 합니다. 시간은 가든 말든 가게 내버려두고 쉼을 얻어야 합니다. 시계를 보지 않고 살아도 봐야 합니다. 시간이란 보면 볼수록 마음을 바쁘게 만드는 괴물입니다. 그 괴물을 보면 볼수록 나의 시간과 남의 시간을 비교하게 만듭니다. 그것이 우리를 미치도록 바쁘게 합니다.

남이야 어찌 살든 나는 여유 있게 살면 될 것을 남을 따라 살려니까 마음이 바빠지고, 마음대로 안 되니까 짜증만 납니다. 그러니 시계가 없는 삶이 때로는 필요합니다.

《모모》에 등장하는 모모가 있는 곳의 시간은 시계를 보지 않는 시간입니다. 시계라곤 구경할 수 없는 곳입니다. 그저 해가 뜨면 아침이구나, 해가 지면 저녁이구나, 별이 뜨면 아름다운 밤이구나, 그렇게 살 수 있는 공간입니다. 사람은 분위기의 동물인지라 무엇을 바라보며 사느냐에 따라 시간의 개념은 아주 다릅니다. 그러니까 모모처럼 살아보란 말이지요. 시계가 없는 곳에 퍼질러 보내기도 하란 말이지요.

이를테면 사우나에 들어가서 아무것도 걸치지 말고, 아무 시간을 알려주는 것일랑 보지 말고 마음 푹 놓고 쉬어보란 말이지요. 물론 다른 생각도 아예 하지 말란 말이지요. 그저 읽고 싶은 책 한 권에 빠져보란 말이지요. 그렇게 하루라도 못 보내보고 산다는 건 얼마나 각박한 삶이냐고요. 어쩌다 그런 삶을 누려보란 말이지요. 할 수 있을 때 해보라고요, 아니 작심하고 가끔 해보란 말이지요. 그 정도 용기를 낼 수 없다면 평생 시간의 노예로 살다 만다니까요.

누가 이렇게 살 수 있을까요? 마음 넉넉한 그런 삶을 살 수 있을까요? 부자보다는 오히려 가난한 사람들이 마음의 여유를 가지고 산다는군요. 그래서 모모를 찾아오는 사람들은 부자나 권세 있는 자들이 아니라 가난한 사람들, 삶이 무엇인지 아는 사람들, 어린애들이랍니다. 그저 뭔가를 얻으려 시간을 재는 사람들은, 남과 비교나 하면서 사는 사람들은, 어떤 목표를 정하고 그 목표만을 위해 달리는 사람들은 삶이 무엇인지 생각할 여유도, 그걸 생각할 필요도 느끼지 못하는 것이지요. 그러니 달려갈 줄만 알지 삶이 무엇인지 알겠어요. 삶이 무엇인지를 제대로 안다면, 진정한 인생의 과정을 안다면 그렇게 달려만 가다 말 삶을 왜 추구하겠어요. 오늘이 언제까지 이어질 줄만 아는 게지요.

시간, 바쁘다 바빠, 그렇게 살아야만 잘 사는 건지 생각하는 아침이었으면 해요. '내려갈 때 보았네, 올라올 때 못 본 그 꽃' 고은 선생의 시에서 깨우쳐 주는 것처럼, 올라갈 때 꽃을 못 보는 건 어리석은 일이에요. 올라가면서 꽃을 못 보는 사람은 끝까지 그 꽃 못 보고 말아요. 그러니까 이제는 올라가면서도 이것저것 보면서 살아야 해요. 앞만 보면서 사는 사람은 끝까지 즐겁지 못해요. 올라가면서도, 힘들어도, 바빠도, 괴로워도 볼 것은 보면서, 만날 사람 만나면서, 즐길 것은 즐기면서 살아야 해요. 그러면 한결 여유가 생겨요. 멈추지 않으면 안 보여요. 그냥 바빠요. 멈추면 보여요. 아니 멈추지는 않더라도 속도를 조금만 늦추면 보여요. 볼 수 있는 여유가 생겨요. 오늘부터 좀 앞뒤좌우도 돌아보면서 살자고요.

# 정말 필요한 얼마간의 시간

미하엘 엔데의 《모모》에서 우리는 "자, 내 말을 들어 봐. 네가 여기 살고 있다고 경찰에 신고하면 어떨까? 그러면 넌 고아원에 가게 될 테고, 거기서 먹을 것과 잠자리를 얻게 될 거야. 셈하기, 읽기, 쓰기랑, 더 많은 걸 배울 수도 있을 텐데. 어떻게 생각하니. 응?" 라는 대목을 만납니다. 이를테면 이 상황은 원형극장에 살겠다는 모모를 염려한 동리 어른들이 그에게 나이가 몇이냐 묻습니다. 그 물음에 나이조차 잘 모르는 모모, 102살이라는군요. 게다가 이름은 자기 자신이 모모라고 지었다는 군요. 그러니까 부모도 없다는 말이지요. 달리 말하면 누구의 도움도 없이 산다, 아무런 연고도 없다는 말이지요. 그만큼 자유롭고 그만큼 거칠 것도 없다는 말이지요. 그런 아이를 본 착한 아저씨들이 모모를 고아원에 보내주려고 합니다. 하지만 모모는 "아뇨, 그런 데는 가지 않겠어요. 전에 한 번 가 본 적이 있어요. 그곳에는 다른 아이들도 있었어요. 창문에는 창살이 있고 매일 매를 맞았어요. 정말 억울하게 맞았어요. 전 밤에 담을 넘어 도망쳤어요. 다시는 가고 싶지 않아요"라며 그곳에 가지 않게 해달라고 애원합니다.

모모, 그야말로 집도 절도 없는 아이, 엄마도 아빠도 없는 연고가 없는 아이, 이를테면 모모는 공간에서 자유롭고, 연고에서 자유스럽습니다. 무엇이든 가진 게 없다는 건 자유로움을 의미합니다. 반면 없음으로 인한 불편이나 쓸쓸함은 있을 테지요. 한 다리 길면 한 다리 짧다는 속담처럼 긍정적인 면과 부정적인 면은 공존합니다. 그런데 모모는 그 무엇의 소유 대신 자유로움을 좋아합니다. 자유가 무엇인지, 얼마나 소중한지를 알기 때문입니다. 안다는 건 때로 두려움을 동반합니다. 모르면 그저 팔자소관이려니 살아 갈 수 있습니다. 자유가 없이도 그런 거려니 살 수 있습니다.

자유를 알고 나면 자유 없는 삶은 죽음보다 못합니다. 모모는 배고픔보다 구속이 두렵습니다. 추위에 떠는 것보다 매를 맞는 게 두렵습니다. 때로 힘겹게 살아가는 이들을 봅니다. 제때 먹지도 못합니다. 거처도 없습니다. 그 흔한 땅에 머리 두고 쉴 곳이 없는 이들이 있습니다. 일어서려면 넘어지고, 또 일어서려면 또 넘어지는 정말 지겹게 운이 없는 이들이 있습니다. 어쩌면 하는 일마다 그렇게도 안 되는지 운이 철저히 막힌 이들이 있습니다. 열심히 살아서 웬만큼 살 수 있는 조건을 갖춘 이들은 그들을 보면 답답하다, 왜 생각 없이 살아, 왜 저렇게 밖에 못 살지, 왜 남들처럼 못 사냐고 조소를 보낼 수 있습니다. 하지만 그들의 처지가 되어 보지 않으면 그럴 수밖에 없는 그들의 삶을 모릅니다.

그렇게 힘겨울 때 때로는 자유 대신 빵을 위하여 구속을 선택합니다. 추위를 피하기 위해 거처를 얻는 대신 매 맞기를 선택합니다. 그것이 살아 있는 존재들의 아픔입니다. 많이 필요한 만큼 그렇게 자신 원하는 삶을 포기해야 합니다. 많은 책임을 져야 하는 사람, 삶의 짐이 무거운 사람, 그런 사람일수록 자신의 소중한 것을 포기하는 대신 원치 않는 삶을 살아야 합니다. 이렇게 더 많은 것을 필요로 하는 사람, 더 많은 짐을 지고 있는 사람일수록 이래저래 부자유스러운 삶을 살아야 합니다.

모모는 고아원에 가는 일을 거부합니다. 착한 아저씨네 집에 가서 신세 지는 일도 거절합니다. 나이는 어리지만 철이 들대로 든 아이입니다. 모모는 어른들에게 자신은 필요한 게 별로 없다고 합니다. 그렇습니다. 필요한 게 많을수록 우리는 무언가에, 누군가에게 구속을 당하기 쉽습니다. 그러면 일의 노예로 살아야 할 뿐 아니라, 시간의 노예로 살아야 합니다. 무슨 일이든 시간이 필요하기 때문입니다. 그만큼 시간이 필요하기 때문에 그 시간을 사야 하기 때문에 시간에 매일 수밖에 없습니다. 우리가 아주 열심히 일하는 건 그 시간을 사기 위해서이기 때문입니다. 그러니까 필요한 게 많을수록 더 많은 시간을 사야 한다는 결론에 이르는 것이지요.

따라서 바쁘게 살지 않으려면, 시간 때문에 허덕이지 않으려면, 시간에 매여 살지 않으려면 무엇을 내려놓을지를 먼저 고민해야 합니다. 정말로 필요한 게 무엇인지를 잘 생각하여 그 나머지는 과감히 포기할 줄 알아야 합니다. 그래야만 시간을 덜 필요로 하게 되고, 덜 필요한 만큼 시간을 위해 시간 투자를 줄일 수 있습니다. 그러니까 정말 필요한 것, 필요한 일, 그것이 무엇인지 먼저 생각하여 자신의 삶의 교통정리를 해야 합니다. 필요하다고 생각하는 것을 대폭 줄여야 합니다. 그러면 시간을 여유 있게 즐길 수 있습니다.

# 상상력을 즐기는 시간

무언가를 많이 갖고 싶나요? 그러면 기억해야 해요. 기억은 우리 재산의 전부입니다. 아무리 오랜 시간을 살았어도 기억하지 못하는 내 경험은 내 것이 아닙니다. 아무리 많은 부를 축적했어도, 대단한 권력을 얻었어도, 찬탄할만한 명예를 얻었어도 내 기억 속에 없다면 그건 내 것이 아닙니다. 그만큼 기억은 중요합니다. 아무리 눈으로 확인할 수 있는 물질적인 것이라 한들, 내가 그것을 기억하지 못하면 그것은 내 마음대로 할 수 없습니다. 내가 기억하는 것, 내 기억 속에 있는 것, 그것을 내 재산이라 하고, 내 권력이라 하고, 내 명예라 하고, 내 지식이라 합니다. 그만큼 기억은 힘이 있습니다.

그럼에도 우리는 많은 것을 기억하지 못하고 애써 가진 것들을 잃고 있습니다. 때문에 체험의 총체, 기억의 부피는 점점 왜소해집니다. 그 살아오면서 모아놓은 기억의 창고가 비면 우리는 다름 아닌 식물인간이고 맙니다. 과거에 아무리 총명했다 한들 지금 기억이 없으면 아무 소용없습니다. 아무리 대단한, 굉장한 과거가 있다 한들 기억에 없으면 아무 소용없습니다. 재산도, 명예도, 지식도 기억 속에 있을 때 유의미합니다. 잊힌 것, 기억할 수 없는 것은 이미 나의 것이 아닙니다. 잃어버린 기억과 함께 나의 것은 사라집니다. 때문에 우리는 많이 기억해야 합니다. 나의 소유는 기억 속에 있기 때문입니다.

어떻게 하면 잘 기억할 수 있을까요? 그것은 앞으로만 달려갈 것이 아니라 지난 일은 리마인드하려 노력해야 합니다. 그래야 잊혀가다 멈추어 그 기억이 내게 머뭅니다. 설령 잃어버린 기억이라도 기억하려 애를 쓰는 만큼 지워졌던 기억들도 되살아옵니다. 하나의 기억은 다른 기억을 끌어내는 겁니다. 그러니까 시도하지 않으면 기억은 점차 사라집니다. 반면 기억의 한 줄기 부여잡고 당기고 당기면 이런 저런 기억들이 되살아납니다. 때문에 더 많은 기억을 기억의 창고에 채워 넣고 싶다면 대충 살 것이 아니라 촘촘하게 생각하며 살아야 합니다. 관심을 가지고 바라보는 것은 기억에 남지만, 생각 없이 바라보는 것들은 기억조차 할 수 없기 때문입니다.

이렇게 기억들은 우리의 생각이나 체험으로 얻습니다. 이러한 기억을 넘어서는 것은 상상입니다. 내가 살았던 세상은 아니라도, 내가 접하는 세계는 아니라도 하나의 키를 잡고 그 문을 열고 들어가면 상상으로 보다 넓은 세상을 만날 수 있습니다. 그 상상의 세계는 넓히면 넓힐수록 한없이 넓어집니다. 그 상상을 통해 우리는 아주 오랜 시절의 삶을, 옛날 일들을, 일어나지 않았으나 도래할 수도 있는 일을 구상해 낼 수 있습니다. 기억이란 체험한 것뿐 아니라 생각한 것, 상상한 것을 포함합니다. 그 모두는 이미 과기이기 때문입니다. 비록 미래의 일이라도 내가 생각한 것은 나에게 과거가 되고 기억으로 남습니다.

우리는 살아온 것으로, 생각한 것으로, 상상한 것으로 기억의 창고를 차곡차곡 채울 수 있습니다. 때문에 체험 너머의 세상을 상상으로 바라보면 더 많은 정보를 얻을 수 있습니다. 우리 기억의 창고를 충만하게 채울 수 있습니다. 모모의 친구들이 모모의 머무는 장소, 원형극장에 놀러옵니다. 모모가 없으면 아이들은 상상을 시작합니다. 그러면 그 원형극장에서 연기되었을 법한 사건들이 머리에 생생하게 살아오는 겁니다. 바로 상상의 세계 덕분입니다. 그렇게 상상 속에 몰입하면 자신도 모르게 그 상상 속의 인물과 일체가 됩니다. 그 속에서 우리는 우리가 전혀 살지 못한 세계 속의 인물을 생각으로 체험합니다. 그것을 상상이라 하고, 그렇게 세계를 넓혀가는 능력을 상상력이라고 합니다.

그 상상력으로 우리는 보다 큰 세상, 보다 넓은 세상을 살 수 있습니다. 그 세상을 신나게 여행할 수 있습니다. 그 능력은 복원능력입니다. 모모의 친구들이 그 원형극장을 보자 거기에서 벌어졌을 아주아주 오랜 옛이야기를 복원하듯이, 조그만 꼬투리라도 부여잡고 그 안으로 들어가면 우리가 살지 못했던 아주 먼 이야기들을 우리는 만날 수 있습니다. 우리가 아직 살지 못한, 아니 영원히 살지 못할 세계도 미리 끌어다 살 수 있습니다. 그래요. 지금은 상상의 시간입니다. 과거에 일어나지 않았을 일도 우리는 새로 만들어 살 수 있습니다. 미래에 일어날 일도 미리 끌어다 살 수 있습니다. 그 상상의 순간들이 우리에게 새로운 이야기들을 선사합니다. 그 상상력이 바로 우리의 기억의 창고를 가득 채워주고, 우리를 아주 대단한 이야기꾼으로 바꿔줍니다. 상상력!

## 카르페디엠

존재는 모두 시간과 공간의 지배를 받습니다. 시간이 없다면 공간도 없고, 공간이 없다면 시간도 없습니다. 존재가 없다면 시간은 아무 의미가 없습니다. 존재가 없다면 공간 또한 없습니다. 이를테면 시간보다, 공간보다 소중한 것은 존재입니다. 비록 존재는 시간과 공간의 지배에서 벗어날 수 없지만 그 시간과 공간은 결국 존재가 있을 때 의미와 가치를 갖습니다. 좀 더 쉽게 생각해 보자고요. 내가 없다면 시간이나 공간이 무슨 의미가 있느냐고요. 그러니까 나는 비록 하잘 것 없는 존재인 것 같지만 실상 나는 모든 것의 중심으로 존재합니다. 존재는 모든 것의 중심이며, 가장 소중한데도 불구하고 나는 시간의 지배를 받습니다. 공간의 지배를 받습니다. 시간의 주인, 공간의 주인이어야 마땅한데 시간과 공간의 노예로 살아갑니다.

시간을 위해 몸과 정신을 바쳐 뼈 빠지게 일합니다. 공간을 위해 미친 듯이 돈을 법니다. 이처럼 내 시간과 내 공간을 만들려고 무진 애를 씁니다. 아니 온 생애를 바칩니다. 그렇게 시간과 공간을 위해 살다가 한 번도 그것의 주인으로 살아보지 못하고, 그것들을 누려보지 못하고 그냥 인생의 길을 떠납니다. 그리 생각하면 억울하지 않나요? 그 무엇보다도 나 자신이 소중한데도, 그 무엇과도 바꿀 수 없는데도 그렇게 나는 내 존재를 시간과 공간을 위해 삽니다.

내가 없으면 세상이란 공간은 의미가 없습니다. 내가 없으면 지금이란 시간도 무의미합니다. 이렇게 내 존재는 이 세상의 주인공, 시간의 주인공, 장소의 주인공임에도 불구하고 현재라는 시간을 누리지 못하고 시간의 노예로 삽니다. 시간을 관리하려다 점점 시간의 노예로 전락하여 바쁘게 삽니다. 그렇게 바삐 살수록 점점 더 바쁩니다. 시간을 아끼려다 점점 바쁘고, 그 시간을 제대로 쓰지도 못합니다. 시간의 잡혀 살면서 시간을 누리지 못하는 겁니다.

시간의 노예로 사는 사람은 평생 시간에 발목 잡혀 정신없이 살다가 삶을 끝내고 맙니다. 그러니까 시간에 잡혀 살지 말고 시간을 누리며 살아야 합니다. 내 존재의 소중함, 여기에서 실존을 만납니다. 이를테면 실존은 이 공간에 지금 내가 살고 있다는 의미입니다. 중심에 내가 있습니다. 그리고 내 존재의 필요조건은 지금이라는 시간이 있어야 합니다. 지금 머무는 여기라는 장소 역시 필요합니다. 그러니까 실존은 곧 현재라는 의미입니다. 현재, 지금이라는 시간은 여기라는 장소를 가질 수밖에 없습니다. 그러므로 실존이란 지금, 여기에, 존재하는 나를 의미합니다. 다른 말로 하면 현재란 지금이라는 시간과 여기라는 공간 속에 있는 나라는 의미입니다. 이 삼위일체가 바로 실존의 조건입니다.

이 세상에서 누릴 수 있다면 누려야 합니다. 볼 수 있는 것을 보고, 느낄 수 있는 것을 느끼고, 할 수 있는 것을 하고, 가질 수 있는 것을 갖고, 찾을 수 있는 것을 찾으려는 시늉이라도 해야 합니다. 그것이 진정 시간과 공간의 주인으로 살아가는 일일 테니까요. 다른 사람들과의 공존 속에서 다른 이들에게 피해를 주지 않을 수 있는 한에서 누릴 수 있는 것들을 누리며 살아야 합니다. 자꾸 미루다가는 아무것도 할 수 없습니다. 우리에게 주어진 시간들, 흘러가는 시간, 멈춘 시간, 순환하는 시간, 그 시간들의 의미를 찾아 여행을 시작합니다. 오늘은 실존입니다.

카르페디엠!

02

# 우선멈춤,

## 사람과 사람 관계의 시간

# 사람들 사이의 행복한 시간

일정한 공간에 나무들, 풀들, 여러 생물들이 모여서 숲을 이룹니다. 거기엔 서로 질이 다르고 모양이 다르고 습성이 다른 것들이 모여 있습니다. 그냥 모여 있는 것이 아니라 어쩌면 그리도 잘 조화를 이루고 있는지 모를 만큼 아름답게 모여 있습니다. 그런 숲을 보면 마음이 편안합니다. 기분이 한껏 부풉니다. 자연스럽게 세상에 찌든 마음도, 멍든 마음도 치유됩니다. 왜냐하면 숲은 이질적이건 동질적이건, 사물들이건 생물들이건, 다양한 것들이 조화를 이루고 있기 때문입니다. 자연을 보면서 자신을 거기에 비추니 자연치유가 되는 것이지요.

조화는 아름답습니다. 아름다운 것들만이 모여 있으면 오히려 아름답지 않습니다. 오목조목한 것들, 울퉁불퉁한 것들, 매끈한 것들, 추한 것들, 아름다운 것들, 딱딱한 것들, 부드러운 것들, 이렇게 아주 다양한 것들이 조화롭게 모여 있다면, 아름다운 것들만 모인 것들보다 아름답습니다. 때문에 우리 삶에는 조화가 중요합니다. 개인의 삶에 녹아 있는 다양한 것들, 잡다한 다양한 생각들도 조화를 이루면 아름답습니다. 때문에 잡다한 생각들이 떠오른다고 비관할 필요 없습니다. 그 모든 것들이 모여서 조화를 이룬 것이 우리들 자신이니까요.

원형극장에 모모가 머물 거처를 만들어 주려고 어른들이 모입니다. 각자 재능을 보탭니다. 미장이가 난로를 만들고, 거기에 녹슨 연통을 답니다. 목수 할아버지가 널빤지로 조그만 책상과 의자 두 개를 만듭니다. 부인들이 이러 저러한 침구들을 가져 옵니다. 마무리로 미장이가 벽에다 그림을 그려서 마무리합니다. 이렇게 거주공간이 생겼습니다. 다양한 직업을 가진 이들이 그들의 재능을 기부하자, 그 재능들이 조화를 이루어 멋진 공간이 됩니다. 사람과 사람 사이의 조화는 이처럼 아름답습니다. 반면 사람과 사람 사이에 조화가 깨지면 추할대로 추해지고 어지러울 대로 어지럽습니다. 그러므로 조화를 이룰 수 있도록 서로 노력해야 합니다.

어른들의 역할이 끝나면 아이들이 활동을 시작합니다. 모모를 위해 마을 아이들이 먹거리를 가져옵니다. 그들이 일부러 남긴 음식입니다. 조금 남겨서 보태는 겁니다. 어떤 아이는 치즈 한 조각을, 어떤 아이는 빵 조각을, 어떤 아이는 과일을 챙겨옵니다. 십시일반의 조화의 힘은 이처럼 큽니다. 혼자의 힘은 약하나 여럿이 조화를 이룬 힘은 강합니다. 아무리 큰 힘이라도 홀로 있으면 결코 크지 않습니다. 비록 작은 힘들이지만 그 힘들이 모이면 그 어떤 힘보다 강합니다. 홀로, 홀로 있으면 조화가 이루어지지 않지만 여럿이 함께하면 그 자체가 조화입니다. 그러니까 조화의 힘, 십시일반의 힘은 강합니다.

재능을 각자 보태려고 모여든 어른들, 먹던 음식을 조금씩 남겨온 아이들, 그 소박한 사람들이 모여서 파티를 엽니다. 화려하지 않으나 소박한, 이기적이지 않고 순수한, 그들의 파티는 그 어떤 파티보다 아름답습니다. 그 안엔 물질이 담겨 있는 것이 아니라 소박한 정이 담겨 있어서입니다. 그야말로 소박한 사람들, 가난한 사람들만이 그 멋을 느낄 수 있습니다. 행복은 이런 사람들, 행복을 얻으려고 의도적으로 행복한 척하는 사람들을 행복은 오히려 외면합니다. 행복은 그저 마음 가는 대로 뭔가를 주고 싶어 하는 가난한 마음의 소유자들의 마음에 이미 살고 있습니다.

크지는 않지만, 화려하지는 않지만, 티를 낼만한 것은 아니지만, 가진 대로 내어 놓아 누군가를 돕고 싶어 하는 사람들, 그들의 가슴 속에 둥지를 틉니다. 행복한 시간이란 이러한 나눔의 시간입니다. 소박하게 물건을 나눌 때, 자신의 일부를 조금이라도 갈라서 나눌 때, 정을 나누고 마음을 나눌 때 행복은 이미 그 사람들 사이를 메우고 있습니다. 사람을 벗어나서 얻는 행복은 일시적입니다. 결국 오래 행복을 얻으려면 사람들 사이에서 얻어야 합니다. 그 사람들 사이를 아름답게 메우는 조화, 거기에 진정한 행복이 있습니다. 그 나눔의 순간들, 조금만 나누고 양보하면 그 시간이 행복한 시간입니다.

## 사람들 사이의
## 축복의 시간

사람과 사람이 만나려면 무엇이 필요할까요? 사람의 만남은 같은 공간과 같은 시간에 있어야 합니다. 그것을 우리는 만남이라 부릅니다. 시간과 공간 그리고 존재들의 일치, 그것이 만남입니다. 이러한 삼박자가 제대로 맞아떨어지기란 쉽지 않습니다. 그 넓고 넓은 공간 중에 한 평은커녕 10분의 1평도 안 되는 존재들이 같은 공간에 있다는 건 기적에 가깝습니다. 게다가 같은 시간이라는 조건이 덧붙인다면 이 얼마나 힘든 확률이겠어요. 그만큼 만남이란 아주 어려운 확률로 이루어집니다. 그러니까 만남은 곧 인연이라 할 수 있겠지요. 물론 그것을 인연으로 만들든 악연으로 만들든 그것은 존재들 각자에 달려 있습니다.

사람과 사람이 정이 들려면 무엇이 필요할까요? 같은 공간에 함께 있으면서 지속적인 시간이 있어야 합니다. 지속적인 만남, 연이은 교류가 없는 한 정이 들 수 없습니다. 이렇게 우리는 시간과 공간을 빼놓고는 존재할 수 없기 때문입니다. 이렇게 확률이 어려운 만남, 그 만남은 어려운 만큼 우리 삶에 아주 지대한 영향을 미칩니다. 그 만남들이 우리 삶을 지배합니다. 우리를 불행하게도 하고 행복하게도 합니다. '참 다행이야'란 행운의 만남도 있지만, '하필이면'이란 불행한 만남도 있습니다. 만남이 운명이 아니라 선택이라면 그만큼 선택은 중요합니다.

모모는 행복합니다. 적어도 지금은 행복한 시간입니다. 그가 만난 어른들은 그를 위해 거처를 꾸며주었습니다. 덕분에 모모는 추운 날에는 난로를 피워 따뜻하게 보낼 수 있습니다. 아이들은 그를 위해 먹을 것을 가져다주곤 합니다. 덕분에 그에겐 늘 먹을 것이 있습니다. 그렇게 친절한 사람들을 만났으니 모모는 행운아입니다. 모모는 스스로 행운아라고 생각합니다. 모모에겐 그 어른들이 참 필요한 분들입니다. 모모에겐 그 아이들은 참 필요한 친구들입니다. 그들은 모모에게는 물질적으로나 정신적으로 꼭 필요한 이들입니다. 편안히 있을 공간과 슬프지 않게, 외롭지 않게 시간을 보낼 수 있게 해주는 고마운 이들이니까요.

모모와 마을 사람들의 관계는 그것으로 끝이 아닙니다. 지속적으로 이어집니다. 그들은 모모를 도왔고 모모는 그들의 도움을 받습니다. 그래서 모모는 그들을 고맙게 생각합니다. 하지만 얼마 지나지 않아 마을 사람들은 모모를 만난 것이 큰 행운이란 것을 깨닫습니다. 모모 역시 그들에게 꼭 필요한 존재가 된 겁니다. 그러면서 모모가 없던 지난날엔 어떻게 살았는지 의아해 합니다. 그만큼 모모는 그들의 마음에 위안을 주고 평안을 줍니다. 서로가 서로를 필요로 하는 사이가 된 겁니다. 일방적이 아닌 서로가 서로를 필요로 하는 사이, 그 사이에 사랑이 흐릅니다.

서로가 서로를 필요로 하는 사이, 그 사이는 아름답습니다. 그 아름다움이 서로를 행복하게 합니다. 서로가 서로를 필요로 하는 사이, 서로가 서로를 돕고 싶은 사이, 함께하면 서로가 편안한 사이, 그 사이를 우리는 사랑이라고 부릅니다. 굳이 사랑이 아니라면 우정이라고 부릅니다. 그 함께하는 시간이 길어질수록 서로는 정이 듭니다. 서로 익숙해집니다. 그러면 혹시라도 이별이 찾아올까 염려합니다. 그런 애틋한 마음들의 시간, 같은 공간에 함께 있다는 신비, 같은 공간에 다행히도 같은 시간에 함께한다는 신비, 그 신비로움을 감사로 받아들이면 그 시간은 아주 아름다운 순간들입니다. 그 공간은 아주 소중한 공간입니다. 그렇습니다. 같은 시간, 같은 공간에 같이 있는 사람들인 우리는 서로 사랑해야 합니다. 그 시간은 축복의 시간이며, 그 자리는 복된 자리입니다. 우리는 좋은 인연입니다.

## 다른 사람의 말을 들을 시간

바빠요. 바빠? 바쁩니다. 너 나 없이 모두 바쁩니다. 물질문명이 발전합니다. 아주 빠른 속도로 발전합니다. 발전을 거듭하면서 모든 것이 편리해집니다. 편리해진다는 것은 모든 것이 표준화되고, 단순화된다는 의미입니다. 사람이 하던 일을 기계가 대신합니다. 사람이 하던 문서처리를 전산이 대신합니다. 덕분에 사람은 할 일이 줄어듭니다. 편안합니다. 그런데 왜 우리는 점점 더 바빠질까요? 그렇게 절약해서 남는 시간으로 뭘 하기에 이토록 할 일은 쌓이고, 점점 더 바쁘기만 한 것일까요?

사람의 욕심은 한이 없습니다. 뭔가 욕구를 채우면 또 다른 일을 합니다. 그렇기 때문에 일의 생산력이 늘어나는 만큼 욕구는 기대치가 높아집니다. 따라서 그놈의 욕구는 배 이상으로 커집니다. 그러니까 바빠지는 것은 당연합니다. 그에 따라 서로 경쟁심은 커집니다. 사람의 수가 적을 때는 서로 이야기를 나누고, 이야기를 들었습니다. 그런데 사람의 수가 늘자 오히려 이야기를 나누려고도 않습니다. 서로 바쁘기 때문입니다. 물질문명이 발달하면서 서로 이야기를 나눌 시간이 확 줄어들었습니다. 때문에 누구도 다른 사람의 이야기를 느긋하게 들어주지 않습니다. 자신의 이야기를 할 수도 없습니다. 그러면서 사람들은 병들어 가고 있습니다.

그저 귀만 열면 세상의 소리를 들을 수 있을 줄 알았는데, 이제는 듣는 기술도 배워야 남의 말을 들 을 수 있답니다. 그만큼 서로가 벽을 쌓고 서로가 고립되어 살아갑니다. 소통이 끊어집니다. 남의 이야기를 듣기 전에 먼저 그 이야기를 듣는 것이 가치가 있는지, 시간낭비는 아닌지 그것부터 따지는 사람들이 늘어납니다. 이러한 분위기 속에서 우리는 고독을 느낍니다. 사람은 많으나 혼자라는 느낌입니다. 외롭습니다. 답답합니다. 뭔가 마음에 고이는 것들을 풀어내고 싶습니다. 하지만 우리 주변 어디에도 마음껏 마음을 털어낼 대상이 별로 없습니다. 그러니까 이 시대는 내 이야기를 들어줄 사람들이 필요합니다.

모모, 이 아이는 특별한 재주가 있습니다. 그래서 마을 어른들은 문제가 있으면 "모모에게 가 봐"라고 한답니다. 도대체 모모가 가진 재주는 뭘까요? 모모는 다른 아이들과 같습니다. 별다른 재주가 없습니다. 힘든 사람에게 조언을 해줄 만큼 인생 경험이 많지도 않습니다. 멋진 말을 해줄 만큼 똑똑하지도 않습니다. 어떤 문제에 대해 현명하게 판단하여 그 답을 줄만큼 삶의 경륜도 없습니다. 공정하게 판단할 만큼  균형감각을 갖추지도 못했습니다. 그렇다고 노래를 잘하거나, 코미디를 잘하거나, 악기를 잘 다루거나 하는 따위의 남을 즐겁게 해주는 재주도 없습니다.

그렇다면 모모가 가진 재주가 뭐냐고요? 과연 그는 누구도 따라할 수 없는 재주가 있었습니다. 다른 사람의 말을 잘 들어주는 재주를 모모는 갖고 있었습니다. 물론 남의 말을 들어주기, 그것은 조금만 인내하면 가능합니다. 감정을 속이고 다른 사람의 이야기를 듣는 척하기는 그리 어렵지 않습니다. 하지만 진정으로 마음으로도 겉으로도 다른 사람의 이야기를 제대로 들어주기란 어렵습니다. 진정으로 귀를, 마음의 귀까지 기울여 다른 사람의 말을 들어주기란 쉽지 않습니다. 그러니까 모모의 진실한 마음, 모모의 경청의 자세는 특별한 겁니다.

내게도 이야기를 잘하는 사람이 있습니다. 한 번 만나면 두 시간은 족히 들어줘야 합니다. 때문에 나는 그를 걸리면 두 시간이란 의미로 걸두라고 부릅니다. 하도 들어서 레퍼토리를 다 외우다시피합니다. 그럼에도 진지하게 맞장구를 치며 들어줍니다. 이렇게 말하고 싶은데 말을 못하면 마음의 병에 걸릴 수 있음을 알기에, 특별히 선행도 하지 못하니 들어주는 것이라도 제대로 해야겠다 싶어 가끔 만나면 나는 말 안하고 들어줍니다. 그 말의 가치를 떠나 말하는 이는 그렇게 말을 함으로써 마음의 위안을 다소는 얻기 때문입니다.

진실로 남의 이야기를 들어주는 사람이 많아야 합니다. 아무런 조건 없이 다른 사람의 말에 진정을 다하여 들어주는 사람, 특별한 조언을 하지 않으면서도 진실하게, 진지하게 이야기를 들어주는 사람, 자신의 말은 줄이고 줄이면서 다른 이의 말을 진심으로 듣는 사람이 필요합니다. 그런 진실한 사람, 남을 배려할 줄 아는 사람, 그들과 함께 있으면 그것만으로도 마음이 편안해집니다. 그렇게 자기 마음을 열어 이런 이야기 저런 이야기를 하다 보면 자신도 모르게 자신의 문제의 해답은 저절로 떠오릅니다. 말을 들어줄 사람들이 많이 필요한 이유입니다. 따라서 남의 말을 들어주는 일, 그 일은 참으로 좋은 일이며, 가치 있는 일입니다.

# 남의 말을 들어주는 의미 있는 시간

'답답해, 침울해, 난 살만한 가치가 없어, 이렇게 살아 뭘 해, 도대체 왜 이렇게 세상이 갑갑한 거야, 도대체 날 보고 어떻게 살라는 거야!' 이런 답답한 마음으로 하루하루를 살아간다면, 그 답답한 걸 그냥 담고 살다간 우울증에 걸려 허덕거립니다. 무기력해집니다. 살맛 안 납니다. 병납니다. 그것도 심한 병에 걸립니다. 치료를 하거나 약을 먹으면 회복할 수 있는 육체의 질병보다 더 끈질기게 물고 늘어져서 잘 낳지 않는 정신적 질병에 시달릴 수 있습니다. 그러니까 이제 말해야 합니다. 아니면 표현해야 합니다. 어떤 방식으로든 표현해야 합니다.

그런데 표현할 방법이 없다고요? 그 말들, 그 답답한 사연들을 들어줄 사람이 없다고요. 그러면 글을 쓰세요. 아! 글을 쓰려고 해도 마음이 안절부절못해서 글도 쓸 수 없다고요. 정 그렇다면 이야기를 잘 들어줄 사람을 만드세요. 잘 들어주는 사람 앞에 서라면 평소에 하지 못했던 말들을 술술 잘 할 수 있습니다. 잘 듣는 사람의 비결이 뭘까요? 상대를 바라보는 눈길에 진실을 담고 있기 때문입니다. 가만히 앉아서 따뜻한 관심을 갖고 온 마음으로 상대방의 이야기를 듣습니다. 그러면 사람들은 마음을 푹 내려놓고 마음껏 속내를 풀어냅니다. 그렇게 갑갑하게 숨겼던 말들을 풀어내면 속이 시원하고 왠지 무슨 일을 하든 잘할 것 같습니다. 그렇게 자신감을 얻습니다.

우리는 아무리 말하고 싶어도 말을 할 분위기가 아니면 말을 꺼내다 맙니다. 말을 잘 들을 줄 아는 사람은 그런 걸 잘 알기 때문에 마음껏 말을 풀어낼 분위기를 만들어줍니다. 간신히 말을 튼 사람의 말을 중간에 잘라서 말을 막지도 않습니다. 그윽하게 애정 어린 시선으로 바라보면서 진정으로 듣고 있다는 분위기를 풍겨줍니다. 진정한 친구 같다, 가까운 이웃 같다, 다정한 연인 같다는 인상을 줍니다. 왠지 말을 꺼내면 진심어린 위로를 해줄 것 같고, 눌린 가슴을 쓰다듬어줄 것 같습니다. 그러니까 그러한 사람 앞이라면 무슨 말이든 하고 싶어집니다. 쌓이고 쌓인 말들을 다 풀어냅니다. 말을 하는 것만으로도, 쌓여 있는 케케묵은 말들을 쏟아내는 것만으로도  사람들은 마음의 위로를 받습니다. 마음의 편안을 얻습니다. 묵은 체증이 뻥 뚫린 것처럼 시원합니다.

여타의 동물에 비해 엄청나게 많이 잡다한 생각을 하는 우리는 그만큼 쌓으며 사는 게 많습니다. 그러니까 속을 풀어내면 이상하게 무슨 일이든 잘 할 수 있을 것 같습니다. 무슨 일이든 하는 일이 잘 될 것 같습니다. 잔뜩 체하여 움직이기조차 싫었던 사람이 소화가 잘 되자 움직이기 시작하는 것처럼, 가슴에 쌓아둔 일들을 풀고 나면 자신도 모르는 용기가 솟아납니다.

뭔가를 결정하려 했으나 쉽게 결정하지 못하던 사람은 진정 자신이 원하는 답을 얻습니다. 용기나 패기가 부족했던 사람은 대담해집니다. 불행하다, 억눌려 산다, 그런 생각으로 살던 사람은 살아갈 용기를 얻습니다. 자신은 쓸모없는 존재다, 살아갈 가치가 없다, 삶의 의미가 없다, 세상에서 버림받은 존재다, 그렇게 자기 존재의 소중함을 모르던 사람도 일단 안에 쌓인 것들을 풀어내면 삶은 충분히 살만한 가치가 있으며, 자신은 소중한 존재의미 또는 존재이유가 있다는 생각을 하게 됩니다. 자신을 풀어내면 결국 자신의 생각이 자신을 옥죄고 있었다는 것을 깨닫기 때문입니다.

사실 세상의 문제의 답은 자신 안에 있습니다. 세상의 잡다한 문제를 만든 것은 자신이기 때문입니다. 말을 하면서, 표현을 하면서 드디어 자신이 자신을 스스로 가두고 있었다는 것을 발견한 까닭입니다. 그리하여 세상에 자신과 같은 존재는 오직 자신뿐이라는 것, 때문에 세상에서 소중한 존재라는 것을 깨닫습니다. 그러므로 다른 사람의 이야기를 잘 들어주는 일은 참으로 숭고하고 좋은 일입니다. 좀 번거롭고 힘겨운 일일 수도 있지만, 그럼에도 잘 들어주는 일은 아주 의미 있는 일입니다. 다른 사람의 말을 잘 들어주는 사람은 참 좋은 일을 하고 있는 겁니다. 그렇데 다른 사람의 답답함을 풀어주어 용기를 주는 시간, 희망을 주는 시간은 진정 가치가 있는 시간입니다.

# 경청 또는
# 잘 듣기의 기술

예쁜 글을 쓰고 싶은가요? 글을 잘 쓰고 싶나요? 그러면 가만히 아주 가만히 마음을 내려놓아요. 그리고 귀를 기울여 봐요. 건성으로 무언가를 들으려 말고 가만히 들어봐요. 세상의 이야기를. 사람의 이야기 말고요. 쉽게 알아들을 수 있는 사람의 말이 아닌 동물이나 곤충 새들의 소리를 잘 들어봐요. 그냥 그 소리의 생김새를 들으라는 것이 아니라 그 소리들의 의미를 들어보라는 거예요. 그 정도로 잘 들을 수 있다면 세상의 무슨 소리인들, 어느 사람의 말인들 못 듣겠어요. 그러면 작가가 될 수 있어요. 그것도 어설픈 글을 쓰는 작가가 아니라 제대로 글 좀 쓴다는 말을 듣는 작가가 될 수 있다고요.

말을 잘 들을 수 있다면, 아니 잘 들어줄 수 있다면 작가만 되겠어요. 좋은 일을 할 수 있지요. 다른 이들의 말을 잘 들어준다는 건 그 사람의 마음을 여는 일이에요. 마음을 열면 막혔던 사람과의 관계도 열리겠지요. 관계가 열리면 숨 막힐 듯 옥죄던 응어리도 풀리겠지요. 응어리가 풀리면 답답했던 마음이 시원해지겠지요. 그러면 정신적으로 아주 좋은 일이지요. 그러니까 다른 사람의 말을 아주 잘 들어준다는 건 다른 사람의 아픔을, 다른 사람의 아픈 마음을 치료해주는 셈이에요. 아주 좋은 일이에요.

잘 들을 줄 아는 기술이 있다면 작가도 될 수 있고, 좋은 일도 할 수 있으니 얼마나 좋아요. 일단 일석이조인 것 같지요. 게다가 자신도 좋은 일했다 생각하면 기분이 좋지요. 보람도 있지요. 듣기 한 가지 잘하면 일석삼조를 넘어 그 이상이 될 수 있어요. 그러니까 잘 듣는 기술을 배우면 좋아요. 경청 그런 거 말고요. 정말 잘 듣는 기술이요. 경청이 자기계발식의 잘 듣는 기술, 그 정보를 이용하기 위한 잘 듣는 기술, 비즈니스를 위한 듣기라면, 지금 이야기하려는 기술은 인문학적 잘 듣기라고 할까요. 상대에 대한 교감을 먼저 하는 듣기예요. 애정 어린 듣기고, 진심어린 듣기며, 조건 없는 듣기예요. 그래요. 사랑이에요.

배우고 싶나요? 그 기술을요. 모모에게 배워볼까요. 한 아이가 모모에게 도무지 노래를 부르려고 하지 않는 카나리아 한 마리를 가져왔군요. 이 새가 노래를 부르게 하려면 아주 어렵지요. 사람이 아니니 말도 안 통해요. 그렇다고 때리며 노래하라고 할 수도 없잖아요. 모모는 일주일 내내 카나리아에게 귀를 기울여요. 그러자 카나리아는 즐겁게 지저귀기 시작한 거예요. 대단한 일이지요. 비결이요? 기다림, 진심어린 기다림이에요. 잘 듣는 비결은 시간 따위를 따지지 않고 기다리는 거예요. 오기로 기다리는 게 아니라 진심으로, 사랑으로 기다리는 거예요. 그러면 어떤 사람의 마음도 움직일 수 있어요.

모모는 그렇게 성공하고도 이 세상 모든 말에 귀를 기울여요. 개, 고양이, 귀뚜라미, 두꺼비, 심지어는 빗줄기와 나뭇가지 사이로 지나가는 바람에도 귀를 기울여요. 그러면 그들은 각 나름의 방식으로 말을 하고 모모는 그 소리를 알아듣는 것이지요. 모두들 돌아가고 혼자 그 원형극장에 남으면 거대한 정적에도 귀를 기울여요. 그러면 별들이, 바람이, 곤충들이, 식물들이 모모에게 말을 걸어요. 모모의 가슴 깊이 스며들어요. 나직한 노래를 불러줘요. 참 행복하겠지요. 그래요. 사람의 소리를 듣고, 자연의 소리까지 잘 들을 수 있다면 자신에게도 좋아요. 그러니 행복한 사람이 될 수 있지요. 글도 예쁘게 쓸 수 있지요. 마음도 예뻐져요.

잘 들어봐요. 사람들의 말을요. 들어주는 것만으로도 큰 도움을 준 거에요. 어떤 물질보다 때로는 더 가치 있는 걸 준거예요. 그리고 대답을 해주려면 길게도 말고 그냥 마음에 있는 말로 위로해줘요. 그러면 의미 있는 일, 가치 있는 일을 한 거예요. 잘 들어봐요. 자연의 노래를요. 그리고 그 자연에게 대답을 해줘요. 그러면 이미 시인이 된 거예요. 잘 들어줘요. 상대를 이해할 수 있을 때까지요. 그러려면 기다림, 기다림을 위한 인내가 필요해요. 그런 정도의 시간을 듣는 일에 보탠다는 건 어려운 일이지요. 그러나 그만큼의,

그 이상의 가치가 있는 일이라면 그 듣기란 아주 좋은 것이지요.
들어요. 들어봐요!

# 친구를
# 사귈 마음의 여유

어떤 친구를 원하나요? 말이 많은 친구, 아니면 별로 말이 없는 친구인가요?

말이 별로 없는 사람이 있어요. 뭔가 할 말이 있을 텐데, 왠지 모르게 자기표현을 못하는 사람이 있어요. 그런 친구를 사귀려면 내가 많은 이야기를 하냐고요. 그렇지 않아요. 오히려 내가 많은 이야기를 하면 그 사람은 나를 싫어하게 될 거예요. 왜냐고요. 그는 말을 할 줄 몰라서가 아니라, 할 말이 없어서가 아니라 단지 말을 할 준비가 안 되어 있을 뿐이니까요. 그러니까 그의 입에서 술술 말이 나올 수 있는 분위기를 만들어줘야 해요. 그가 맘 편히 이야기를 할 수 있도록 해줘야 해요. 그의 말을 들어줄 준비가 되어 있어야 해요. 그렇게 하여 그가 입을 열기 시작한다면 아주 좋은 친구가 될 수 있어요.

누구에게나 좋은 친구가 필요하지요. 친구가 많아도 그 중에서 특히 더 좋고 더 가깝게 느껴지는 친구가 있어요. 그런 친구와 더 가까워지려면 그의 성향을 잘 알고 그 성향을 잘 이해하고 그 성향에 맞게 사귀는 게 필요하겠지요. 말을 많이 하는 친구가 있다면 그에 맞는 사귐의 방법이 있어야겠지요. 반면 말이 적은 친구가 있다면 그 방법은 달라야 하고요. 그 친구들을 특별하게 느낀다면 그에 맞게 나를 맞추어 갈 필요가 있지요. 그리고 그것이 자신도 좋아야 하고요. 자기희생이라고 생각한다면 그건 진정한 우정이 아니잖아요. 그 만남 자체가 즐겁고 의미 있고 좋다는 생각이 있어야겠지요.

이런 관계가 있다고 해보자고요. 이를테면 누가 무엇을 물어도 빙그레 웃기만 하고 대답이 없어요. 그 묻는 말에 대답이 필요하다 생각하면 아주 곰곰이 생각만 해요. 그렇지 않다면 아무 말도 안 해요. 그러다 보니 서로 묻고 대답하는 타이밍이 안 맞겠지요. 이미 물은 사람은 답을 들을 시간이 지났고, 대답한 사람은 엉뚱한 답이 되는 것이지요.

미하엘 엔데의 《모모》는 읽을수록 여러 생각을 갖게 해요. 그 작품 속에 모모의 친구 베포가 있어요. 그는 진실이 아닌 이야기를 하지 않으려면 많은 시간이 필요하다고 생각하는 거예요. 모든 불행은 의도적이거나 의도하지 않은 거짓말 때문이라 생각해요. 그는 모든 불행의 원인은 급하게 서둘러 말하거나 철저하지 못한 거짓말 때문이라 생각하는 것이지요.

그는 말이 없는 대신 자신이 맡은 일에는 아주 충실했어요. 자기가 맡은 일을 좋아하고, 또 철저하게 해요. 대개 말이 없는 이들이 그러하듯 자신이 하는 일은 꼭 필요한 일이라는 자부심도 있어요. 결코 서두르지 않고 꾸준히 그 일을 해요. 청소부인 그는 청소를 하면서 아름다운 생각도 많이 해요. 단순히 그 일을 하는 게 아니라 그 일에 의미부여를 하니까 좋은 생각이 많이 떠오르는 것이지요. 그러다 보니 거리를 청소하는 청소부지만 마음엔 아름다운 표현이 차곡차곡 쌓이는 것이지요. 그럼에도 그는 표현을 잘 못하는 거예요. 혼자만 속으로 되뇔 뿐 표현을 못하니 문제는 문제지요.

그런데 그는 모모에게 오면 드디어 그 표현을 할 수 있어요. 모모에겐 자신의 그런 자잘한 생각들, 아기자기한 생각들을 들려주는 거예요. 그에게서 나오는 생각들은 참 좋은 생각들이에요. 삶에 교훈이 되는 말들이지요. 그 아름다운 말들이, 좋은 말들이 그 안에만 숨어 있었던 거예요. 그런데 모모를 만나 그 좋은 말들이 밖으로 나오기 시작한 거예요. 모모는 그만큼 들어주는 재주가 있어요. 다른 사람이 말을 열게 하는 기다림이요. 그렇게 하는 믿음직한 분위기, 마음 놓고 입을 열 수 있는 편안함을 주는 거예요. 그러자 그 친구는, 아니 그 어른은 자신이 하는 일의 의미를 말해요. 그 일이 왜 좋은 일인지를 말해요. 자신의 일에 대한 자신의 철학을 말해요.

이런 사람을 친구로 사귀려면 그 입을 열게 할 그럴만한 여유가 있어야 해요. 모모는 청소부 베포의 이야기를 들어주는 기술이 있었어요. 그 바탕 역시 마음의 여유였지요. 모모가 그의 이야기를 들어줄 마음의 여유를 갖자 그는 이야기하고 싶었어요. 모모가 특유의 방식으로 들어주자 베포의 굳었던 입이 열렸어요. 이제까지 입안에서만 맴돌던 적절한 단어들이 그 의미를 안고 밖으로 나오기 시작했어요. 그래요. 누군가 진지하게 들어줄 사람이 없으면, 그 생각을 업고 나올 단어가 빙빙 돌다가 말할 기회를 얻지 못하는 거예요. 그런데 모모의 기다림의 여유가 말문을 열게 한 거예요.

너무 시간 따지지 말아요. 어떤 시간을 보내든 의미부여를 하면 돼요. 그러면 그 시간은 헛시간이 아니에요. 의미 있는 시간이에요. 그건 가치 있는 시간이에요. 시간이 아름다운 건 그 시간에 의미부여를 하거나 가치를 부여한 덕분이에요. 그러니까 때로 기다려 줌의 여유, 참 좋은 거예요. 좋은 친구를 사귀고 싶다면 모모처럼 해봐요. 답답한 친구를 위하여 진득한 기다림이요. 그의 말문을 열어주는 여유를 갖는 거예요. 그러면 당신은 참 좋은 친구를 얻는 것이지요. 때로 진실은 화려한 말보다 침묵 속에 숨어 있으니까요. 친구를 사귀려면 그만큼의 시간이 필요해요.

## 더불어
## 삶의 즐거움

누군가 노래를 불러도 함께 부르지 않습니다. 누군가 춤을 추어도 함께 춤추지 않습니다. 누군가 웃어도 함께 웃지 않습니다. 성서에 이와 비슷한 예언이 있습니다. 요즘 세상이 그렇게 변하는 듯합니다. 점차 사람들이 스스로 고립을 자처하고 자기만의 세계를 원합니다. 우리에서 나로 급속히 변하고 있습니다. 이렇게 철저하게 다른 사람들로부터 나를 떼어놓습니다. 그저 너는 나로 나는 나로 삽니다. 그게 익숙해지니 차라리 편합니다. 이것저것 잴 필요도 없고, 괜히 다른 사람 눈치 볼 필요 없습니다. 이렇게 우리는 타자로부터 나를, 나로부터 타자를 분리합니다. 그렇게 하여 스스로를 고립시킵니다. 나의 세계가 아니라면 나와는 아무 상관없다고 생각하기 때문입니다.

자, 우리는 지금 잘살고 있는 걸까요? 사람이 다른 짐승, 아니 다른 동물과 다른 점이 있다면, 영장류로서 구실을 할 수 있는 특징이 있다면, 혼자이면서 여럿으로의 삶, 홀로 살면서 더불어 사는 삶, 사적이면서 공적인 삶, 개인적이면서 공동체적인 삶을 적절히 조화를 이루며 살 수 있고, 그런 관계를 생각할 줄 아는 존재라는 점입니다. 그런데 점차 우리는 그 반쪽의 삶 쪽으로 급히 이동하고 있습니다. 그저 나쁜입니다. 왜, 어쩌다 우리는 그렇게 변하고 있을까요? 아날로그는 뒷전으로 밀려나고, 디지털만이 앞으로 나오기 때문에 생기는 현상입니다.

이제 아이들은, 아니 어른들도, 서로 얼굴을 마주보며 이야기하기에서 멀어지고 있습니다. 서로 말을 섞는 대신 온전한 문장의 문자도 아닌, 그냥 의사소통만 가능한 정도의 정체불명의 은어나 암호를 만들며 그걸로 소통하고 있습니다. 아날로그식이라면 서로의 숨결도 느끼고, 표정의 변화도 읽으면서 소통을 합니다. 그런데 디지털문화는 그 작고 좁은 화면을 들여다보며 오직 손가락으로만 대화를 나눕니다. 거기에선 숨결도 느낄 수 없고, 목소리도 들을 수 없고, 표정 하나도 읽을 수 없습니다. 그저 그 좁은 스마트 폰 화면 안, 아니면 노트북이나 피시의 화면 안이 내 세계의 넓이입니다. 그만큼 좁은 화면으로 넓고 넓은 세상을 만납니다. 화면 안에 갇혀서 죽어가고 있습니다. 우리는….

"세상을 낯설게 느끼는 사람은 이제 화도 내지 않고, 뜨겁게 열광하는 법도 없어. 기뻐하지도 않고, 슬퍼하지도 않아. 웃음과 눈물을 잊는 게야. 그러면 그 사람은 차디차게 변해서, 그 어떤 것도, 그 어떤 사람도 사랑할 수 없게 된단다. 그 지경까지 이르면 그 병은 고칠 수가 없어. 회복할 길이 없는 게야. 그 사람은 공허한 잿빛 얼굴을 하고 바삐 돌아다니게 되지. 회색 신사나 똑같아진단다. 그래, 그들 중의 하나가 되지. 그 병의 이름은 견딜 수 없는 지루함이란다." 미하엘 엔데의 《모모》에서 읽은 글입니다.

개인만 생각하는 사람이 있다면 영혼 없는 사람입니다. 세상을 혼자서 충분히 살아갈 수 있다고 믿는 사람은 가슴 없는 사람입니다. 그런 사람은 점차 이기적인 사람으로 변합니다. 이기적인, 누구나 어느 정도의 이기적인 면이 있습니다. 물론 이기적인 면을 갖는 것, 당연합니다. 하지만 자신만 생각하여 다른 이들에게 피해까지 주는 이기심은 버려야 합니다. 자신을 사랑하되 남에게 피해를 주지 않으려는 마음, 그것은 이기주의가 아니라 개인주의입니다. 적어도 우리는 그 마음, 즉 개인주의로는 살아야 합니다. 홀로이면서 더불어 삶의 조화, 개인이면서 공동체, 나이면서 우리, 이 양면성을 인정하고 존중하는 삶, 그런 사람을 추구하는 사람은 가슴이 살아 있는 사람입니다.

슬픔도 없고 기쁨도 없고, 화날 일도 없고 열광도 없고, 웃음도 없고 눈물도 없는 무미건조한 삶, 그건 사람의 삶이 아닙니다. 삶이란 단어를 붙일 수도 없는 냉랭한 기계입니다. 지금 우리는 회색 신사가 퍼뜨린 성공지상주의, 물질지상주의, 권력지상주의로 심장을 식히고 굳어지게 하는 중인 건 아닐까요. 이제 사람을 사랑해야 합니다. 미워도 해야 합니다. 이를테면 감정이 있는, 뜨거운 심장이 있는 사람의 삶을 살아야 합니다. 그러니까 오늘은 기계 뒤에 숨어서, 디지털 가면을 쓰고 소통을 시도하는 대신, 만나서 이야기하자고요. 만나서 얼굴 좀 보자고요. 그래서 더불어 삶의 의미, 더불어 삶의 즐거움, 더불어 삶의 소중함을 느껴보자고요!

# 나를 알고 너를 알아야 할 시간

유유상종이란 말이 있습니다. 서로 닮은 사람끼리 잘 어울려 지낸다는 의미입니다. 그렇다고 단순하게 서로의 행동양식이 유사하다는 말로 그 의미를 축소할 필요는 없습니다. 비록 스타일, 이를테면 말하는 방식, 특이한 습관 등이 유사하지 않더라도 마음이 통하는 뭔가가 있다면 그게 바로 유사한 것입니다. 겉으로는 상이하더라도 속으로 통하면 그들은 유유상종입니다. 두 사람이 모두 말이 많다면 그들은 친하게 지낼 수 없습니다. 두 사람이 모두 성격이 급하거나 두 사람이 모두 느려 터져도 서로 친할 수 없습니다.

성격 급한 사람과 성격 느린 사람, 참을성이 많은 사람과 그렇지 못한 사람 사이엔 자칫 분쟁의 소지가 있지만, 잘만 하면 좋은 사이가 될 수 있습니다. 때문에 우정이나 사랑은 그런 것들이 잘 조화를 이룰 때 가능합니다. 특히 말을 많이 하는 사람과 말을 잘 들어주는 사람의 조화는 이상적입니다. 두 사람 모두 말을 많이 한다면 그들은 잘 지낼 수 없습니다. 그렇다고 서로 말을 잘 안하는 사람들은 서로 가까워질 수 없습니다. 그들은 서로를 감추고 살 수 밖에 없기 때문입니다. 그러니 한 사람은 말하기 좋아하는 사람, 한 사람은 들어주기 좋아하는 사람, 이 조합이 아주 좋은 관계입니다. 서로 기다릴 만한 마음의 여유가 있는 한에서입니다.

베포는 말이 거의 없는 사람, 기롤라모는 말이 많은 사람, 모모는 빙그레 말을 잘 들어주는 사람, 세 사람은 서로 좋은 친구입니다. 베포는 오직 정직하게 살아가면서 말을 하더라도 꼭 쓸 말만 합니다. 다른 사람의 이야기를 하기 보다는 자신의 이야기만 합니다. 자기 내면에 충실한 사람입니다. 반면 기롤라모는 자기 내면의 이야기는 별로 하지 않습니다. 자기 외부에 있는 이야기들을 그럴듯하게 꾸며서 이야기합니다. 한 사람은 내면의 행복을 추구하고 한 사람은 돈으로 행복을 얻으려 합니다. 그렇게 서로 가치관이 다름에도 좋은 관계를 맺고 있습니다. 적어도 시간관념이 별로 없을 때까지는 말입니다.

기롤라모는 꾸며낸 이야기를 사람들에게 하면서 그 대가를 받습니다. 그의 직업은 관광안내원이니까요. 그 꾸며낸 이야기란 진실이 중요한 것이 아니라 삶에 교훈을 줄 수 있다면 되는 것이니까요. 그는 그렇게 하여 부자를 꿈꿉니다. 그럼에도 정당하게 부자가 되려 합니다. "그건 재주라고 할 수 없어. 부자가 되려면 재주가 있어야지. 모모, 약간의 편안함을 얻기 위해 인생과 영혼을 팔아버린 사람들의 모습을 한 번 보렴! 아니, 난 그렇게는 안하겠어. 커피 한

잔 값 치를 돈이 없다 해도 나는 나인 거야!" 그는 나름의 철학이 있습니다. 그 덕분에 그들은 서로 좋은 우정을 맺을 수 있습니다. 적어도 이기적인 그들이 아니기 때문이고, 자기 철학을 가질 여유가 있기 때문입니다.

어떤 삶을 살든 자신을 돌아볼 여유가 있다면 누구나 좋은 친구가 될 수 있습니다. 그만큼 자신을 점검한다는 건 사람이 사람답게 살 수 있도록 돕습니다. 그런데 그 자기점검을 할 수 없다면 사람들은 서로 각박해지기 시작합니다. 서로가 서로를 경계합니다. 서로가 서로를 배척합니다. 그때부터 서로 자신을 지키려 듭니다. 그러니까 점점 이기적이 되고 맙니다. 그러면서 자기 욕심만 부리고 자신을 들여다볼 여유가 없으니 다른 사람에 대한 배려 따위는 생각도 못합니다. 거기에 우정이 무슨 의미가 있겠어요.

때문에 세상 모든 일엔 마음의 여유가 필요합니다. 자기를 돌아볼 여유, 남을 돌아볼 여유, 서로가 조화를 이룰 여유가 필요합니다. 누구나 또 그렇게 살고 싶어합니다. 하지만 실제로 그렇게 사는 사람은 많지 않습니다. 그럴 여유를 위해 사람들은 열심히 일합니다. 열심히 공부합니다. 그렇게 하면 그럴 수 있는 시간을 살 수 있다고 생각하기 때문입니다. 그러면 우정을 얻을 수 있고 서로 좋은 관계를 맺을 수 있다고 생각합니다. 과연 그럴 수 있을까요?

여유만 있다면 서로 상반되는 성격이어도, 서로 취향이 달라도 조화를 이룰 수 있습니다. 그 여유로움 속에 우정도 살아나고 사랑도 살아납니다. 그 여유가 없어지면서 우정도 사라지고 사랑도 사라집니다. 그러니까 여유를 찾아야 합니다. 내면의 여유 말입니다. 그걸 어떻게 찾을 수 있을까요? 역으로 왜 우리는 점점 여유를 잃으며 살아가고 있을까요? 다음엔 그걸 알아보자고요. 그걸 알아야 다시 잃어버린 여유를 되찾고 우정도 사랑도 회복하거나 새로 시작할 수 있을 테니까요.

## 시간관념과 인간관계

유한자로 살아야 하는 인간, 확실한 미래를 보장 받지 못하여 가끔은 허무를 느끼는 인간, 시간을 멈추지 못하여 그저 흘려보내며 때로는 쓸쓸함을 느끼는 인간, 우리끼리는 때로 강한 척하고, 잘난 척하지만 운명의 약자로 살아야 하는 인간인 우리에게 소중한 가치는 그저 혈육의 정, 우정, 애정, 이러한 3정에 있습니다. 이 3가지 정이 지속적으로 우리에게 이어진다면 세상은 살만하고 즐겁습니다. 허망함을 잊고, 우울함을 잊고 나름 신나고 행복하게 살 수 있습니다. 이 모두를 누릴 수는 없더라도 그 중 하나라도 잘 유지하면 그런 대로 살만합니다. 하지만 그나마도 유지하기 어렵습니다.

모모, 베포, 기롤라모, 서로 다른 세 사람이 좋은 우정을 유지합니다. 서로 만나면 좋습니다. 즐겁습니다. 행복합니다. 어제까지고 이렇게만 살면 될 것 같습니다. 그런데 이들에게도 그 사이를 비집고 들어올 방해세력이 대기하고 있습니다. 바로 시간관념입니다.

지금처럼 시간을 받아들이면 하등 문제가 없습니다. 그런 시간의 관념이 변하는 순간 관계는 아주 달라질 겁니다. 그 전에 우리는 그런 문제를 예방해야 합니다. 그러니까 시간을 배워야 합니다. 시간관념에 대하여 말입니다.

혈육의 정에 금이 갑니다. 서로에 대한 기대 때문에 오히려 더 금이 잘 갑니다. 돈 문제로, 부모를 모시는 문제로, 가까운 마큼 바라는 게 많아서 금이 갑니다. 우정에 금이 갑니다. 신뢰의 문제로, 약속의 문제로, 사소한 도움을 받았다가 금이 갑니다. 애정에 금이 갑니다. 변하지 않을 것 같았는데, 마냥 좋기만 할 것 같았는데, 세상에 완전한 것이란 없으니 금이 갑니다. 이렇게 우리 삶의 중요한 정들이 금이 가는 걸 보면 일맥상통하는 점이 있습니다. 사람들이 여유를 잃어서 그렇습니다. 남을 이해할 시간, 그걸 알아차릴 시간, 남을 돌아볼 시간이 없습니다. 왠지 모르게 바쁩니다. 아주 바쁩니다.

왜 시간이 없을까요? 실제는 시간이 없는 것이 아니라 시간이 없다, 바쁘다는 생각 때문입니다. 누구에게나 시간은 똑같은 속도로 주어집니다. 똑같이 흐릅니다. 그럼에도 그 느낌에 개인 차가 있는 건 심리적인 이유입니다. 마음의 여유가 문제이지 물리적 여유의 문제가 아닙니다. 마음의 여유, 그것이 중요합니다. 조금만 마음의 여유를 가지면 대부분의 사람과 사람 간의 문제는 자연 해결됩니다. 다만 서로 이해할 여유, 서로를 배려할 여유만 있으면 됩니다. 그런데 그게 안 됩니다. 마음의 여유가 없습니다. 마음의 여유를 갖는다 하면서도 그렇게 안 됩니다.

가치의 문제입니다. 삶의 가치를 성공이나 부, 명예, 권력에 두기 때문입니다. 그렇게 목표 지향적으로 살려니까, 남보다 많이 가지려니까, 남보다 빨리 얻으려니까, 시간이 부족합니다. 모든 것을 보이는 것의 가치로 따지니까 여유가 없습니다. 그 시간을 돈으로, 성공으로 권력으로 환산하는 겁니다. 그러다 보니 시간이 소중하다 여깁니다. 때문에 무엇을 하든 물질적 가치로 환산하면서 이리 재고 저리 잽니다. 그러니까 관계에 금이 가는 겁니다. 시간을 돈으로 환산하니까 모든 만남들이 싸늘해집니다. 여러 번 만나던 것을 줄이고 줄여 한 번 만나기도 어렵습니다. 자주 만나지 못하다 만나니 그저 겉도는 말만 하고 맙니다.

마음을 담은 말은 나누지도 못합니다. 그러니 만나도 만난 게 아닙니다. 관계도 관계가 아닙니다. 말로만 혈육의 정이요, 말로만 우정이요, 말로만 애정입니다. 반면 속내는 다른 데에 가 있습니다. 그런 겉도는 관계로 세상은 냉랭하게 식어갑니다. 그럴수록 세상 살맛 안 납니다. 세상은 점점 더 부추깁니다. 바쁘게 살아야 한다, 시간을 절약하며 살아야 한다, 시간을 낭비해선 안 된다고 부추깁니다. 하지만 시간 절약의 기준도, 시간 낭비의 기준도 정해진 건 아닙니다. 그건 각자 어떤 가치를 시간에 부여하느냐에 달려 있습니다.

그럼에도 시간을 잘 관리해야 합니다. 그 시간에 어떤 의미를 부여하느냐는 제쳐두고 시간의 강박관념까지 가지니까 문제가 생깁니다. 그 때문에 남들을 의식합니다. 남들처럼 그렇게 살지 않으면 당장 문제가 생길 것 같습니다. 나의 미래는 당장 큰일 날 것 같습니다. 그래서 성공자의 삶을 따라합니다. 그걸 따라하다 보니 마음이 무척 분주합니다. 무엇을 해야 할지 방향조차 잡히지 않습니다. 그렇게 자기주도적인 삶인 듯 하고, 자기 결정에 따른 생활인 것 같지만 다른 사람의 시선, 세상이 바라는 틀에 맞춰 살다보니 자기 삶을 살지 못합니다. 자기가 아닌 타인의 삶, 자율이 아닌 타율의 삶, 그게 문제입니다. 그러니까 차분히 마음을 갖고 사람과 사람 사이의 정이 멈춘 곳에서 다시 시작해야 합니다. 그걸 소중한 가치로 생각하고, 그 가치를 최우선으로 두어야 합니다. 그래야 매일이 살만합니다.

# 정말 소통을 잘하는 방법을 찾고 싶다면

시간은 절약할 수도, 낭비할 수도 없습니다. 아니 시간은 절약 대상이기도 하고 낭비 대상이기도 합니다. 이런 모순이 통하는 것이 시간입니다. 가만히 있어도 시간은 흐르고, 빨리 달려도 시간은 흐릅니다. 이 흐름의 시간을 절약해도, 낭비해도 삶의 의미와는 관계없습니다. 삶에 의미를 준다면, 단지 의미부여를 한 시간뿐입니다. 그러니까 시간을 물리적으로, 외적으로 생각할 게 아니라 가슴 속에 깃들이도록 살아야 합니다. 그래야만 시간에 억울하지 않습니다. 그래야 시간에 속지 않습니다.

현대인들은 시간을 절약한다는 이유로, 효율적이란 이유로, 경제적이란 이유로 마리를 짜낼 대로 다 짜냅니다. 그렇게 하여 모든 것을 단순화합니다. 기계화합니다. 이를테면 무엇을 사용하든 한 가지로만 사용합니다. 가전도구도, 장난감도, 그 무엇도 모두 리모컨 하나로 움직이게 만듭니다. 그러면 그것들로부터 해방되어 많은 시간을 얻을 줄로 압니다. 하지만 이제 사람들은 그 리모컨을 누르는 일에 모든 시간을 씁니다. 오히려 그 리모컨 눌러댈 시간이 이전에 수고하던 시간보다 더 필요로 한다는 걸 잊고 있습니다.

마찬가지로 모든 것을 하나로 묶어 간편화합니다. 이를테면 스마트 폰 하나면 문자, 카톡, 컴퓨터 기능, 인터넷, 게임, 대화, 모든 것이 가능합니다. 이전에는 이 모두를 하려면 여러 가지 도구를 필요로 했습니다. 더러는 움직여야 했고, 더러는 거리를 제법 걸어야 했습니다. 그 모두를 한 곳에 모으니 아주 편리합니다. 이동 시간도 필요 없고, 다른 도구를 찾아올 필요도 없습니다. 그러니 시간을 엄청 절약할 수 있습니다. 그런데 왜 더 바쁠까요? 할 일은 점점 왜 밀릴까요? 그렇다고 의미 있는 일만 골라서 할까요? 지금 하고 있는 일에 대해 아무런 후회나 아쉬움이 없냐고요?

더 효율적인 사람들, 더 생산적인 사람들, 시간과의 싸움을 벌이는 사람들, 이 현대인들이 더 바쁩니다. 더 여유가 없습니다. 그들은 이제 자신들이 편리하기 위해, 시간절약을 위해 만들어 놓은 도구의 노예가 되었기 때문입니다. 모든 편리를 위해, 시간 절약을 위해 만든 스마트 폰의 노예로 살고 있습니다. 아침에 눈을 뜨기 바쁘게 현대인들은 스마트 폰에 달려듭니다. 길에서도, 전철 안에서도, 운전을 하면서도, 거기에서 눈을 떼지 못합니다. 겨우 잠에 들고 나서야 스마트 폰에서 떨어집니다. 그러니 더 더욱 바쁠 수밖에 없습니다.

그러고도 이들은 시간을 절약한다고 생각합니다. 늘 시간을 그렇게 낭비했음을 인식하면서도 거기서 벗어나지 못합니다. 의미 없이, 보람 없이 자신들이 만들어 놓은 멋지고 훌륭한 시간절약 도구에 오히려 시간을 도둑맞고 있습니다. 건강을 도둑맞고 있습니다. 그러니까 바쁠 대로 바빠지면서 삶의 의미를 잃고 우울해 합니다. 마음은 조급해집니다. 때문에 다른 사람을 돌아볼 여유도 없고, 자신을 들여다볼 여유도 없습니다. 의미 없이 생각 없이 세상을 삽니다. 자신들도 모르는 사이에 사람을 잃고 기계로 변신합니다.

기계만 들여다보다가 기계처럼 변한 그들은 기계 속에 갇힙니다. 그 속은 더 넓고 더 많은 사람들과 소통하는 것 같습니다. 하지만 그건 허울뿐입니다. 영혼 없는 소통, 마음 없는 소통입니다. 때문에 인간성을 잃어갑니다. 더 먼 사람들, 더 폭넓은 사람들과의 소통을 시도하는 대신 정작 가까운 이들, 옆에 있는 이들과는 담을 쌓고 살아갑니다. 그러면서도 가까운 이들과 소통이 안 되는 이유조차 모릅니다. 사람이 사람을 바라보면서 말을 해야 하는데, 사람이 사람과 눈과 눈을 맞추며 대화해야 하는데 그렇지 못하면서 소통이 안 되는 이유를 엉뚱한 화풀이로 대신합니다.

소통이 안 되는 시대, 온갖 물질문명을 맹신하면서 소통을 이야기하니 잘 될 리가 없지요. 그러니까 세상은 온통 소통을 이야기하면서 불통인 이유가 거기 있습니다. 사람들이 진실을 잊어서 그렇습니다. 사람은 서로 호흡을 느끼고, 입김을 느끼고, 서로의 목소리를 느끼고, 시선을 느껴야 합니다. 그런 우리 신체 부위에서 흘러나오는 생기들의 따뜻함을, 아니면 냉기라도 느껴야 합니다. 그래야 그곳에 소통이 살아납니다.

윗사람과 아랫사람이, 아랫사람과 아랫사람이, 윗사람과 윗사람이 소로 마주보며 소통을 시도해야 합니다. 그 잘난 물질문명의 도구에만 의지하니까 소통이 제대로 안됩니다. 인간이 인간다움으로 돌아가는 건 서로 체온을 느끼고, 분위기를 느끼면서 기분을 공유해야 합니다. 그것이 사람이 사람을 포기하지 않는 겁니다. 시간의 효율, 시간의 경제성을 이유로 인간이기를 포기하고 기계이기를, 도구이기를 원하니까 문제입니다. 소통을 원하는 리더라면 사람을 소중히 여기는 게 최우선이어야 합니다.

# 분위기 메이커가 되는 시간

그 사람 참 이야기꾼일세! 이런 이야기를 들을 수 있다면 그는 말재주가 아주 좋다는 의미입니다. 정말 이야기를 맛깔나게 하는 이들이 있습니다. 때로 그 이야기를 듣는 사람들을 울리기도 하고 웃기기도 하는 이들 말입니다. 그들은 이야기를 제대로 할 줄 압니다. 그저 이야기의 골자만 전달하는 것이 아니라 그 골자에 사연을 담는 겁니다. 애환을 담는 것이지요. 이를테면 그 말들이 죽은 나무 등걸처럼 가만히 있는 게 아니라 마치 나비가 나풀거리듯이, 벌레가 꾸불꾸불 꿈틀꿈틀하듯이, 나뭇잎이 바람에 파르르 떨듯이 살아서 움직이는 듯하게 말합니다. 그렇게 말을 잘하는 이들을 진정한 이야기꾼, 그렇게 문장을 쓰는 이들을 멋진 작가라고 하겠지요.

그런 이들에게서 이야기들이 살아나고 문장들이 일어나 춤을 춥니다. 그들의 이야기를 들으면 사람들의 사연이 살아나서 생생한 그림을 그려줍니다. 마치 한 편의 영화처럼, 마치 어떤 생생한 현장에 와 있는 것처럼, 생동감 있는 풍경처럼, 그야말로 실감나는 일들이 머릿속에서 왱왱 거리고, 총천연색 사진들이 찍혀지고, 실제로 살아 있는 사람들의 애환들이 눈앞에 펼쳐지는 것 같습니다. 그러면 의미 없는 것 같던 이야기들도 의미가 있는 것 같고, 아무 가치 없는 쓸데없는 이야기 같던 것들도 정말 가치가 있는 것 같아 사람들은 그 이야기에 귀를 쫑긋하고 기울입니다.

그러니까 이야기를 잘하려면, 진정한 이야기꾼이 되고 싶다면 이야기를 있는 그대로 전달하려는 것보다는 그 이야기에 어울리는 색깔을 칠하고, 잘 어울리는 옷을 덧입히고, 조금은 과장도 하고, 조금은 축소도 하고, 강약을 주면서 이야기해야 합니다. 기왕 이야기를 하려면 듣는 사람이 실감나게 해야 합니다. 그래야 때로는 감동을 받아 질펀하게 눈물을 흘리기도 하고, 입 꼬리가 귀에 걸리도록 웃어 제킬 테니까요.

말 잘하는 것, 거기에 전혀 관심이 없는 척하지만 누구나 그렇게 말 잘하고, 글 잘 쓰고 싶어 합니다. 그러려면 지금의 태도와는 달라져야 합니다. 다른 사람의 이야기를 듣는 태도, 다른 사람에게 말하는 태도가 달라져야 합니다. 그 작은 변화가 죽은 듯이 늘어져 있던 이야기를 살아서 꿈틀거리게 하고, 잔뜩 졸음을 담았던 이야기들이 부지런히 움직이기 시작하게 합니다. 사람들의 마음을 이리 저리 움직이게 합니다.

기롤라모가 그러했습니다. 전에는 그의 이야기는 그저 상투적이었고 번지르르할 뿐이었습니다. 그런데 모모를 만나서 모모와 친구가 된 이후로 그의 이야기는 생기를 얻었고 묘한 의미의 차이를 얻었습니다. 모모의 영향을 받은 겁니다. 모모는 그에게 어떤 방법도 가르쳐 주지 않았습니다. 그냥 그가 이야기하는 대로 가만히 들었고, 어쩌다 대답하는 정도였습니다. 모모의 듣는 재주란 상대가 마음 편히 하고 싶은 이야기를 할 수 있게 분위기를 만들어주는 것뿐이었습니다. 듣는 둥 마는 둥 하는 게 아니라 빙그레 미소를 지으면서도 그 이야기를 하나도 빠트리지 않고 들어주는 것이었습니다.

말하는 사람은 그저 말이 하고 싶어서 하고 싶은 말을 그냥 할 뿐인 것 같지만 상대의 변화에 주의를 기울이고 있습니다. 듣는 이의 태도에 따라 그는 이야기의 분위기를 바꾸는 겁니다. 누군가 자신의 이야기에 진정으로 관심이 있어 한다는 생각이 들면 그는 보다 신이 나는 겁니다. 그러면 자신도 모르게 그 이야기에 윤색을 하기 시작하는 겁니다. 그러므로 이야기를 들을 줄 아는 사람들, 그런 분위기를 만들어주는 사람들, 그들이 좋은 이야기꾼을 만들어내는 겁니다.

훌륭한 제자들이 좋은 질문을 하고 주의를 기울여 들어주는 덕에 훌륭한 선생을 만들듯이 좋은 관객들이 훌륭한 배우를 만들어내고, 좋은 청자들이 훌륭한 화자를 만들어냅니다. 그러니까 다른 이들의 이야기를 잘 들어줄 줄 아는 사람이 말을 잘하거나 잘 가르치는 사람을 만들어내고, 좋은 독자들이 멋진 작가들을 만들어내는 겁니다. 사람은 모두 분위기를 타는 낭만적인 존재들이기 때문입니다. 그러니까 잘 들어줄 줄 아는 사람, 제대로 읽어줄 줄 아는 사람이 필요합니다. 그런 당신은 아주 멋진 사람입니다.

# 끼리끼리의 문화에서 우리 서로의 문화로

끼리끼리 놀아요. 아이들은 아이들끼리, 어른들은 어른들끼리 어울립니다. 당연하다고요? 이 끼리끼리 문화가 사실은 서서히 소통문화를 죽이고 있어요. 세대와 세대 간의 소통이 안 되고 있어요. 같은 세대끼리 통하면 된다고 생각할 수 있겠지요. 하지만 그건 진정한 소통이 아니지요. 서로 좋아하는 사람들끼리만 통하면 그건 진정한 소통이 아니지요. 서로 좋아하지 않아도, 서로 같은 편이 아니어도, 서로 아는 사이가 아니어도, 어쩌다 스치면 때로 서로 대화도 하고 교류도 해야 끼리끼리를 넘어 우리 함께가 되겠지요. 그런데 끼리끼리만 어울리면서 다른 사람에겐 문을 닫으니 더 이상 소통이 안 되지요.

이 모든 것이 바쁘다는 이유로 서로 대화할 시간을 줄이기 때문이에요. 부모와 자식 간의 어울림의 시간, 아내와 남편 사이의 교제의 시간, 이런 사람과 사람 사이의 교제 시간이 줄어들면서 소통이 안 돼요. 끼리끼리 어울려 그걸 소통이라고 해요. 그게 점점 독

버섯처럼 퍼져서 네 편 내 편 나누어 자신이 듣고 싶은 정보만 듣고, 다른 정보에는 아예 귀를 닫으니 무슨 소통이 되겠어요. 내 편이 아니면 모두 불의고, 내 편이 하는 일이면 무조건 정의로 인식하잖아요. 그 모두가 세대와 세대 사이의 문이 닫히면서 생기는 끼리끼리 문화에서 비롯될 수 있다는 것이지요.

부모와 아이가 한 자리에 앉아 실감나게 옛이야기를 나누던 풍경, 잠자리에서 손자 손녀를 토닥이며 할머니가 옛이야기를 해 주던 정감어린 풍경은 사라지고 없어요. 그 자리를 물질문명이, 그 도구들이, 장난감들이 메우고 있어요. 놀이도 배움도 사람과 사람이 만나 하는 게 아니라 그저 도구에 의존하고 있어요. 그러면서 세대 간의 교류가 서서히 끊기고 있어요. 이 모두가 바쁘다는 이유라고요.

장난감만 안겨주면, 놀이 도구를 사 주면, 놀이방에만 보내주면, 그렇게 아이들이 재미있게 놀 수 있게만 해 준다면, 어른으로 할 일은 다했다, 잘하고 있다고 생각합니다. 그 대신에 그 시간을 사회적 성공에, 부의 창출에, 자기관리에 모두 투자합니다. 그나마 그 정도라면 모범 부모란 말을 듣습니다. 그 시간들을 별 볼일 없이, 먹고 마시는 일로 낭비하는 이들도 많습니다. 그 사이에 잘 자라줄 걸로 알았던 아이들은 어른의 필요를 느끼지 않는 훈련을, 어른 없이 사는 훈련을 합니다. 그러니 이제 더 이상 어른의 필요를 느끼지 않고 끼리끼리 문화를 이룹니다. 이렇게 세대 간의 괴리는 서서히 진행되고 있습니다.

《모모》의 이야기를 들어볼까요. "어른들이 일부러 그러는 거야! 우릴 떼버리려고 말이야. 어른들은 이제 우리를 더 이상 좋아하지 않아요. 하지만 자기들도 좋아하지 않죠. 이젠 정말 아무것도 좋아하지 않아요. 내가 보기에는 그래요"라고 한 아이가 말한다면 "그렇지 않아! 우리 엄마 아빠는 날 아주 좋아해. 하지만 시간이 없는 걸 어떻게 하겠어. 그래서 그러는 거야. 그 대신 트랜지스터라디오를 사 주셨어. 아주 비싼 거야. 이건 엄마 아빠가 날 사랑한다는 증거란 말야"라고 한 아이는 대답합니다.

아이들이 어떻게 생각하든, 상황을 어떻게 받아들이든 부모와 자녀들이 서로 입김을 나누지 않는 한, 한 자리에서 서로의 온기를 나누지 않는 한, 서로가 서로의 필요를 느끼지 않는 한, 서로는 자신도 모르는 사이에 점차 거리를 벌리고 있습니다. 그러면서 서로는 통하지 않다는 걸, 서로는 서로 이해를 할 수 없는 사이라는 걸, 서로는 다른 별에 사는 사람들이라는 걸 절감하며 대화의 문을 조금씩 닫는 겁니다. 시대가 그렇게 흘러갑니다. 이 흐름에 편승하지 않을 수도 없습니다.  그만큼 세상살이가 각박합니다. 그렇다고 이대로 살아서도 안 되잖아요.

어떻게 하면 좋을까요? 나 자신의 삶의 의미, 진정 무엇이 인간다운 삶인지를 생각하면서 조금이라도 삶의 패턴을 바꾸려는 시도를 한다면, 끼리끼리에서 서서히 우리함께로 나아갈 수 있습니다. 세대와 세대 사이의 말문이 닫히는, 교류가 닫히는 시대, 이를테면 부모 세대를 아집만 가득한 다른 별 사람들로 취급하는 자녀들, 자녀 세대를 말이 씨가 먹히지 않는 제멋대로로 생각하는 부모들, 이들 간의 막힌 담을 서서히 무너뜨리려면 어려서부터 소통을 이어가야 합니다. 그 무엇보다 사람과 사람 사이엔 입김과 온기가 오가야 합니다. 편 가름이 심한 우리 사회가 더는 악화되지 않으려면 장난감이나 각종 편리도구 대신, 그 자리를 아빠와 엄마의 입김과 온기로 채워야 합니다. 고질적인 편 가름도 아픈데, 세대 간마저 편 가름되는 우리 사회를 생각하면서 연말로 치달리는 아침입니다.

## 잘 듣기와 잘 표현하기

입이 하나, 귀가 둘인 이유는 말은 적게 하고 듣기는 두 배로 하란 것이라고 합니다. 그럴 듯한 말이긴 하지만 달리 생각하면 아닌 듯도 합니다. 귀는 두 개고 입은 하나라지만 소리가 드나들 수 있는 크기로 따지면 입 하나가 귀 두 개를 합한 것보다 크니까요. 그러니까 어떻게 하느냐에 따라 둘은 다 필요합니다. 듣는 것과 말하는 것 둘 다 우리 심리에 큰 영향을 미치기 때문입니다. 이 둘은 서로 아주 다른 영향을 미칩니다. 듣는 것이 정보를 얻는 일이라면, 말하는 것은 정보를 내보내는 일입니다. 그 차이가 있건 없건 상관없이 우리는 말하거나 들어야만 합니다.

듣기와 말하기, 그것을 우리는 소통이라고 합니다. 제 말만 하고 듣지 않으면, 듣기만 하고 말하지 않으면 그것은 진정한 소통이 아닙니다. 내가 화자이기도 하고 청자이기도 할 때 그게 소통이며, 그 균형과 조화가 이루어질 때 그게 진정한 소통입니다. 이 소통의 행위, 이를테면 커뮤니케이션은  마음의 여유가 있을 때 가능합니다. 마음의 여유가 없으면 듣기는 들어도 잘 듣지 못합니다. 말하긴 해도 잘 말하지 못합니다. 그런데 사람들은 여유를 잃었습니다. 시간이 갈수록, 삶이 풍요로워질수록, 모든 것이 편리해질수록 마음의 여유가 없습니다. 마음의 여유가 없으니까 시간의 여유가 없습니다. 마음의 여유와 시간의 여유는 불가분의 관계이기 때문입니다. 그러니까 우선 마음의 여유를 찾아야 합니다.

시간의 여유가 없다 생각하니, 이제는 남의 이야기를 들을 수가 없습니다. 자기 이야기를 할 수가 없습니다. 때문에 피상적으로는 발전에 발전을 거듭하는데, 심리적으로는 점점 뒤로 처지고 있습니다. 여유가 없습니다. 왜 말을 하면서 시간을 낭비한다고 생각하느냐고요? 왜 남의 이야기를 들어주면서 시간을 낭비한다고 생각하느냐고요? 그건 마음먹기에 달려 있습니다. 듣는 것도 잘 들으면 의미 있는 시간입니다. 소중한 시간입니다. 그러니까 낭비가 아닙니다. 이야기를 들어주는 것도 생각 나름입니다. 그것도 충분히 의미가 있습니다. 마음먹기에 따라 우리는 같은 시간을 쓰고도 보람을 느끼거나 후회하거나로 갈라집니다. 자신이 쓰는 시간은 자신의 의지대로 쓰고도 그 의미를 갖지 못한다면 그건 어리석은 일입니다. 자기 인생을 좀먹는 일이니까요.

그래요. 우리는 자기 자신을 잘 알고 있다고 생각해요. 하지만 실제로 내가 아는 나는 그다지 많지 않아요. 피상적인 나와 그 플러스알파 정도죠. 내가 알고 있는 나 자신보다 모르고 있는 나가 더 많다는 겁니다. 그걸 무의식이라고 하지요. 그 무의식이란 내가 나를 표현하면서 조금씩 드러나거든요. 그러니까 말을 한다는 건 나를 찾는 시간입니다. 누군가에게 진지하게 자신의 이야기를 하든, 이런 저런 이야기를 하든 누군가에게 말을 한다는 건 조금씩 자기 안으로 여행을 떠나는 셈입니다. 자신을 발견하는 순간들이란 의미입니다. 그러니까 표현을 하며 살아야 해요.

우리는 또한 남의 이야기를 진지하게 들을 수 있습니다. 그 순간은 우리는 우리 자신을 잊습니다. 자신을 잊는 시간들, 그 시간들도 소중합니다. 왜냐하면 때로 우리는 우리 자신이 짊어진 삶의 짐을 내려놓을 시간이 필요하니까요. 삶의 짐만 느끼고, 삶의 짐만 생각하면 이 세상은 철창이 둘러쳐진 감옥과 같고, 무거운 짐에 눌려 질식할 것 같습니다. 때문에 때로 다른 사람의 이야기들, 이를테면 재미있는 이야기, 진지한 이야기, 집중하게 만드는 기막힌 이야기 속에 빠져서 자신을 잊는 시간들이 필요합니다. 그러면서 우리는 삶의 스트레스를 조금이라도 벗겨낼 수 있으니까요.

내가 내 이야기를 하거나, 다른 사람의 이야기를 듣거나, 그 일들을 진지하게 하려면 마음의 여유, 시간의 여유가 필요합니다. 그저 시간을 아껴야 한다는 강박관념, 시간을 가치 있게 써야 한다, 의미 있게 써야 한다는 강박관념이 우리를 더 초조하게, 더 불안하게 만듭니다. 그저 무엇을 하든 가치 있다, 의미 있다 가름하는 건 조건이 아니라 자신의 마음입니다. 그러니 그렇게 하세요. 지금 무엇을 하든 이유 여하를 떠나 스스로 지금 나는 의미 있고 가치 있는 일을 하고 있다, 그런 순간을 보내고 있다고 진실로 받아들이라는 겁니다. 그 마음이 시간의 여유는 물론 마음의 여유를 찾아줍니다.

그렇게 시간을 자유롭게 즐길 수 있다면 한결 여유로운 마음으로 다른 이들의 이야기를 들어주면서 자신의 인생고를 잊을 수 있습니다. 자신의 속내 이야기를 털어내면서 서서히 진정한 자신의 모습을 발견할 수 있습니다. 이렇게 남을 알고 자신을 안다면 보다 의미 있고 가치 있는 삶을, 시행착오가 적은 삶을, 여유로운 삶을 취할 수 있습니다. 그러면 당신은 신경질적이고 퉁명스러운 삶에서 친절하고 평화로운 삶, 행복한 삶으로 바꿀  수 있습니다. 오늘 바꾸면 오늘부터 행복합니다.

# 03

# 우선멈춤,

## 삶을 철학으로 바꾸는 시간

# 삶의 철학을 키우는 시간

"때론 우리 앞에 아주 긴 도로가 있어. 너무 길어. 도저히 해낼 수 없을 것 같아. 이런 생각이 들지. 그러면 서두르게 되지. 그리고 점점 더 빨리 서두르는 거야. 허리를 펴고 앞을 보면 조금도 줄어들지 않은 것 같지. 그러면 더욱 긴장되고 불안한 거야. 나중에는 숨이 턱턱 막혀서 더 이상 비질을 할 수가 없어. 앞에는 여전히 길이 아득하고 말이야. …한꺼번에 도로 전체를 생각해선 안 돼. 알겠니? 다음에 딛게 될 걸음, 다음에 쉬게 될 호흡, 다음에 하게 될 비질만 생각해야 하는 거야. 계속해서 다음 일만 생각하는 거야."

별로 말이 없던 사람, 베포는 일단 모모에게 말을 시작하자 술술 잘합니다. 그것도 아무런 의미 없는 말이 아니라 아주 멋진 삶의 철학이 봄바람처럼 훈훈하게 솔솔 나옵니다. 그는 생각하며 일하는 사람이었습니다. 말은 안 했어도 마음엔 많은 말들, 의미 있는 말들을 간직하고 있었습니다. 과연 그 철학은 아름다웠고 새겨들을 만한 말들이었습니다. 그는 알고 있었습니다. 일을 즐겁게 할 줄 아는 방법을, 즐거우면서도 그 일을 잘 해낼 수 있는 방법을 말입니다. 그렇습니다. 무슨 일을 하든 생각하면서 일하는 사람은 차곡차곡 삶의 철학을 쌓아갑니다.

삶의 철학을 간직한 사람은 무엇에든 일희일비하지 않습니다. 그 삶의 철학은 마치 나무가 땅 속에 뿌리를 내리는 것과 같기 때문입니다. 우리는 그것을 내공이라 합니다. 그 덕분에 우울한 날보다는 맑은 날을 살아갑니다. 우울하게 세상을 사는 게 아니라 명랑하게 세상을 살아갑니다. 그러니까 세상은 생각 없이 살 게 아니라 생각하면서 살아야 합니다. 소위 개념 없이 살지 말고 개념을 갖고 살아야 합니다. 삶의 철학을 가진 사람은 자기 삶의 가치와 의미를 찾을 줄 압니다.  세상을 긍정적으로 살 수 있습니다.

그런 생각의 기특함이나 깊이는 바로 여유에서 나옵니다. 베포는 천천히, 하지만 쉬지 않고 꾸준히 일을 한 덕분에 그런 사고의 깊이를 가집니다. 비질을 하면서 심호흡을 하고, 그럴 때마다 자기 일의 의미를 생각합니다. 그렇습니다. 생각 없이 급히 일을 처리하기보다는 베포처럼 생각을 하면서 그 일을 하면 시행착오 없이 잘할 수 있어요. 비록 그것이 별 것 아닌 일이라도 마찬가지입니다. 남들이 생각하기엔 별 것 아닌 일이라도 의미를 부여하면 그 일은 멋진 일입니다. 거리를 청소하는 일이지만 베포가 자신의 일에 의미부여를 한 것처럼 말입니다. 자신이 그 일을 왜 하는지를 돌아보면서 자신의 일에 가치를 부여하고, 의미를 부여한다면 그 일은 참으로 할 만합니다. 그러면 일도 힘들지 않게 할 수 있습니다. 내가 무슨 일을 하느냐보다는 그 일에 어떤 가치를 부여하느냐가 중요하기 때문입니다.

여유는 그래서 필요합니다. 마음의 여유 말입니다. 일을 하면서 마음의 여유를 가지면 그 일에 자부심을 가질 수 있습니다. 기왕 하는 일이면 즐거워야 합니다. 그 일이 즐거우려면 자신의 일에 자부심을 가져야 하고요. 당연히 그 일에 자부심을 가지려면 자신의 일은 의미가 있다, 가치가 있다 그리 생각해야 합니다. 그렇게 자부심을 가지면 그 일에 대한 긍정적인 생각이 나오고 자랍니다. 그걸 우리는 삶의 철학이라고 합니다. 그러니까 삶의 철학은 많이 배우고 못 배우고의 차이가 아닙니다. 자기 삶에 긍정적인 의미를 부여하는 사람의 몫입니다. 그 근본적인 바탕은 마음의 여유에 있습니다. 당신은 이런 삶의 철학을 갖고 살고 있나요?

# 일이 즐거워지는 시간

행복한 사람은 세상을 양보법으로 바라봅니다. 이를테면 어떤 일을, 어떤 문제를 만나든, 힘든 상황에 처하든 긍정적으로 생각합니다. '그럼에도 불구하고'라고 생각합니다. 실패한 일을 후회하기보다는 다시 도전할 용기를 얻습니다. 어떤 상황이, 어떤 조건이 갖추어지기를 기다리기보다는 시도하고 도전합니다. 그 일을 마지못해 하는 것이 아니라 기꺼이 도전합니다. 실패를 두려워하지 않습니다. 마지못해 뭔가를 하지 않습니다. 즐거운 마음으로 뭔가를 합니다. 같은 일을 하더라도 즐겁게 그 일을 하는 사람이 행복합니다.

마지못해 억지로 하면 그 일은 지겹습니다. 세상을 살면서 우리는 뭔가를 해야만 합니다. 일을 해야만 합니다. 그 일에서 우리는 자유로울 수 없습니다. 일이 곧 우리의 생존이기 때문입니다. 누구나 일을 하지 않고는, 뭔가를 하지 않고는 살 수 없다는 걸 압니다. 그것이 삶의 조건이며, 인생의 조건입니다. 필연적인 일, 하지 않고는 존재할 수 없는 그 일에서 우리 모두 자유로울 수 없습니다. 그렇게 생각하면 세상이 답답하고 산다는 게 지긋지긋합니다. 때문에 잔뜩 상을 찡그린 채 사는 이들이 있습니다. 그 인생은 언제나 흐립니다. 마음이 우울합니다. 그래서 그는 불행합니다.

그럼에도 우리는 그 우울한 세상을 건너야 합니다. 어떻게 살아야 하느냐고요. 비록 그런 인간조건이 우울하고 살맛 안 난다 하더라도 맑게 살아야 합니다. 마음 하나 바꾸기 쉬운 것은 아니지만 그럼에도 불구하고 즐겁게 살아야 합니다. 그러니까 '그럼에도 불구하고'란 마음가짐으로 살아야 합니다. 어찌하면 좋겠다는 희망만 안고 사느니보다는 지금 하는 일을 즐겁게 하라는 것입니다. 요렇게 하면 좋겠는데 하는 조건을 따지기보다 비록 그 일이 힘들다 하더라도, 우울하다 하더라도 즐기라는 겁니다. 조건법을 생각하지 말고 양보법으로 살라는 겁니다.

어떻게 하냐고요? 모모에게 말을 털어놓는 베포의 이야기를 들어보자고요. 그는 일을 즐길 줄 압니다. 그 일에 조건이 즐거운 게 아님에도 그는 즐깁니다. 할 일이 엄청 산적해 있어요. 그 일을 생각하면 숨이 턱턱 막혀요. 그러니까 그는 생각을 바꿔요. 그는 그 일 전체를 생각하지 않아요. 그 대신에 그는 우선 앞에 있는 일을 해요. 앞에 있는 곳을 쓴다, 다음엔 쉰다, 그 다음엔 비질을 한다, 그 다음엔 옆에 있는 걸 쓴다, 그런 식으로 조금씩 거리를 청소해요. 한꺼번에 일을 해치우겠다는 생각이 아니라 조금씩 눈앞에 주어진 일을 해나가면 일이 즐겁다는 겁니다. 그러면 일을 잘 해낼 수 있고요.

같은 일을 해도 즐거운 마음으로 일을 하니까 힘들지 않습니다. 힘이 들지 않으니까 왠지 마음의 여유가 찾아옵니다. 그러면서 자신을 돌아보게 됩니다. 돌아보니 자신이 누구인지를 압니다. 자신이 누구인지, 왜 나는 그 일을 하는지를 압니다. 그렇게 주어진 일들, 조건이 무엇이든 그 일에 의미를 부여합니다. 그러자 자신이 가치 있는 존재임을 깨닫습니다. 온갖 의미로, 살만한 일들로 가득한 세상에 내가 있음을 깨닫습니다. 내가 하는 일은 가치가 있고, 그 일을 하는 내 삶은 충분히 의미가 있습니다. 덕분에 내 일은 즐겁습니다. 내 인생은 행복합니다.

당신이 하는 일은 가치 있습니다. 일단 의미를 부여해 보세요. 비록 거리를 쓰는 일이라면 그야말로 서울의 어느 음침한 거리를 쓰는 일, 하찮은 일을 하고 있다고 생각하기보다, 지금 '나는 지구의 한 모퉁이를 깨끗하게 청소하고 있다'라고 생각하는 겁니다. 자신이 하는 일을 소중히 여기는 사람은 자기 인생의 소중함을 깨닫습니다. 그 사람은 행복합니다. 행복한 사람, 당신이 그 당사자여야 합니다. 행복한 사람을 바라보며 부러워하는 사람이 아니라 당신 스스로 그 행복한 사람으로 살아야 합니다.

# 삶의 가치를 만드는 시간

어떤 친구를 원하나요? 말이 많은 친구, 아니면 별로 말이 없는 친구인가요?

말이 참 많은 친구를 만나면 거의 나는 할 말을 잃습니다. 그저 듣습니다. 그렇게 듣기만 하다 보면 그 자리를 벗어나고 싶습니다. 은근히 짜증이 납니다. 어떻게 이 자리를 벗어날까 궁리합니다. 그러면서 그 화제가 일단 끝나면 자리를 마무리해야지 합니다. 그런데 이 사람은 그 화제가 끝날 만하면 묘하게 화제를 돌리면서 그대로 이어가는 말 재주가 있습니다. 이를테면 '그런데 말야' 이런 식으로 말이지요.

그저 말하는 것을 즐기는 사람이 있습니다. 말을 하지 않으면 혀에 가시가 돋는 사람입니다. 그럼에도 그를 좋은 친구라 생각한다면 기꺼이, 즐겁게 그 이야기를 들어줘야 합니다. 그에겐 내가 필요하니까요. 비록 말은 많아도 그 사람이 좋다면 그 이야기를 들어줘야겠지요. 그럴 바엔 즐겁게 그의 이야기를 들어줘야겠지요.

그게 그 친구를 위하는 일이니까요. 그 친구는 그렇게라도 해서 내면에 쌓이는 괴로움을 덜어내는 겁니다. 그렇지 않으면 그는 괴로워하고 삶을 힘겨워 할 겁니다. 물론 그런 그의 말들, 때로는 하잘 것 없는 하소연, 이런 저런 누군가의 험담, 때로는 하고 또 하는 반복적인 자기 자랑, 하등 나에겐 쓸모없는 말들입니다.

그럼에도 불구하고 그가 나의 친구라면 나는 그의 말을 들어줘야 합니다. 그러려면 은근히 짜증도 납니다. 나에겐 전혀 쓸모없는 말, 들을수록 오히려 가만 생각하면 내 시간만 빼앗는 그 말들, 내 소중한 시간들을 빼앗는 말들이라고 생각하면 짜증도 날 법하지요. 그래도 그 말들을 들어줘야 합니다. 그리고 그 시간들을 즐겁게 생각해야 합니다. 그 시간들은 가치가 있고, 의미가 있기 때문입니다. 왜냐고요? 가슴에 말을 쌓아두고 살아갈 사람을 위해 그 이야기를 들어준다는 건, 그를 정신적으로 건강하게 하는 일이니까요. 그러면 나는 그를 고쳐주는 주치의인 셈이니까요. 그러면 난 아주 좋은 일을 하는 셈이잖아요. 세상을 살면서 좋은 일하기 그리 쉽지 않은데, 난 그에게 좋은 일하는 거야, 그리 생각하면 그 시간은 낭비의 시간이 아니라 보람 있는 시간이니까요.

모모의 친구 기롤라모, 그는 아주 이야기를 잘합니다. 말을 많이 합니다. 그 덕분에 그는 관광안내원을 합니다. 그렇게 많은 말을 하다 보니 그의 말이 어디까지가 진실이고 어디까지가 거짓인지도 알 수 없습니다. 그렇게 수다스러운 사람을 좋아할 사람, 아니 사람은 좋아한다 해도 그의 말을 좋아할 사람은 별로 없습니다. 그 말들을 즐겁게 잘 들어줄 사람이 있겠어요. 그런데 그런 그의 말을 처음부터 끝까지 잘 들어주는 사람, 그는 모모입니다. 그 기롤라모는 모모를 만나면서 말이 줄어드느냐고요? 그렇지는 않습니다. 그가 하고 싶은 말을 다하면, 또 다하면 말의 내용이 달라질 겁니다. 말의 질이 달라질 겁니다. 그러니까 모모는 의사인 셈입니다.

말이 없는 베포에겐 입을 열어 말을 시작하게 만들어 준 모모, 말이 많은 기롤라모에겐 말을 실컷 할 수 있도록 가만히 들어주는 모모, 모모와 같은 친구를 만날 수 있다면 누구든 행복하겠지요. 아니 오히려 당신이 그런 친구가 되라는 말입니다. 나 스스로 누군가의 좋은 친구가 될 수 있다면 나는 또한 그런 좋은 친구를 사귈 수 있습니다. 그러려면 그런 친구와 함께하는 시간들을 소중하게 여겨야 합니다. 말을 들어주는 시간, 말을 하는 시간, 그 시간들을 가치 있는 시간으로 여기고 그 시간들을 즐겨야 합니다. 아니 실제로 나는 그 시간이 즐거워야 합니다. 어떻게요?

사람은 어느 면으로나 가치를 따집니다. 그 의미를 생각합니다. 그래서 그 무엇이 의미가 없다, 그럴 가치가 없다 싶으면 은근히 짜증이 납니다. 그 시간들이 억울합니다. 어떻게든 의미와 가치를 생각하는 우리는 그 가치와 의미는 절대적이 아니라는 걸 압니다. 상대적입니다. 그 평가는 다름 아닌 나 자신이 하는 것이니까요. 그러니까 그 시간들을 의미 있는 시간들로, 충분히 그럴만한 가치 있는 시간들로 받아들이면 됩니다. 주어진 시간들, 그런 상황들을 낭비하는 시간들이 아니라 충분히 자신을 위해서도 가치 있는 시간으로 자평해야 합니다. 그러면 당신은 누군가의 좋은 친구가 되어줄 수 있고, 누군가를 좋은 친구로 사귈 수 있습니다. 외롭고 우울한 세상에 당신은 참 필요한 사람, 참 좋은 사람입니다. 당신은 누군가에게 참 의미가 있고 가까이 할만한 가치가 충분한 사람입니다.

# 현재나라와 미래나라

재미있는 이야기를 들어봐요. 《모모》에 나오는 현재나라의 공주와 미래나라 왕자의 이야기요. 그 이야기를 요약하면, 아주 먼 옛날에 영생불사의 모모 공주가 살고 있었어요. 무엇이든 원하는 것은 다 할 수도 있고 가질 수도 있는 환경을 갖춘 공주였어요. 그렇게 모든 것을 가지고 있었지만 공주는 완전히 혼자였어요. 모모 공주는 순은으로 만든 커다랗고 둥근 요술 거울을 갖고 있었지요. 공주는 날마다 이 거울을 세상에 내보냈지요. 그 거울은 밤낮 없이 육지는 물론 바다, 도시와 들판 위를 떠다녔어요. 그럼에도 사람들은 조금도 그 거울을 이상하게 생각하지 않았어요. 그 거울을 단지 달이려니 생각한 것이지요. 요술 거울은 나들이에서 돌아오면 공주 앞에 자기가 담아온 거울 속의 상들을 쏟아놓곤 했어요. 그 중에는 예쁜 것, 재미있는 것도 있었지만 미운 것 지루한 것도 있었어요. 공주는 그 중에서 마음에 드는 것을 고르고는 나머지는 모두 시냇물에 던져 버렸어요. 공주가 풀어준 상들은 다시 원래 있던 곳으로 재빨리 돌아갔어요. 그래서 우리가 우물이나 웅덩이에 몸을 굽히면 우리 자신의 모습을 볼 수 있는 건 그 때문이라는군요. 그런데 공주는 이 신비의 거울에 한 번도 자신의 얼굴을 비춰보지 않았어요. 그 거울에 자신의 모습을 비추어 보면 그 순간 보통 사람들처럼 언젠가는 죽을 수밖에 없다는 걸 알고 있었으니까요. 그럼에도 공주는 거울이 가져온 상들을 즐기면서 불만 없이 살았어요.

그러던 어느 날 요술 거울이 아주 소중한 상을 가지고 왔어요. 젊은 왕자의 모습이었어요. 모모 공주는 그 모습을 보자 왠지 모르게 애틋한 그리움이 밀려오는 바람에 그 왕자를 꼭 보고 싶었어요. 하지만 왕자가 어디에 사는지도 누구인지도 알 수 없었어요. 그 왕자에 관해 뭔가를 알아내고 싶었지만 아무것도 알아낼 수 없었어요. 고민 끝에 모모 공주는 자신의 요술 거울을 들여다보고 말았어요. 모모 공주는 요술 거울이 자신의 모습을 그 왕자에게 데려다 줄 것으로 생각했거든요. 그러면 거울이 하늘을 떠다닐 때 왕자가 자신의 상을 올려다볼 것으로 생각했던 것이지요. 그래서 공주는 오랫동안 요술 거울을 들여다보고는 자기 모습을 담은 거울을 세상에 내보냈어요.

그 왕자는 기롤라모였어요. 그 왕자의 나라는 과거의 나라도, 현재의 나라도 아니었어요. 미래나라에 있는 언나 딱 하루 앞선 내일의 나라였어요. 마침 이 나라의 왕자는 대신들의 권유를 따라 결혼하기로 했어요. 많은 신부감들이 있었는데 그 중에 마녀가 끼어 있었어요. 기롤라모는 많은 여인들 중에 하필 그 마녀가 마음에 들었어요. 왕자는 그녀에게 프러포즈를 했어요. 그러자 마녀는 왕자에게 조건을 내걸었지요. 하늘을 떠다니는 은거울을 쳐다보면 안 된다는 것이었지요. 그 거울을 보면 자신이 누구인지 잊고, 아무도 알아보는 사람이 없는 오늘나라로 가서 살아야 한다는 것이었죠.

한 편 모모 공주는 왕자가 자신의 상을 바라보고 자기를 찾아오기를 기다리고 가다렸지만 왕자는 오지 않았어요. 기다리다 못한 공주는 모든 상들을 놓아주고는 직접 왕자를 찾아 나섰어요. 공주는 드디어 세상으로 내려왔어요. 공주의 모습이 담긴 거울은 여전히 하늘을 날고 있었고요.

왕자는 황금성의 옥상에서 마녀와 체스를 두고 있었어요. 그때 왕자의 손등에 작은 물방울 하나가 떨어졌어요. 초록색 피가 흐르는 그 마녀가 흘린 피였는데, 그걸 감추려고 마녀는 왕자에게 비가 오려나 보다고 말했죠. 그러자 왕자는 무심코 하늘을 올려다보고 말았지요. 그만 왕자는 하늘에 떠 있는 모모 공주의 요술 거울을 보았어요. 당연히 그 안에 담긴 모모 공주의 상을 바라보았고요. 왕자는 이내 자신이 진정 사랑하는 건 옆에 있는 마녀가 아니라 모모 공주임을 깨달았어요.

화가 난 마녀는 왕자를 저주했어요. 왕자의 얼굴을 일그러뜨려 놓고 왕자의 가슴에 매듭을 묶었어요. 그러자 왕자는 자신의 정체를 잊고 말았지요. 성을 나온 왕자는 왕자대로 세상을 헤매다가 원형극장 터에 왔고요. 모모 공주 역시 세상을 떠돌다 서로 그곳에서 만났어요.

하지만 서로는 모습이 변해 서로를 알아차리지 못했어요. 그러다 어느 날 모모 공주는 거울을 통해 그 남자가 자신이 찾던 왕자라는 걸 알게 되었어요. 결국 기롤라모 왕자의 비밀을 알게 된 공주의 도움으로 왕자는 가슴에 매듭을 풀고 자신을 기억해 냈어요.

그리고 두 사람은 내일의 나라로 떠났어요. 요술 거울을 혼자서 들여다보면 언젠가는 죽게 되지만 둘이 함께 들여다보면 영원히 살 수 있다는 군요. 그러니까 두 사람은 영원히 행복하게 살고 있을 테지요.

미래의 나라는 현재가 살려내지 않으면 없는 나라인 것이지요. 현재가 깨워야 미래는 깨어나요. 현재가 사랑해야 미래는 살아나요. 현재 없는 미래는 죽은 나라고, 현재 없는 미래는 아무 의미 없는 나라예요. 그러니까 아름다운 미래의 나라를 원한다면, 행복한 미래의 나라를 원한다면 무엇보다 먼저 현재를 사랑하고 현재를 아껴야 해요. 현재가 미래를 아름다움으로, 행복으로, 꿈으로 곱게 색칠해 줄 거예요.

미래나 내일은 현재 없이는 아무 의미가 없어요. 아니 현재 없는 미래는 있을 수 없지요. 과거 역시 마찬가지고요. 현재가 없으면 과거는 있을 수 없어요. 과거가 아무리 중요하다고 해도, 미래는 그보다 더 중요하다고 해도, 현재가 없으면 그건 아무것도 없는 거예요. 그러니까 현재만이 중요하다고는 아니할지라도 과거보다는 현재가, 미래보다는 현재가 훨씬 중요하다는 것은 부인할 수 없어요. 과거란 것도 현재를 사는 존재의 기억 속에 있고, 미래란 것도 현존재의 연장이 없이는 만날 수 없어요. 내일은 오로지 현재의 연장일 뿐이니까요. 따라서 우리에겐 기억 속에 있는 과거, 우리의 생각 속에나 있는 실체 없는 미래가 있을 뿐이에요. 확실한 건 현재라는 시간밖에는 없고요.

자! 현재를 사랑하자고요. 현재를 사랑하는 사람만이 행복할 수 있어요. 당연히 현재를 사랑하는 사람은 과거를 소중히 여긴다는 의미니까요. 현재를 사랑하는 사람은 자연스럽게 열정적으로 다가오는 시간들을 행복한 현재로 만들며 살 테니까요. 행복은 바로 현재를 사랑하며, 현재에 충실하며, 현재라는 시간에 최선을 다하는 이들의 것이니까요. 현재를 살아요. 곱게, 즐겁게, 신나게!

# 순리적으로 흐르는 시간

인간을 포함한 살아 있는 모든 존재는 시간에서 벗어날 수 없습니다. 모두 시간의 지배를 받습니다. 아무리 버티려고 해도 시간은 존재를 생장발육하게 하고, 늙게 하고 소멸하게 만듭니다. 아무런 소리도 없지만, 아무런 신호도 없지만 그저 그 어떤 바람보다 강하게, 그 어떤 존재보다 강하게 존재에 영향을 미칩니다. 늘 일정한 속도로 조금도 흐트러짐 없습니다. 한 번도 고장 난 적이 없고, 한 번도 멈춘 적도 없습니다. 냉혹하리만큼 아주 철저하게 조금의 오차도 없이 흘러갑니다. 그 철저한 시간 속에서 우리는 뭔가를 계획하고 그것을 이루기 위해 무진 애를 씁니다. 그래서 시간을 재고, 시간을 따라갑니다.

계기적인 시간, 우리는 그 시간을 잽니다. 크게 나누고, 다시 작게 나눕니다. 그리고 더 작게 나눕니다. 역으로 초를 합쳐 분으로, 분을 모아 시간으로, 시간을 합쳐 하루로, 그 날들을 합쳐 1년으로 구분합니다. 그리곤 거기에 걸맞는 시계를 만들고 달력을 만들어 시간을 잽니다. 그렇게 시간을 재는 도구를 만들고 그 도구의 지시에 따르려 노력합니다. 알게 모르게 계기적인 시간의 노예로 삽니다. 그러다 보니 그 냉혹한 시간처럼 우리 삶 자체도 각박해지고 냉혹해집니다.

하지만 우리는 그 시간을 어찌할 수는 없습니다. 시간을 막을 둑도 없고 시간을 잡을 그물도 없기 때문입니다. 다만 우리는 그 시간 속에 덜 시달리기를 원할 뿐입니다. 그리하여 좀 더 지금의 상태를 유지하고 싶을 뿐입니다. 그럼에도 시간은 여지없습니다. 겉으로는 시간을 멈춘 듯 지금의 상태를 유지하는 것 같지만, 단지 지금이 내가 가장 젊은 때라는 것, 지금이 가장 경험이 풍부한 때라는 것 외에는 어떤 위로도 없습니다. 그 시간을 재는 도구들, '고장 난 벽시계는 멈추었는데 세월은 고장도 없네!'란 노래처럼 시간은 그저 흘러갑니다. 잠시 잠깐의 은총도 없이 냉정하게 흘러갑니다.

그러니까 시간의 자비를 바라느니보다는 시간은 흐르도록 인정하고 그 시간 속에서 자기 삶의 의미를 찾아야 합니다. 시간의 흐름을 원망할 게 아니라, 아쉬워할 게 아니라 그 시간의 흐름을 즐기란 겁니다. 지나치게 시간의 흐름을 의식하지 말라는 것입니다.

어떻게요?

시간을 재는 도구에만 의지할 것이 아니라, 그 도구만 쳐다보며 그 노예로 살 것이 아니라 그저 느끼란 겁니다. 이를테면 계기적 시간을 사랑하지 말고 심리적 시간을 사랑하란 의미입니다. 그러면 한 시간은 내 마음에 따라 한없이 지속되는 아주 지루한 영겁의 시간이 될 수도 있고, 아주 기쁜 한 순간의 찰나처럼 아주 빨리 지나갈 수도 있습니다. 우리가 그 시간 동안 무엇을 하느냐, 어떤 일을 겪느냐에 따라 시간들은 느리기도 하고 빠르기도 합니다.

현대사회는 점점 시간을 재기를 요구합니다. 도구적인 시간을 쳐다보기를, 그 시간에 맞춰 살기를 요구합니다.  하지만 그 요구에 따르면 점점 바빠지고 행복할 시간, 즐길 시간, 자신을 돌아볼 시간조차 없습니다. 그저 정신없이 살다가 맙니다. 무엇을 누리기는커녕 그 생각조차 할 수 없습니다. 그러니까 심리적인 시간을 활용해야 합니다. 누릴 건 누리고, 즐길 건 즐기고, 그 시간에 할 건 하면서 사는 겁니다. 시간을 거스르려고도 말고, 시간과 싸우려고도 말고 시간과 화해하며 그 시간을 즐기는 겁니다. 그래요. 가끔 시간을 잊고 살아보자고요.

## 자부심을 키우는 시간

지금 하고 있는 일에 만족하나요? 아니면 마지못해 그 일을 하나요? 어떻게 마음을 먹느냐에 따라 지금 흘러가는 시간의 가치는 확 달라집니다. 지금 하는 일에 만족하면 삶에 충만한 가치로 마음이 즐거울 겁니다. 지금의 나의 행동, 나의 언어, 나의 삶 전체가 의미가 있고 가치가 있다는 자부심으로 기쁠 겁니다. 아니면 그런 가치를 생각할 겨를도 없을지 모릅니다. 그저 정신없이 그 일에 매달려 있을 수도 있고요. 그러면 인생은 슬프지도 행복하지도 않게 별 생각 없이 그럭저럭 살아갈 겁니다.

그런데 인생은 그대로 내버려두지 않습니다. 자신의 삶을 진지하게 돌아볼 시간이 옵니다. 자의든 타의든 일을 놓는 시간, 쉼이 주어지는 시간이 언젠가는 오게 마련입니다. 그럴 즈음엔 가던 길을 멈추고 본의 아니게 자신을 돌아보며, 자신의 삶을, 자신의 신세를 돌아볼 겁니다. 그럴 때 자칫하면 자신의 삶이 한심하다, 가치 없다 이런 생각이 들어올 수 있습니다. 지금까지 살아온 시간들이 후회스러울 겁니다. 지금 하고 있는 일들이 한심스럽게 느껴질 겁니다. 그렇게 찾아드는 여유의 시간, 공허한 시간을 느낄 때가 찾아듭니다.

왠지 시간의 강박관념이 생깁니다. 왠지 초조하고, 불안하고 힘겹습니다. 그러면서 보다 여유를 얻기 위해선 시간을 벌어야 한다, 시간을 사야 한다는 생각이 듭니다. 지금 하는 일들이 의미 없고 가치 없는 것 같습니다. 때문에 여기서 벗어나려면 무엇보다 열심히 살아야 한다고 생각합니다. 시간을 벌기 위해서 더 열심히 일합니다. 누릴 것도 못 누리고, 볼 것도 못 보고, 느낄 것도 못 느끼고 정신없이 삽니다. 물론 꿈을 위해섭니다. 하지만 그 삶은 나아가는 만큼 또 저만큼 꿈을 저만큼 앞에 있게 합니다. 늘 욕구불만의 연속입니다.

이발사 푸지 씨에게 그런 순간이 왔습니다. 나름 잘 산다고 살아왔던 사람, 나름 만족하며 살았던 사람이었습니다. 그런데 갑자기 "가위질 소리, 잡담, 비누 거품과 함께 내 인생도 흘러가는구나. 대체 이제까지 살면서 이룬 게 뭐지?" 이런 회의가 찾아들었습니다. 나름 일하는 것을 즐거워했고, 자기 자신에 자부심을 가졌던 사람이었습니다.

아무리 모범적인 사람에게든 그런 회의의 순간이 슬그머니 스며듭니다. 그러면 아무것도 의미 없어 보입니다. 가치 없어 생각됩니다. 자신의 인생은 실패작이란 생각이 듭니다. 자부심이, 자신감이 회의감으로 바뀐 겁니다.

"일을 하다 보면 도대체 제대로 된 인생을 누릴 시간이 없어. 제대로 인생을 살려면 시간이 있어야 하거든. 자유로워야 하는 거야. 하지만 나는 평생을 철컥거리는 가위질과 쓸데없는 잡담과 비누거품에 매여 살고 있으니"란 생각이 찾아들면서 자신이 한심스럽다는 의식을 갖습니다. 왜 그럴까요? 나름 열심히, 모범적으로 살았을지라도 자기 철학이 없으면, 자부심이 없으면 주변의 영향을 많이 받기 때문입니다. 남들과 비교하려 들고, 남들을 따라 하고 싶습니다. 이렇게 비교대상이 생기자 자신의 모습이 초라해 보입니다. 한심스럽습니다. 삶이 불만스럽고 초조하고 불안합니다.

자기 소신이 있는 사람, 어떻게 살아야 할지를 아는 사람, 진정한 자신을 발견하는 사람은 주변의 영향을 덜 받습니다. 주변 상황에 그다지 민감하지 않습니다. 그런 여유 있는 순간, 공허한 순간에 대비하여 마음의 근육을 튼튼히 해왔기 때문입니다. 자신의 상황과 다른 사람의 상황은 다르다는 것을 알기에 주변을 그다지 의식하지 않습니다. 그러니까 지금 하고 있는 일들은 충분히 가치가 있다, 의미가 있다, 보람이 있다고 자기 세뇌를 단단히 하며 살아야 합니다. 어떤 비교대상이 오더라도 비교자체를 하지 말고요. 오늘도 자부심, 자신감입니다.

## 지금,
## 가장 달콤한 시간

당신 삶은 안녕한가요? 당신은 지금 행복한가요? 이렇게 묻는다면 어떤 대답을 할 수 있나요? 그렇지 않다고 대답한다면, 아니 겉으로는 행복하다면서 속으로는 그렇지 않다고 대답하고 싶다면 당신은 불행 고위험군에 속합니다. 자신의 삶에 불만이 많은 사람, 만족하지 못하는 사람을 부추기려고 시간관리자가 수없이 드나들기 때문입니다. 우리 마음의 시간관리자는 우리를 각성하게 합니다. 우리 신세를 돌아보게 합니다. 부정적으로 삶을 들여다보게 합니다. 그런 식으로 우리를 책망합니다. 때문에 불안해지고 초조해집니다. 그러다 보면 뭔가를 하지 않을 수 없습니다.

그런 초조한 사람에게 시간관리자의 목소리가 들립니다. 심리의 정곡을 찌르며 각성하게 합니다. 삶의 무의미함을 깨닫게 합니다. 자기반성을 하게 만듭니다. "친애하는 푸지 씨, 당신은 인생을 철컥거리는 가위질 소리와 쓸데없는 잡담과 비누거품으로 허비하고 있어요. 단신이 죽으면 당신은 이 세상에 아예 없었던 것과 같아요. 하지만 바라는 대로, 제대로 인생을 사는 데 필요한 시간이 충분하다면 아주 다른 삶을 살 수 있어요. 때문에 당신에게 필요한 건 바로 시간이에요." 살면서 자신의 삶이 한심하다는 생각, 자신이 하고 있는 일이 하찮다는 생각, 마지못해 지금을 일을 하고 있다는 생각을 하는 이들이 있습니다. 삶의 불만을 느낄 때면 정곡을 찌르며 시간관리자가 나타납니다. 시간관리의 필요를 절실히 느끼게 합니다.

시간관리자의 활동은 우리 삶을 초록에서 회색으로 바꿉니다. 시계를 자주 들여다보게 만듭니다. 시간관리의 중요성을 강조합니다. 시간관리를 잘하면 사회에서 인정받고 성공할 수 있다고 부추깁니다. 해서 그대로 따라하면 그런 대로 마음이 안정됩니다. 덕분에 나는 뿌듯한 미소를 짓습니다. 꿈이, 성공이 함께 이루어져 행복할 것 같습니다. 그러자 이번엔 시간을 절약하는 법을 생각하게 합니다. 분초를 따지며 움직이게 합니다. 그렇게 열심히 살면 나중엔 여유를 가지고 행복하게 살 것 같습니다. 맞습니다. 내가 생각하는 시간관리, 시간절약은 다른 사람보다 나를 앞서 가게 하니 참 고마운 일입니다. 때문에 나는 더욱 더 시간의 소중함을 느끼고 시간을 절약합니다.

여유를 가질 수 있도록 시간을 절약해야 합니다. 1분은 60초, 한 시간은 60분, 그러면 한 시간은 3,600초, 하루는 24시간이니까, 86,400초, 1년은 365일, 그러면 1년은 31,536,000초입니다.

우리가 만일 1년을 산다면 참 꽤 많은 시간을 사는 셈이지요. 여기서 일과 중에서 조금씩 덜 쓰고 절약한다면 그 남는 시간이 많을 것 같지요. 그 남는 시간은 마음껏 놀 수 있으니 참 여유가 있을 것 같고요. 그러니까 줄여보라는 거예요. 쓸데없이 낭비하는 시간을 말입니다. 그러면 시간을 많이 비축해 놓았다 쓸 수 있을 테니까요.

그렇게 몇 년만 산다면 정말 여유를 가지고 유유자적하며 살 수 있을 것 같습니다. 그런데 왠지 사람들은 모두, 이를테면 시간관리를 철저하게 하는 사람들을 보면 그렇게 여유가 없어 보입니다. 철저히 시간을 관리하면서도 오히려 더 바빠 보입니다. 시간을 헛되이 쓰지 않으려 노력하는 것 같은데도 늘 바쁘답니다. 그 사람은 도대체 언제 여유 있게 자신의 삶을 살 수 있을까요?

시간관리란 분명 논리는 그럴 듯합니다. 하지만 시간은 저축할 대상이 아닙니다. 많은 이들이 시간의 여유를 가지려고 열심히 일하지만 시간은 냉정하게 흘러갑니다. 지금이란 시간은 지금뿐입니다. 절약의 대상이 아닙니다. 미래의 아름다운 시간, 즐길 여유의 시간을 가지려 현재의 시간을 절약하려 애쓰는 건 어리석은 일입니다. 시간 앞엔 둑도 벽도 멈춤도 없기 때문입니다. 때문에 지금은 악착 같이 시간을 벌어야겠다는 생각보다는 지금이란 시간을 어떻게 의미 있게, 가치 있게, 재미있게 쓸 것인지만 생각해야 합니다. 또한 인간은 기계가 아닌, 따뜻한 심장을 가진 존재이므로 시간을 재는 기계로 전락해선 곤란합니다. 주어진 시간을 따스하게 보내야 합니다.

절약한다고 해 놓은 시간, 미래에 쓸 시간은 이미 죽은 시간입니다. 그 미래의 죽은 물리적 시간을 위해 현재의 따뜻한 심장의 시간을 멈추는 건 오히려 억울한 일입니다. 시간은 언제나 지금밖에 없습니다. 지금의 연장만 있을 뿐입니다. 때문에 심장의 시계는 말합니다. 당신과 지금 이야기를 나누는 사람이 가장 시간을 쓰기에 적합한 사람이라고, 지금 당신이 하는 일이 시간을 투자하기에 가장 의미 있는 일이라고, 지금 당신이 있는 곳이 시간을 투자하기에 가장 재미있는 장소라고 말입니다. 시간을 소중히 여기세요. 하지만 시간의 노예가 되어 자신의 삶의 의미와 가치를, 자신의 삶의 사람들을 잃는 어리석음은 범하지 마세요. 지금은 당신을 위한, 당신의 소중한 시간입니다.

# 부정을 긍정으로 바꾸는 시간

"넌 참 인생을 잘 사는 것 같다."

그런 말을 들었을 때가 있습니다. 나름 참 열심히 살았으니까요. 순전히 고학으로 공부를 하려니 남들보다 더 많이 일하면서 공부를 해야 했습니다. 새벽에 학원 강의, 이어서 직장으로 직행, 일주일에 두 번 대학원 수업, 퇴근하고 시간강사, 그렇게 다람쥐 쳇바퀴 돌듯, 미친 다람쥐 쳇바퀴 돌듯 정신없이 살았지요. 그렇게 대학에서 박사과정까지 13년을 보냈습니다. 남들이 보기에 당연히 성공적인 삶을 살았다고 할만 했지요. 하지만 내심으로는 그렇지 않았습니다. 진정 나 자신을 위해 살기보다는 다른 이들의 시선에 맞추어 살았던 것이니까요. 그 삶은 그다지 즐겁지 않았으니, 진정한 내 삶은 아니었습니다.

문제는 우리는 성공의 기준을 다른 사람의 시선에 맞춘다는 점입니다. 그렇게 맞추려니 자신이 하고 싶은 일도 제대로 못합니다. 오직 다른 사람들이 정해 놓은 기준에 맞추려고 애를 씁니다. 그렇게 해서 다른 이들이 보기에 그럴듯한 삶의 모습을 갖추었다면 그는 성공적이라고 합니다. 그 성공은 외적 성공입니다. 하지만 진정한 성공은 이 외적인 성공과 자신이 정말 원하는 내적인 성공이 일치할 때입니다. 그 조화를 이루기란 참 어렵습니다. 그 조화가 이루어지지 않으면 남들이 볼 때엔 웃어주지만 혼자 있을 때는 나는 정말 인생 제대로 산거야 하는 의문이 생깁니다. 남들의 기준에 맞추어 살면 언젠가는 자신의 삶에 회의를 느낄 때가 올 것이란 게 문제입니다.

《모모》의 시간도둑이 “지금까지 손님 한 명당 30분이 걸렸다면 이제 15분으로 줄이세요. 시간 낭비를 가져오는 잡담은 피하세요. 나이 드신 어머니 곁에서 보내는 시간을 절반으로 단축할 수도 있습니다. 가장 좋은 것은 어머니를, 좋지만 값이 싼 양로원에 보내는 겁니다. 그러면 어머니를 돌볼 필요가 없으니까 고스란히 한 시간을 아낄 수 있지요. 아무 짝에도 쓸데없는 앵무새는 내다 버리세요. 다리아 양을 꼭 만나야 한다면 두 주에 한 번만 찾아가세요. 15분간의 저녁명상은 집어치우세요. 무엇보다 노래를 하고, 책을 읽고, 소위 친구들을 만나느라고 귀중한 시간을 낭비하지 마세요” 라고 푸지 씨에게 시간관리를 가르쳐줍니다. 그럴듯하지요. 이런 식으로 살면 참 많은 시간을 벌 수 있습니다. 그렇게 살아야 남들처럼 살 수 있을 것 같습니다.

이처럼 우리가 꼭 해야 할 것 같은 시간관리란 대개 자신의 내적성공을 위한 것이 아니라 외적인 성공을 위한 것입니다. 그렇게 하면 남들보다 더 빨리 뭔가를 할 수 있고, 남들보다 나은 삶을 살 수도 있습니다. 하지만 그것이 인생의 전부는 아닙니다. 그것이 외적성공의 조건은 될 수 있어도 내적성공의 의미는 아니라는 겁니다. 성공적인 삶이란 스스로도 만족하는 삶이어야 합니다. 다른 사람이 보기에 성공이 아니라 스스로 생각하기에 성공 말입니다.

아무리 외적으로, 이를테면 사회적으로 성공했다고 해도, 남들이 부러워하는 삶을 산다고 해도, 진정으로 자신의 내면에서 뭔가 찜찜하다면 그건 진정한 성공이 아닙니다. 비록 남들이 보기에 초라해 보여도 자기 삶에 만족하는 사람이 있고, 비록 사회적으로 성공하지 못했어도 자기 삶에 보람을 느끼며 사는 사람도 있습니다. 사람은 어떤 목표만 따라 사는 존재가 아니며, 어떤 외적 가치만 따라 사는 존재가 아니라, 진정한 삶의 의미를 찾아 사는 존재이기 때문입니다. 그러니까 시간을 소중히 여기되 인간적인 일을 외면해선 곤란합니다. 시간을 아낀다고 인간적인 일을 외면하면 외적으로는 성공해도 내적으로는 성공할 수 없을 테니까요. 그러므로 시간의 진정한 가치와 의미를 알고 시간을 관리해야 합니다.

# 아낄수록 모자라는 시간

바쁜가요? 그러면 여유를 즐기고 싶겠지요. 지금은 비록 바쁘더라도 지금 열심히 일하면, 열심히 뭔가를 하면 나중 언젠가는 여유를 즐길 수 있겠지요. 무능해서 여유가 있다면 그건 여유를 즐기는 건 아닙니다. 초조한 마음으로 시간을 보내는 건, 할 일이 없어서 어쩔 수 없이 시간을 보내는 건 그건 여유가 아닙니다. 그건 무능이며 무기력입니다. 그렇게 하여 할 수 없이 쉬는 건 쉰다고 한들 쉬기는커녕 피로만 쌓일 뿐입니다. 그러니까 여유란 능력이 있는 사람, 바쁜 사람에게 필요합니다. 그런 이들은 쉼을 얻으려고, 여유를 얻으려고 열심히 노력합니다.

정말로 그렇게 여유를 위해 지금 열심히 일한다면, 적당한 목표를 정하고 그걸 이룬 다음엔 쉬겠다면, 그래서 지금은 쉼 없이 일한다면, 그건 어느 정도 바람직합니다. 비록 그렇더라도 쉼 없이 그 무엇을 한다는 건 그건 문제입니다. 일과 여유, 노력과 쉼은 서로 조화를 이루게 해야 합니다. 일 따로 쉼 따로 라면 곤란합니다. 아무리 바빠도 적당히 일하고, 적당히 쉬어야 합니다. 일과 여유 사이엔 균형과 조화가 필요합니다. 하나씩 따로 생각하면 그 둘을 다 채울 수 없으며, 균형이 없이 불안한 삶을 살 수밖에 없습니다. 일하며 쉬고, 일하며 여유를 찾아야 합니다. 그렇지 않고 지금은 시간을 아껴야 한다는 강박관념에 빠지면 그 사람은 언제나 여유를 얻을 수 없습니다.

분명 시간을 무척 아꼈는데, 왜 점점 바빠질까요? 시간이란 자전거 페달을 밟는 것처럼 가속도가 붙습니다. 그 때문에 마음과 몸의 여유를 느낄 수조차 없습니다. 삶이란 빨리 달리면 달릴수록 점점 빨리 달려야만 하는 것이 시간이란 괴물입니다. 내가 달리면 다른 사람도 달리는 것 같고, 내가 속도를 내는 만큼 다른 사람도 속도를 내는 것 같습니다. 그러니 점점 자신도 모르게 바빠질 수밖에 없습니다. 서두를 수밖에 없습니다. 그러니까 일을 하면서 쉼을 챙기고, 쉬면서 일을 챙기는 겁니다. 쉴 땐 확실히 쉬면 그 쉼 속에서 일의 아이디어는 불현듯 떠오릅니다. 그 쉼이 생산적입니다. 생산적인 쉼은 생산적으로 일을 할 수 있게 합니다. 생산적으로 일을 할 수 있다면,  쉼은 저절로 또 얻을 수 있습니다.

일과 휴식은 서로를 잡아먹는 관계가 아니라 서로 조화를 이룬다면 서로 보충해주는 좋은 관계입니다. 시간이란 무조건 아낄 것이 아니라 예술적으로 아낀다면 이 둘의 관계는 대척점에 있지 않고 같은 족속임을 알 수 있습니다. 따라서 쉼의 시간, 여유의 시간을 효율적으로 활용한다면, 쉼과 여유의 시간은 서로 사이좋게 맞물려 돌아갈 수 있습니다. 그러면 그저 일만 죽어라 하는 사람보다 쉬면서 일하는 사람이 오히려 더 많은 일을 할 수 있습니다. 일이란 얼마나 시간을 많이 투자하느냐보다는 어떻게 그 일을 하느냐에 따라 일의 생산성이 좌우됩니다.  그러니 일단 그 바쁜 일을 내려놓고 숨을 돌리세요. 생각 없이 바쁘게 그 일을 하느니보다, 일처리를 효율적으로 할 수 있는 방법을 생각하며 쉬는 편이 낫습니다. 괜히 시간관리 한답시고 소중한 것들을 경시하지 마세요.

# 04

# 우선멈춤,

## 삶을 생산적으로 바꾸는 시간

# 시간을 아끼는 이유

시간을 왜 절약해야 할까요? 이렇게 물으면 적어도 '열심히 일해야 나중에 쉴 수 있으니까요'라고 대답한다면 그나마 다행입니다. 대부분 시간을 절약해야 하는 이유도 생각하지 않고 그저 남을 따라 바쁘게 삽니다. 그게 문제입니다. 세상 분위기가 그렇게 몰아가니까, 다른 이들을 따라 살지 않으면, 그들처럼 살지 않으면 당장 남보다 뒤떨어질 것 같고, 장래엔 살아남기조차 어려울 것 같으니까, 그 행렬에 동참하지 않으면 불안합니다. 그 줄을 따라잡지 못하면 낙오자가 될 것 같습니다. 그래서 시간을 절약하는 방법을 배우고 그대로 따릅니다. 그러다 보니 너나 할 것 없이 시테크라는 이름으로 아침형 인간을 유행시킵니다. 저녁형 인간을 유행시킵니다.

이런 흐름은 물질문명이 주도합니다. 표준화라는 이름으로 같은 꼴을 대량으로 쏟아냅니다. 단순화라는 이름으로 획일적으로 사람들을 몰아갑니다. 전산화라는 이름으로 사람들의 일손을 덜어냅니다. 여기에 속도화가 사람들을 빨리 빨리 움직이도록 부추깁니다. 그만큼 문명이 사람들의 삶을 부추기고 앞에서 끌며 뒤에서 밀어댑니다. 이러한 빠름, 단순화, 획일화는 사람들을 편리하게 하는 건 분명합니다. 시간을 절약해 주는 건 분명합니다. 이에 따라 열심히 사는 사람들이 늘어납니다. 삶의 방식을 이 흐름에 맞춰 제법 잘 살아냅니다. 덕분에 사람들은 보다 지식을 많이 얻습니다. 더 많은 부를 창출합니다. 보다 빨리 목표를 이룹니다.

하지만 왜 그렇게 부에, 지식에 목말라 했는지 근본적인 질문은 하지 않고 맹목적으로 달려든다는 데 문제가 있습니다. 우리가 그토록 머리가 터지도록 머리를 짜내면서 에너지를 쓰고, 열정적으로 일을 하고, 숨 한 번 제대로 못 쉴 정도로 일을 해야 하는 근본적인 이유는 보다 행복하게 살기 위한 것이 아닐까요? 그러면 그 기준에 맞추어 최소한 열정을 쏟고 시간을 절약하려 애를 써야 하는데, 그렇지 못합니다. 어떤 목표를 정하고, 그 목표만 중요하게 생각하며, 시간을 절약하기 위해 사람이 할 도리를 잊는다면, 인간적인 일을 포기하다면 그건 행복에서 스스로 멀어지는 겁니다. 의미 없는 성공, 의미 없는 부, 의미 없는 권력, 이를테면 사람이 배제된 그 모든 것은 삶의 가치도 없을뿐더러 불행을 부르는 일이기 때문입니다.

디지털적인 사람들은 아날로그적인 사람들보다 분명 돈을 잘 법니다. 보다 윤택한 생활을 합니다. 옷도 잘 입습니다. 차도 더 고급스럽습니다. 더 많은 지식을 얻습니다. 분명 잘 살고 있다는, 모범적으로 살고 있다는, 능력이 있다는 칭찬을 들을 만한 사람들입니다. 그런데 그들의 표정은 그다지 밝지 않습니다. 그들의 얼굴에는 뭔가 못마땅한 기색이나 피곤함, 불만이 진득하게 배어 있습니다. 왜 그럴까요? 이들은 목표 지향적이라서 항상 달려가야만 하기 때문입니다. 그러다 보니 바쁩니다. 시간을 다툽니다. 때문에 앞뒤좌우를 돌아볼 여유가 없습니다. 인간적인 삶보다는 기계적인 삶을 지향합니다. 이들은 목표지향적인 사람들입니다.

반면 관계지향으로 살아가는 이들은 그 어떤 부의 축적 이전에, 어떤 목표 달성 이전에, 시간 절약 이전에 사람과 사람의 관계에 보다 가치를 둡니다. 그 무엇보다 사람을 중요하게 여기기 때문입니다. 우리는 이들을 관계지향적인 사람들이라고 부릅니다. 무엇보다 사람과의 관계를 중요하게 생각하기 때문에 누군가를 만나는 일에 시간 절약을 위해 초조해 하지 않습니다. 그 시간 자체를 즐깁니다. 그 시간이 아깝다고 생각하지 않습니다. 이들의 시간은 비생산적일 수 있지만 인간적인 시간입니다. 성공이든, 시간 절약이든, 부의 축적이든 그 목적이 행복에 있다면 당연히 이들의 삶의 방식이 옳습니다.

이들은 진정한 삶의 의미가 무엇인지 압니다. 때문에 시간 절약에 앞서 만나는 사람에게 최선을 다합니다. 상대의 말을 온 마음으로 들어줄 수 있습니다. 찾아갈 사람을 찾아갑니다. 만날 사람을 충분히 만납니다. 그렇게 마음의 여유를 찾으니까 그들에겐 저절로 분별이 생기고, 화해하고 싶은 마음이 들고, 기분까지 좋아집니다. 그렇습니다. 사람을 오래 웃게 하는 건 사람입니다. 삶을 가치 있게 하는 건 사람입니다. 삶의 의미를 찾게 하는 건 사람과의 만남입니다. 사람 없는 부, 사람 없는 성공, 사람 없는 시간절약, 그건 진정 불행의 서곡입니다. 그러므로 그 무엇 이전에 사람이 중요합니다. 사람을 소중하게 여기는 사람만이 행복할 수 있습니다. 사람이 삶의 가치이자 존재의 의미입니다.

# 잃어버리지 않은 시간

시간은 금이다. 참 그럴듯한 말입니다. 이 말을 명언이라고 합니다. 그만큼 시간을 소중히 하라는 의미이니 좋은 말입니다. 시간은 참 소중합니다. 존재라면 시간과는 불가분의 관계를 맺고 있으니 이를 부정할 수 없습니다. 분명 시간은 금이다란 옳은 말이고, 명언입니다. 하지만 소중한 것이라고 절약만 하라는 것은 아닙니다. 모셔두라는 의미가 아니라 시간을 잘 쓰라는 의미입니다. 이를테면 그 시간들에 의미와 가치를 부여하면서 제대로 금처럼 쓰라는 의미입니다. 주어지는 시간들을  참 가치 있는 시간들이니, 시간을 절약하려 말고 의미 있고 가치 있게 쓰라는 것입니다.

그런데 시간의 노예가 된 사람은 시간이 소중하니 아껴야 한다고 즐거운 축제든 엄숙한 축제든 그 축제를 즐기지 못합니다. 정적이 찾아들면 불안합니다. 사방이 고요하면 초조합니다. 뭔가 요란스럽고 분주해야 뭔가 대단한 일을 하는 것 같기 때문입니다. 사람을 상대하더라도 그와 인간적인 관계를 맺기 위해서가 아니라 그를 경계하기 위해서거나 그에게 뒤떨어지지 않기 위해서입니다. 그래서 주변 사람들이 무슨 책을 읽는지, 무슨 일을 하는지, 어떤 방식으로 일을 하는지, 어떻게 진급했는지, 어떻게 돈을 버는지, 주변 사람들을 기웃거립니다. 그들의 따라쟁이가 되지 않으면 뭔가 뒤쳐져서 불투명한 미래에 잔인하게 던져질 것 같아 불안합니다. 그래서 그들은 시간을 소중하게 생각합니다. 하지만 그들은 소중하다는 생각만 하지 어떻게 하는 것이 시간을 제대로 소중히 여기는 것인지 모르고 있습니다.

시간은 귀중한 것, 잃어버리지 말라!
시간은 돈과 같다. 그러니 절약하라!

이 표어에 매몰되어 시테크란 이름으로 시간 절약 운동을 펼칩니다. 빨리 결정하고 빨리 일하고 빨리 움직입니다. 절약공식의 제1은 빨리빨리의 원칙이라고 생각하기 때문입니다. 그래서 여기서 시간을 줄이고, 저기서 시간을 줄입니다. 불필요다고 생각하는 일은 접습니다. 불필요하다고 여겨지는 일들은 생략합니다. 물건도 집도 불필요한 부분은 과감히 생략합니다. 필요한 부분만 살립니다. 그러니까 가볍고 간단해서 좋은 것 같습니다. 그러니까 시간이 남을 것 같습니다. 분명 시간을 절약했는데, 분명 시간은 남았는데, 그 시간은 어디로 가고 다시 또 바쁩니다.

왜 그럴까요? 여기 투자할 시간을 벌었다면 그 남는 시간은 저기 다른 일에 쓰고 있기 때문입니다. 일이란 하나의 일을 마치고 나면 또 다른 일이 앞에 버티고 서 있습니다. 왜냐하면 시간이란 살아 있는 존재 앞에서 째깍째깍거리는 소리를 내며 시계를 그 앞에 들이대기 때문입니다. 그러니 시간을 효율적으로 쓴다, 제대로 절약한다 싶었으나 그만큼 벌어놓은 시간보다 더 많은 시간을 필요로 하는 일이 버티고 서 있습니다. 그래서 삶이란 재촉하면 재촉할수록 더 빨리 앞으로만 달려야 할 뿐입니다.

그러니 자신의 일을 기쁜 마음으로, 또는 애정으로 일을 하는 것이 중요한데, 오히려 그렇게 하는 것은 중요하지 않으며, 오히려 그것이 방해가 된다고 생각합니다. 오직 짧은 시간에 가능한 한 많은 일을 하는 것, 그것만을 중요하게 생각합니다. 그래서 시간은 금이라면서, 시간을 절약하자는 운동을 펼칩니다. 그 대열에서 낙오되면 자신의 미래가 곧 불행해질 것 같아 여기 저기 기웃거리며 따라쟁이로 삽니다. 그러다 보니 생산품도 획일화 되고, 성격도 단순해집니다. 급해집니다. 그러면 그럴수록 자신의 삶은 점점 빈곤해지고, 획일화되고, 냉혹해지고 있다는 것을 알아차리지 못합니다. 다들 그렇게 살기 때문입니다.

그들은 아주 열심히 삽니다. 다른 사람을 위해 쓰는 시간들은 다 줄이고, 오직 자신만을 위해 시간을 씁니다. 사람들에게 안부

전하는 일도, 누군가를 돕는 일도, 여가를 보내던 시간도 생략하려 합니다. 미래를 위해 시간을 절약하려는 겁니다. 하지만 미래에 내 시간을 맡아둘 존재는 없습니다. 그저 시간은 현재라는 순간밖에 없습니다. 때문에 시간을 아끼면 아낄수록 가진 것은 점점 줄어들게 되어 있습니다. 시간을 소중히 여기는 방법은 시간은 곧 삶 자체이며, 삶은 가슴 속에 깃들어 있는 것입니다. 그러니까 시간을 재는 시계나 달력만을 바라보며 살기보다는 심리적 시간을 잘 다스리며 시간을 즐겨야 합니다. 시간을 따르는 자가 아니라 시간을 즐기는 자가 되어야 합니다.

# 모닥불처럼 마음을 따뜻하게 덥혀주는 시간

마음의 여유가 있어야 창의적인 생각을 할 수 있습니다. 이 마음의 여유는 바쁘냐 안 바쁘냐의 문제가 아닙니다. 바쁨 속에서도 마음의 여유를 갖는 사람이 있고, 한가하면서도 마음이 분주한 사람이 있습니다. 마음의 자세가 문제입니다. 우리나라 사람들은 대체로 바쁩니다. 일의 문제가 아니라 마음이 바쁜 겁니다.

물론 우리나라 사람들이 빨리빨리 문화의 대명사가 된 데는 우리나라의 지정학적인 위치와도 관련이 있을 겁니다. 일본과 중국에 둘러 싸여 그들의 압제와 견제를 이겨내기 위해 우리에겐 그다지 마음의 여유가 없었지요. 무엇이든 그 큰 나라보다 빨리빨리 해치워야만 살아남을 수 있다는 강박관념이 있었다는 이야기지요. 그래서 이를 악물고 경제발전을 위해 매진했잖아요. 그렇게 해서 작은 나라임에도 불구하고 제법 주변국들과 경쟁력을 갖게 되긴 했지요. 대단한 성과입니다. 그 빠름이 우리를 여기까지 오게 했어요. 잘한 것이지요.

하지만 그런 빛나는 성과를 이루고 나면 그림자는 당연히 따라오게 마련이지요. 지금의 성과는 물질문명에 관한 것이잖아요. 거기에 너무 신경을 쓰다 보니 정신적인 문명은 오히려 퇴보한 것이지요. 정신적인 여유도 없고, 남을 따라가야 한다는 강박관념만 있으니 주변을 돌아볼 시간도 없고 제 앞가림하기 급급하지요. 그런 물질의 목표를 두다 보니 사람은 보이지 않아요.

하지만 이제는 좀 더디게 가야 해요. 물질은 저만큼 갔는데 정신은 따라가지 못하니까요. 우리는 지금 심한 사춘기의 열병을 맞는 것과 같아요. 힘은 부쩍 늘었는데 정신의 성숙은 그에 따르지 못하니 문제가 터지는 것이지요. 이제는 양보다는 질에 관심을 가져야 해요. 발전의 속도보다는 발전의 질, 어떤 일의 양보다는 그 일의 질에 관심을 가져야 해요. 거기엔 무엇보다 사람 중심이 되어야 하고요.

당연히 느림의 미학은 빨리빨리의 반대지요. 정상을 올라갈 때 빨리빨리를 외치며 올라갔다면, 이제는 완만한 길을 걸으며 주변을 즐기는 것처럼 이제는 공학이든 과학이든 물질문명이든 누릴 수 있는 것들을 찾아 누려야 해요. 발전의 속도를 줄이되 질을 생각하기, 새로운 것을 자꾸 생산해 내고, 획기적인 상품을 만들어 내기보다는 만들어진 것들을 제대로 누리며 살기 쪽으로 나아가자는 것이지요. 무엇보다 우리가 무슨 일을 하든 그 일을 하는 이유는 행복하기 위한 것이란 생각을 갖자는 것이지요. 그런 마음가짐에서 당연히 여유를 가질 수 있고요.

느림의 미학, 갑자기 빠름에서 느림으로 바꾸려면 불만이 있을 테지요. 그럼에도 이제는 느려져야 해요. 빠르면 빠를수록 불만은 더 많게 마련이에요. 그만큼 기대 심리는 또 빨라지니까요. 반대로 무엇이든 조금씩 늦춘다면 오래지 않아 오히려 불만은 줄어들 겁니다. 사람의 심리란 빠르면 빠를수록 더 빠르고 싶은 욕망이 자라지만 느리면 느릴수록 자기도 모르게 느림을 수용합니다. 그 느긋함이 오히려 행복한 마음을 갖게 하고요.

빨리의 중심에는 속도만 있지만, 느림의 미학의 중심에는 양보다는 질, 만들어내기보다는 그것을 누림이 있어요.  이런 중심생각으로 살면 마음의 여유를 가질 수 있어요. 일이 많고 적고가 마음의 여유를 지배하는 게 아니라, 어떤 마음으로 일을 하느냐가 중요해요. 여유는 마음먹기에 달려 있어요. 자! 지금부터 여유 갖기 연습이에요.

# 인문학 공부가 행복한 이유

이제는 물질 중심에서 사람 중심으로, 속도 중심에서 질 중심으로, 성과 중심에서 행복 중심으로 옮겨야 해요. 무엇보다 인생의 목적이 무엇인지를 생각하자는 것이지요. 물질중심으로 살기가 빨리라면. 사람중심으로 살기는 느림의 미학이에요. 편리가 행복한 것이 아니라 다소는 불편한 것이 정신건강에 좋아요.

물질문명으로 대변되는 과학이나 공학은 사람의 행복에 관심이 적은 반면 인문학은 사람의 행복에 주안점을 두고 있잖아요. 이제는 물질문명, 과학이나 공학이 인문학처럼 행복에 관심을 가져야 해요. 빠르고 편리한 게 사람을 건강하게 하고 행복하게 하는 게 아니잖아요. 오히려 느리고 불편한 것이 사람을 행복하게 하고 정신을 건강하게 돕는다니까요.

이솝우화를 읽어보세요. 이솝우화야말로 느림의 미학을 대변하고 있지요. 우리가 사람의 이야기에만 몰두하면 여유가 없잖아요. 그런데 사람의 이야기가 아니라면 우리는 한숨을 돌리며, '아!

저건 우리 이야기가 아니구나.' 하지요. 그렇게 접근하여 멀찌감치 바라보다가 서서히 자신도 모르게 그 이야기 속으로 들어가는 것이지요. 그러다 보면 자신도 모르게 그 이야기가 우리들의 이야기, 나의 이야기로 들려지는 거예요.

우리는 이 우화들이 단순한 재미만을 위한 게 아니라는 걸, 이 우화들은 바로 우리 자신들의 이야기이며, 우리들의 삶의 모습이라는 걸 알게 됩니다. 그러니까 이솝우화를 제대로 읽는다면, 우리가 세상을 어떻게 살아야 하는지 깨달을 수 있을 겁니다. 어떻게 이웃을 대하고, 어떻게 자기관리를 해야 하며, 어떠한 마음을 가지고 살아가면 세상을 보다 행복하고 즐겁게 살 수 있는지를 말입니다.

이솝우화, 그냥 단순하게 읽으면 그저 재미있는 이야기에 불과하겠지만 조금만 더 느린 속도로 읽어간다면 곳곳에 숨어 있는 삶의 교훈을 깨달을 수 있지요. 그것이 인문학의 매력이지요. 은근히 마음을 적셔주는 매력, 그 매력이 우리의 마음가짐을 달리 하게 만들지요. 그 마음가짐이 우리의 행동의 변화를 이끌어주지요.

그래요. 인문학은 우리에게 마음의 여유를 줘요. 그리고 이제는 무엇보다 우리에겐 마음의 여유가 필요한 때고요. 그래서 저는 우화 본연의 읽는 재미를 전달하는 것에 그치지 않고 현재의 관점에서 새롭게 해석해 보았어요. 그러니까 여러분이 이솝우화는 아주 오래된 구닥다리 이야기로 받아들이지 않았으면 하는 바람이에요.

오늘을 사는 우리 모두 그리고 우리 이후의 시대를 살아갈 인생의 후배들에게도 꼭 필요한 삶의 지혜서로 받아들이는 계기가 되었으면 하는 바람이에요. 이 책을 읽는 모든 분들이 진정한 자신을 발견하고, 타인을 제대로 이해하게 되었으면 해요. 많은 분들이 보다 지혜롭고 즐거운 삶, 행복한 삶을 살 수 있도록 이 책이 조금이나마 도울 수 있다면 그보다 더 큰 보람은 없을 거예요.

## 인문학 독서법,
## 책을 곱씹어 읽어야 하는 이유

책을 많이 읽었다고 자랑하는 이들이 있습니다. 일 년에 읽을 권수를 정하고 그렇게 읽는 모임도 있습니다. 하지만 책은 많이 읽느냐보다는 어떻게 읽느냐가 더 중요합니다. 아무리 많은 책을 읽었다 한들 자기만의 그 무엇을 읽어내지 못했다면 그건 비생산적입니다. 차라리 제대로 읽은 책 한 권이 의미 없이 읽은 백 권보다 더 가치가 있습니다. 얼마나 많은 책을 읽었느냐를 자랑하기 전에 얼마나 많은 것을 독서로 얻었느냐를 자랑하는 게 낫습니다.

그러니까 책이란 분야에 따라 읽는 방법이 달라야 합니다. 정보를 얻으려는 책 읽기는 원하는 정보만 얻어내면 되니까 빠르게 읽어도 무난합니다. 키워드 중심으로 읽어서, 전체적인 분위기 파악만 해도 됩니다. 그런 책이야 많은 책을 읽을수록 좋습니다. 반면 인문학은 곱씹어 읽어야 합니다. 한 단어, 한 문장마다 의미 부여를 할지 아닐지를 살피며 읽어야 합니다. 이를테면 육안으로만 읽을 게 아니라 심안으로 읽어야 합니다. 그렇게 하여 그 내용을 삶으로, 자신의 안으로 끌어들여야 합니다.

자기계발서가 사회에 적용을 하기 위한 목적이라면, 인문학은 자기성찰 또는 자아 찾기를 통해 진정한 자신을 찾는 여행이어야 합니다. 그리하여 살면서 마음의 여유를 찾고, 누릴 것은 누리면서 행복한 삶을, 자기다운 삶을 살아야 합니다. 인문학을 곱씹어 읽어야 할 이유, 잘근잘근 씹어서 소화해야 할 이유입니다. 인문학의 관점에서 읽은 이솝우화는 바로 우리 삶의 이야기입니다. 이솝과 함께 떠난 여행, 사람과 사람 사이의 여행, 자아 찾기 여행입니다.

이솝의 우화들은 피상적으로는 사람들의 이야기보다는 동물들의 이야기가 거의 전부입니다. 그렇다고 그가 들려주는 우화들은 그 동물자체의 이야기, 식물의 이야기는 아닙니다. 그 이야기들을 단지 겉모습일 뿐 그 우화들은 저의를 숨기고 있습니다. 바로 사람과 사람 사이의 이야기입니다.

사람과 사람 사이, 이 사이라는 공간엔 수많은 사연들이 숨어 있습니다. 아주 다양한 사람들, 그들 사이에 일어나는 다양한 삶의 모습들이 동물들의 모습을 빌어서 보여주고 있습니다. 따라서 그의 우화들은 우화자체로 받아들이기보다 사람들의 이야기로, 삶의 이야기로, 이를테면 사람과 사람 사이의 이야기로 읽어야 합니다. 그 우화에서 세상을 어떻게 살면 잘 살아가는 것인지, 어떻게 하면 인생을 가치 있게 살 수 있는지를 각자 나름대로 발견해야 합니다. 사람과 사람 사이가 가장 중요하기 때문입니다. 그것은 이솝의 우화를 우리 삶의 모습으로 받아들이면서 가능합니다.

사람이란 탈을 쓴 우리를 대신한 이솝의 우화 속에서 새로운 삶의 가치를, 사람과 사람 사이를 잘 이을 줄 아는 지혜를 발견하는 기쁨의 시간이었습니다. 필자가 그랬던 것처럼 이 책을 읽은 모든 이들 또한 나름의 삶의 가치를 발견하고, 세상을 살아갈 용기를 얻고, 우울한 세상을 웃으며 살아갔으면 좋겠습니다.

## 생산적인 지식의 세계

지식의 세계는 끝이 없습니다. 쌓으면 쌓을수록 공간은 줄어드는 것이 아니라 오히려 공간은 그 이상으로 더 넓어집니다. 지식을 쌓아둘 창고는 고정되어 있는 것이 아니라 신축성이 있기 때문입니다. 그 신축성은 채우는 만큼 그 이상의 공간을 배가시킵니다. 하여 책을 읽는 사람들은 더 많은 책을 읽으려 합니다. 지식이 있는 사람은 지식이 적은 사람보다 더 열심히 지식을 습득하려 노력합니다. 그렇게 늘리는 기쁨을 그들은 체험하기 때문입니다. 따라서 지식 있는 자는 점점 더 지식의 부자가 되고, 지식이 가난한 자는 점점 더 지식의 가난뱅이가 됩니다.

아무리 많은 재물이 생긴다 해도 그것을 쌓아놓을 공간이 없어서 걱정하는 이는 없습니다. 창고가 모자라면 더 크게 개축하거나 신축하면 됩니다. 이와 마찬가지로 지식의 세계란 얻는 만큼, 아니 그 이상의 공간은 저절로 생깁니다. 오히려 공간은 배가됩니다. 그것이 지식을 얻는 기쁨입니다. 그 기쁨은 끝없이 지식의 세계로 모험을 떠나게 하고, 보다 많은 지식을 얻게 합니다. 뿐만 아니라 그 지식을 크게 만드는 지혜마저 얻습니다. 때문에 지식이 어느 정도 자리를 잡으면 그 지식에서 보다 생산적으로 지식을 활용할 수 있는 지혜가 나옵니다. 지혜란 지식의 씨앗에서 자라나기 때문입니다.

하지만 그렇게 신나게 모은 지식이라도 표출되지 않으면 그건 무의미합니다. 지식은 안에서 폼만 재는 것이 아니라 적절한 상황에 맞추어, 적절한 시점에 표출되어야 합니다. 내 안에만 고여 있는 썩는 지식으로 둘 것이 아니라, 다른 이에게 전달되어 생산성을 갖는 산지식으로 삼아야 합니다. 이를테면 지식이 있어도 안에만 쌓아두고 거드름이나 피우면 그건 진정한 지식이 아닙니다. 적절히 다른 이들에게 도움을 줄 수 있는, 다른 이들에게 신선한 자극을 줄 수 있는 지식이 진정 산지식입니다. 그러니까 자신이 가진 지식을 썩혀서 버릴 것이 아니라 표현하여 생산적으로 살려야 합니다.

많은 책을 읽었다고 자랑하기보다는 그 책의 내용을, 그 책의 지혜를 나눌 일입니다. 많은 지식이 있다고 뽐내기보다는 그 지식을 다른 이들과 나누는 것이 바람직합니다. 그런데 책은 많이 읽었으나 나눌 능력이 안 된다면, 그건 의미 없는 독서입니다. 많은 지식이 있으나 그 지식을 남에게 전달할 수 없다면 그건 가치 없는 지식입니다. 재산이 많아도 남에게 나누어줄 줄 모르는 사람이 진정한 부자가 아니듯이, 지식이나 지혜 역시 나눌 줄 모른다면 진정한 지식인이 아니라 지식인인 척하는 사람일 뿐입니다. 그러니까 빵을 나누듯이 지식도 남과 나누어야 진정한 지식입니다.

밥을 먹으면 쌀 줄도 알아야 건강하듯이 지식도 얻는 만큼 표현해야 정신이 건강합니다. 때문에 지식을 얻을 때엔 그 지식을 어떻게 표출할까를 생각해야 합니다. 무조건 습득할 게 아니라 자기만의 그릇에 잘 담길 수 있도록 습득하라는 것입니다. 그렇게 얻은 지식은 남에게 잘 전달할 수 있습니다. 그렇게 얻은 지식이 생산성을 지닙니다. 이를테면 공부를 제대로 할 수 있는 사람은 나름의 공부방법이 있는 것과 마찬가지입니다. 그렇게 얻은 지식은 혼자 가지고 뿌듯한 가면을 갖는 데 그쳐선 안 됩니다. 뿌듯함의 순간도 잠시 마음의 답답함이 찾아들기 때문입니다. 얻는 만큼 내보내야 일단 생산적인 일이며, 정신적인 건강에도 좋기 때문입니다. 그러니까 얻는 만큼 표현하려 애를 써야 합니다. 그게 진정한 지식의 부자의 길입니다.

# 즐거운 일을 시작하는 아침

오늘은 무엇을 할까요? 어떤 일을 하며 시간을 보낼까 생각합니다. 하려고 들면 할 일이 참 많습니다. 에라 모르겠다, 쉬자! 그리하면 할 일 없습니다. 일이란 있을 수도 있고 없을 수도 있군요. 일이 많으면 많아서 걱정입니다. 요놈의 일 언제 없어지고 편히 쉬나 싶습니다. 일에서 놓이고 싶습니다. 그래서 부지런히 일을 하면 할수록 그 놈의 일은 줄기는커녕 자꾸 더 쌓입니다. 일이 일을 낳고, 일이 일을 벌여 놓습니다. 그러니 일이 많으면 걱정입니다.

일이 없어도 걱정입니다. 무료합니다. 무력감을 느끼고, 권태를 느낍니다. 삶의 의미도 없어지고 우울해집니다. 그러면 일을 하고 싶습니다. 참 요상하지요. 일에서 놓여나면 일이 그립고, 일에 묻혀 살면 쉼이 그립고 말이지요. 그런 고민에 휩싸이는 존재는 인간뿐입니다. 일이면 일이고, 먹고 사는 문제면 그 문제이지, 그런 문제에 의미니 가치니 따지는 존재는 인간뿐입니다. 때문에 인간만이 우울증을 앓고, 인간만이 가끔 자살을 생각합니다. 물론 그런 인간과 붙어사는 반려동물들도 사람을 조금은 닮긴 하지만요.

무슨 이야기를 하려고 하느냐고요? 사람은 일과 떨어져서 생각할 수 없는 존재라는 말이지요. 사람과 일은 떼려야 뗄 수 없는 존재라고요. 보세요. 밥 먹는다, 식사, 안부를 주고받는다, 인사, 그저 웬만한 상황엔 전부 일이란 말 일 사事자를 붙이잖아요. 그뿐인가요. 글을 쓸 때도 '일입니다'라고 '것'자 대신 쓰는 경우도 많잖아요. 그만큼 사람은 일 없이 살 수 없다는 말이지요. 좋건 싫건, 가치가 있건 없건, 의미가 있건 없건 일을 해야만 해요. 일을 하긴 해야 하는데 어떤 일을 하는 게 좋겠어요?

무슨 일을 하지, 어떤 일을 해야 폼 나지, 어떤 일을 해야 생산적이지, 이런 저런 고민을 하며 일을 대합니다. 어떤 일! "옛날엔 그랬지! 하지만 지금은 모든 게 달라졌어. 우린 이제 쓸데없이 시간을 낭비하면 안 돼." 어떤 일은 쓸데없는 일이고, 어떤 일은 유익한 일인지를 어떻게 구분할까요? 그걸 누가 정하냐고요!

일의 중요하고 안 중요하고를 정하는 기준은 사회통념의 문제는 아니지요. 그럼에도 우리는 일의 중요성의 문제를 자신이 정하지 않고 다른 이들의 기준, 사회통념상의 기준에 맞추어 정합니다. 그러니까 어떤 일을 하면서도 즐겁지 않습니다. 설령 즐거운 일이 있다 해도 오래지 않아 싫증이 납니다. 유익한 일이라고 생각한 그 일은 내 기준이 아니어서입니다. 때문에 일을 선택할 때 어떤 일이 중요한지, 어떤 일이 유익한지, 어떤 일이 생산적인지, 그런 사회적인 기준에 맞추어 선택하면 그 일은 그다지 행복하게 하지 못합니다.

때문에 그런 강박관념으로 일을 바라볼 것이 아니라 지금 하는 일을 어떻게 하면 재미있게 할 수 있을까, 그런 마음이 오히려 좋습니다. 우리가 하고 싶은 일만 골라서 할 수 있다면 좋지요. 하지만 세상은 그렇게 하고 싶은 일만 하면서 살 수 없습니다. 그러니까 지금 내게 주어진 일을 어떻게 하면 즐겁게 할 수 있을까, 어떻게 이 일과 친해질 수 있을까, 그게 중요합니다. 행복은 일을 열심히 하는 사람의 몫이 아니라 일을 즐겁게 하는 사람의 몫이기 때문입니다.

오늘 무슨 일을 할까요? 중요한 일? 유익한 일? 아니요, 즐거운 일을 하자고요. 지금 하는 일을 어떻게 즐길까, 어떻게 즐겁게 여길까, 그 생각을 하는 즐거운 일상이었으면 좋겠습니다. 당신은 일의 노예가 아니라 일의 주인입니다. 일을 즐기는 현명한 사람입니다. 자, 앞에 기다리는 즐거운 일을 시작해 볼까요!

# 타율적인 시간관리의 유혹

"우리를 아직도 그렇게 몰라? 우리가 얼마나 막강한 힘을 갖고 있는지 아직도 모르겠어? 우리는 네게서 친구들을 모두 빼앗았어. 이제 아무도 너를 도와줄 수 없어. 우리는 너도 마음대로 할 수 있지. 하지만 보다시피 너를 해치진 않아."

"왜냐하면 네가 우리를 위해 조그만 일을 하나 해주었으면 하거든. 현명하게 굴면 넌 너 자신과 친구들을 위해 많은 걸 얻을 수 있을 거야. 그러고 싶니?"

회색 신사들, 즉 시간 관리, 시간절약을 홍보하는 사람들이 모모에게 한 말입니다. 시간 절약을 선전하고 다니는 이들이 온 후로 하루도 빠짐없이 놀러오던 아이들, 모모와 이야기를 나누며 시간을 보내던 어른들은 이제 오지 않습니다. 모모는 혼자 시간을 보내야 합니다. 어른들은 물론 시간관념이 없던 아이들마저 시간에 얽매이기 시작한 겁니다. 재미있는 놀이를 하는 데 시간을 보내면 안 된다, 유익한 그 무엇에 시간을 투자해야 한다, 어른들로부터 그렇게 배웠기 때문입니다. 지금 즐거운 일을 하면 나중에는 아주 가난하거나 사회의 낙오자로 전락한다, 그러니까 미래를 위해 유익한 일을 골라서 해야 한다는 어른들의 말에 순종하는 아이들은 유익한 일만 하려 합니다.

지금은 짜증나도, 괴로워도 참고 견딥니다. 미래의 멋진 자신의 삶을 위하여 아이들은 미술학원으로, 피아노학원으로, 방과 후 학원으로, 체육관으로 달려갑니다. 미래를 위한 재능을 키우거나, 남 못지않게 공부를 잘하려는 때문입니다. 그러니 놀이를 즐길 시간, 친구들과 어울려 놀 시간이 없습니다. 아침부터 저녁까지 학교에서 학원으로, 이 학원에서 저 학원으로 옮겨 다니기 바쁩니다. 그런 식으로 알차게 시간을 보냅니다. 그 시간관리를 잘하느냐 못하느냐에 따라 미래의 행복을 얻느냐 못 얻느냐로 귀결된다고 어른들은 믿고 있고, 어른들은 그 사실을 아이들에게 그대로 강요하기 때문입니다.

시간이 중요하다, 중요하다 그 외침이 점점 힘을 얻기 시작하면서 어른들도 아이들도 그저 바쁩니다. 누가 더 시간관리를 잘하느냐가 학교에서 석차로 이어지고, 사회에서 진급으로 이어지고, 부자로 이어지느냐의 바로미터라고 생각하는 겁니다. 그러니 모두 바쁩니다. 누군가 한 사람이 바삐 움직이면 다른 사람들도 따라 바쁩니다. 그 모두가 경쟁자로 여기기 때문입니다. 그러니 달리지 않았던 사람들도 달리기 시작합니다. 여유를 즐기던 사람들 역시 왠지 불안합니다. 혼자만 뒤처지는 게 아닌가 초조하기 때문입니다.

그러려면 그렇게 시간관리를 잘하면 후회하지 않고 살 수 있을까요? 그렇게 살면 오래지 않아 넉넉하게 여유를 즐기며, 삶을 즐기며 살 수 있을까요? 인간에겐 언제나 일이 있습니다. 그러니까 인간이 일을 놓고 쉴 수 있는 공식은 아예 없습니다. 개인에 따라 그 일을 과감히 내려놓고 여유를 즐기느냐, 미련 때문에 계속 일을 놓지 못하고 바쁘게 지내느냐 그 차이입니다. 개인에 따라 바쁘게 살 수도 있고, 여유 있게 살 수도 있습니다. 그것이 시간의 상대성입니다. 누군가에게는 길고 누군가에겐 느린 것, 상대적인 시간은 각자의 마음에 있습니다.

하지만 오늘의 아이들, 어른들은 시간관리자의 세뇌를 받아 기계적으로, 습관적으로 움직이면서도 그걸 자율로 생각합니다. 타율적인 교육으로 세뇌 당한 현대인은 그게 진정한 삶이려니 삽니다. 그렇게 자기를 잃어가는 지독한 시간병에 걸린 줄도 모르고 삽니다. 모든 것이 인위적입니다. 자연스럽게 스며드는 행복이 아닌 억지로 자기합리화한 행복을 진정 행복으로 여깁니다. 자연스럽게 마음에서 우러나는 기쁨이 아닌 억지로 만들어진 기쁨을 기쁨으로 여깁니다. 아직 타율에 익숙하여 그걸 진실로 믿고 삽니다.

그러던 어느 날 진정한 기쁨, 진정한 행복을 맛보는 시간이 오면 그때에 깨닫습니다. 타율적인 삶과 자율적인 삶의 차이를 말이지요. 그러니까 오늘은 진정한 내면의 목소리에 귀를 기울여 보자고요. 나는 정말 자연스럽게 살고 있나요?

# 선택과 집중을 배우는 시간

인간은 끝없는 욕망의 동물입니다. 무엇을 가지면 가질수록 갖고 싶은 것은 오히려 더 늘어납니다. 이를테면 만 원만 필요하다는 사람이 만 원을 갖게 된다면, 그는 이제 오만 원을 필요로 합니다. 오만 원을 얻으면, 이제 20만 원을 원합니다. 이렇게 욕망의 크기는 일정하게 커지는 게 아니라 커진 만큼 상승배율로 커집니다. 얻는 만큼 소유하고 싶은 크기는 배가됩니다. 마찬가지로 뭔가 하고 싶은 일이 있다면, 그 일만 마치고 나면 쉴 수 있을 것 같지만, 그 일을 해치우고 나면 그 이상의 하고 싶은 일이 또 생깁니다. 때문에 바쁘게 살면 살수록 점점 더 바빠질 수밖에 없습니다.

이것만 하고 나면 쉬어야지 그렇게 초심을 갖습니다. 그리고 계획했던 일을 제대로 마쳤습니다. 그러면 쉬는 게 당연합니다. 하지만 인간은 쉬지 않습니다. 할 일 다했으니 할 일이 없어야 하는데 한 것만큼, 아니 한 것 이상으로 하고 싶은 일이 또 생깁니다. 때문에 더 바쁜 척 살아야 합니다. 바쁘다고 엄살을 부립니다. 바쁘다 바쁘다고 말합니다. 왜 그렇게 바쁜 걸까요? 그건 끝없는 욕심 때문입니다. 하고 싶은 일을 했으니까 거기서 적당히 일의 크기를 정해야 하는데, 어떤 일을 끝내고 나면 그 이상의 일을 시도하기 때문입니다. 그래서 우리는 아예 바쁘다는 말을 입에 달고 삽니다.

그러다 보니 정말 바쁜 사람은 바쁜 척하지 않는데, 실제로 조목조목 따지고 보면, 별로 일을 많이 하지도 않으면서, 별로 할 일도 많지 않으면서, 또한 일에서 얻는 결과물도 변변치 않으면서 바쁜 티는 혼자 다 내는 이가 있습니다. 정작 일을 참 많이 하면서, 그리고 그로 인해 얻는 결과물도 많으면서도, 그리 바쁘지 않은 듯이 느긋하면서도 여유 있게 사는 이들이 있습니다. 시간은 호들갑을 떠는 이들에게선 아주 빨리 달아나고 싶어 함께 안달이기 때문입니다. 호들갑 떠는 이들을 시간은 싫어하기 때문입니다. 시간은 늙지도 않습니다. 그렇다고 어리지도 않습니다. 늘 느긋하게 존재를 따라 다닙니다.

시간은 빠르지도 않고, 느리지도 않습니다. 그 시간을 쓰는 존재의 마음을 따라 흐릅니다. 때문에 시간은 어떤 이에겐 느리게 흐르고, 어떤 이에겐 빠르게 흐릅니다. 그 시간을 우리는 심리적 시간이라고 합니다. 시간에게도 마음이 있으니까요. 따라서 바쁘게 살지 않으려면 호들갑을 떨며 시간을 따라다니며 살 게 아니라, 시간에 올라타고 살아야 합니다. 바쁘다 바쁘다 호들갑을 떠는 사람의 대부분은 시간을 그저 따라다닙니다. 때문에 하고 싶은 일도 제대로 못합니다. 아울러 그 일에 대한 그럴 듯한 결과도 제대로 내놓지 못합니다. 소리만 요란하지 별로 소득 없는 삶을 살고 있는 겁니다.

반면 조용히 시간에 올라타고 사는 사람은 시간에 그렇게 민감하지 않습니다. 어차피 시간은 흘러간다는 걸, 모든 시간을 잡아 내 것으로 만들 수 없다는 걸 알고 있습니다. 그래서 하고 싶은 일 중에서 꼭 해야 할 일, 해낼 수 있는 일을 잘 구별해 냅니다. 어차피 시간이 무한정 우리의 모든 욕망을 다 채우라고 기다려주지 않을 것임을 알기에 제 욕심의 크기를 정합니다. 그렇게 정하고 남은 일들에 더는 미련을 두지 않습니다. 그래서 그는 여유가 있습니다. 서두르지 않습니다. 시간은 바쁜 척 서둘러 대는 사람의 편이 아니라 여유 있게 제 삶의 규모를 정하는 사람들의 편입니다.

선택과 집중, 그렇습니다. 시간의 주인으로 사는 법, 시간을 따라다니느라 힘들어 하지 않고 시간에 올라타고 여유 있게 사는 법은 선택과 집중입니다. 하고 싶은 일 다 할 수 있다, 갖고 싶은 것 다 가질 수 있다, 하려는 일 다 할 수 있다, 그 생각을 우선 버려야 합니다. 그리고는 나 자신을 먼저 돌아보고 제대로 나를 알아야 합니다. 그 다음엔 선택과 집중입니다. 정말 하고 싶은 것, 내가 할 수 있는 것, 내가 해야 하는 것, 이 셋의 조화나 적절한 타협으로 일을 선택하고, 거기에 집중하면 무엇을 하든, 보다 잘 할 수 있고, 소기의 성과를 얻을 수 있습니다. 그러니까 오늘부터는 바쁘다 바빠란 말을 아예 하지 않으면서 그 대신 느긋한 말로 내 삶에 주술을 걸자고요. 난 지금 바쁘지 않으니까요.

## 공부하는 시간

강의를 하면서 내가 누구를 가르치기보다 오히려 배웁니다. 인생을 배웁니다. 이 분들이 바로 나의 롤모델이기 때문입니다. 공부하시는 모습들을 보며 많은 것을 배웁니다. 삶을, 인생을 배웁니다. 어떻게 살아야 할지를 배웁니다. 80 연세에도 참 열심히 공부하시고, 열심히 쓰시는 분들도 계십니다. 표정도 아주 맑고 밝으십니다. 그건 축복입니다. 저 자리를 아름답게 지킨다는 건 참 축복입니다. 이 분들을 보면서 생각합니다. 나도 저 나이에 저 자리에 앉아 공부할 수 있을까를 말이지요. 쉬운 것 같지만, 그렇게 살려면 우선 정신이 그만큼 맑아야 합니다. 그만큼 경제사정도 허락해야 합니다. 충분히 움직일 만큼 건강해야 합니다. 이보다 행복한 삶이, 다행한 삶이 또 있을까요.

그렇습니다. 나는 나의 미래와 대화를 하고 있습니다. 나의 미래를 연습하고 있습니다. 그 분들에게 무엇을 가르치는 게 아니라 나의 미래에게 가르치고 있습니다. 그날이 오면, 누구보다 겸손하게 나의 하잘 것 없는 지식을 내려놓고 열심히 공부할 겁니다. 그런 꿈을 꿉니다. 그 무엇이 되겠다, 대단한 무엇을 남기겠다가 아니라 그저 내 인생의 저녁나절은 공부하는 시간들로 채웠으면 좋겠습니다. 내 인생의 마지막 그 전날까지 공부할 수 있었으면 좋겠습니다. 그거야 말로 의미 있는 시간일 테니까요. 그 어떤 시간과도 바꿀 수 없는 시간일 겁니다.

에우리피데스는 "젊을 때에 배움을 소홀히 하는 자는 과거를 상실하고 미래도 없다"라고 말합니다. 사람은 태어나면서부터 배웁니다. 언제나 배웁니다. 죽어서 제사상 앞에서도 여전히 〈현고학생○○신위〉이니, 그때도 학생입니다. 누구를 가르치는 게 아니라 배운다는 건 겸손한 자세를 필요로 합니다. 그래서 배운다는 건 아름답습니다. 현재의 배움이 과거를 살아나게 하고, 미래를 제대로 맞게 할 것이기 때문입니다. 그래서 배움의 시간이 고귀하고 아름답습니다. 진정으로 배우려는 자세를 유지하면서 평생을 살 수만 있다면 그건 참 멋진 인생일 겁니다.

전과 달리 이제는 100세 시대를 넘어서고 있습니다. 일에서, 먹고 사는 일에서 놓여서 살아갈 날들이 전에 비해 아주 깁니다. 수십 년을 일 없이 살아야 할지도 모릅니다. 그러니까 인생의 저녁에는 어떤 일을 할까보다 어떤 일로 인생을 보낼까를 생각해야 합니다. 오래 살아야 하는 만큼, 육체의 건강은 물론 정신의 건강을 잘 챙겨야 합니다. 조금 더 구체적으로 말하면, 우울하지 않게 살아갈 수 있도록, 외롭지 않도록, 잘 기억할 수 있도록, 정신건강을 잘 챙겨야 합니다.

집에서만 칩거하는 게 아니라 밖으로 나가서 공부한다는 건, 다른 사람들과 어울릴 수 있으니 적잖게 찾아오는 외로움을 덜 수 있고, 지속적으로 머리를 써야 하니 기억 관리도 잘할 수 있습니다. 아무리 많은 것을 가지고 있어도, 부귀영화를 누려도 그것은 내 기억의 한계에서만 내 것이니까요. 공부를 한다는 건 내 머리를 적당히 긴장하게 하여 정신건강에 좋은 역할을 할 겁니다. 그러니까 공부하는 시간들은 아주 소중합니다. 어느 날 갑자기 공부하는 습관을 가질 수는 없습니다. 때문에 지금, 바로 지금부터 공부하는 습관을 만들어 가야 합니다. 내일, 내일, 내일이면 늦습니다. 지금 당장 이 순간부터 공부하는 시간을 즐겨야겠습니다.

05

# 우선멈춤,

## 삶에 지친 나를 위로하는 시간

# 내가 나를 위로하는 시간의 여유

"인생에서 가장 중요한 건 딱 한 가지야. 뭔가를 이루고, 뭔가 중요한 인물이 되고, 뭔가를 손에 쥐는 거지. 남보다 더 많은 걸 가진 사람한테 다른 모든 것은 저절로 주어지는 거야. 이를테면 우정, 사랑, 명예 따위가 다 그렇지. 자, 넌 친구들을 사랑한다고 했지? 우리 한 번 검토해 보자. 우선 이렇게 물을 수 있을 거다. 네가 있어서 친구들이 얻는 게 뭐지? 친구들에게 무슨 도움이라도 되나? 아니 그렇지 않아. 친구들이 앞서 가고, 더 많은 돈을 벌고, 인생에서 뭔가를 이루는 데 도움이 될까? 물론 그렇지 않아. 넌 친구들이 시간을 아끼려고 할 때 도와주었니? 오히려 그 반대야. 너는 친구들이 하는 일마다 못하게 훼방을 놓고 있어… 그러면서 친구들을 사랑한다고 할 수 있을까?"

《모모》 속에서 '시간저축은행'에서 나온 회색 신사가 모모에게 한 말입니다.

누군가를 사랑한다면, 진정으로 사랑한다면, 그 상대에게 피해를 주고 있다는 생각이 들 때 견디기 어렵습니다. 자신이 하는 일이 결코 나쁜 일이 아님에도, 피해를 주는 일이 아님에도 주변의 누군가 그렇게 충고한다면 마음이 흔들리는 건 당연합니다. 하지만 피해를 주는지, 아니면 단순한 오해인지를 가늠하기 어려울 때가 있습니다. 어찌 보면 지금의 언행이 상대에게 도움이 될 일임에도 그런 말을 들으면 마음이 흔들립니다. 이런 상황과 마찬가지로 삶에 임하는 태도에도 그런 상황이 있습니다.

자기계발서를 읽을 때면 가끔 그런 순간들이 있습니다. 순전히 인문이나 문학서에 관심이 많고, 그런 성향인 나는 자기계발서를 읽으면 마음이 초조하고 불안해집니다. 다른 사람들은 모두 그렇게 살려고 노력하거나 그렇게 사는 것 같은데 아무리 생각해도 나의 취향이 아닙니다. 그렇게 살 수가 없습니다. 그러니까 그런 책을 읽을 때마다 지금처럼 살면 남에게 뒤처지고, 2~3년 후면 생존하기조차 어려울 것 같아 불안하고 초조합니다. 그럼에도 그렇게 살 수가 없고, 그것을 실천할 수도 없습니다. 내 상황도 상황이려니와 그렇게 나를 바꾸기란 무척 어렵기 때문입니다. 변화, 마음 바꾸기 아무나 하는 게 아니니까요.

그래서 어떻게 했느냐고요? 많이 읽으면 마음이 바뀌고 행동도 바뀌겠지 했지만 아무리 읽어도 내 마음은 바뀌지 않았고, 나를 바꾸려 해도 바꿀 수 없었습니다. 변화하라는데 변화할 수가, 아니 변화할 마음이 없었습니다. 남들처럼 산다는 걸 포기하기란 참 어려웠습니다. 그럼에도 내 인생은 나의 것, 내가 선택하고 그 선택을 후회하지 말자고 스스로를 위로했습니다. 그럼에도 그런 책은 자꾸 유혹했습니다. 읽으면 읽을수록 세상이 두렵고, 변한다는 그 세상에 나는 참 어울리지 않는 사람이란 생각에 우울했습니다. 책을 놓았습니다. 더는 자기계발서를 읽지 않았습니다.

함께 변하는 사람들은 그들의 길을 갑니다. 그렇지 못한 이들은 그 자리를 고수합니다. 그러니까 내가 멈춘다고, 함께하지 못한다고 다른 이들에게 피해를 줄 일도 없습니다. 자기계발, 나름의 계발이 중요한 것이지 남을 따라하는 따라쟁이가 나를 불안하게 했을 뿐이었습니다. 그게 인문학과의 차이였습니다. 아직 나는 잘 살고 있습니다. 세상이 변하라는 대로 변하지 않아도 잘 살아갑니다. 내가 가고 싶은 길을 가면서도 남에게 피해 주지 않으면서 내 길을 갑니다. 변하라 변하라고 외치던 작가들도, 그분들도 이제는 인문학 책을 씁니다. 결국 포장의 차이일 뿐이지, 그들이 말하는 인문학이란 자신만의 자기계발입니다.

그래서 좀 더 본질적인 인문학으로 들어가 나를 들여다볼 뿐입니다. 그리고 내 나름의 길을 찾고, 나만의 길을 갑니다. 세상에는 많은 사람이 살고 있습니다. 그들 모두 다른 환경, 다른 지능, 다른 인맥, 다른 조건에서 살아갑니다. 그들 모두 같은 길을 가라고 할 필요 없습니다. 같은 길을 갈 수도 없습니다. 그저 모두 나름의 길을 가고 있고 가면 됩니다. 나 또한 내 나름으로 삽니다. 모든 선택은 각자의 몫이고, 각자 선택의 책임도 각자에게 있습니다. 그러니까 불안하거나 초조해 하지 말자고요. 그냥 이렇게 생각하자고요. '내 인생아 나 잘 살고 있는 거지. 난 괜찮아'라고. 남들처럼 살지는 못해도 내가 나를 보듬으며 살아야겠지요.

# 아이들처럼
# 시간과 놀아야 할 이유

시간이 흐르는 걸까요? 우리가 변하는 걸까요? 우리가 시간을 향해 걸어가는 것 같기도 하고, 시간이 우리를 스쳐 지나며 우리를 변하게 하는 것 같기도 하죠. 그걸 알 수 없네요. 단지 우리가 시간이 흐른다고 생각하는 건 시간을 재는 도구들이 있으니까 그럴 테죠. 흐르건 흐르지 않건 시간은 누구에게나 같은 속도로 주어지죠. 그런데 누군가는 시간이 왜 이리 빠르냐 하고, 누군가는 이놈의 시간은 왜 이렇게 안 가느냐고 하죠. 누군가는 시간이 흐르든 말든 그저 자신이 지금 하는 일에만 관심이 있죠.

아이들은 시간이 흐르거나 흐르지 않거나 관심이 없습니다. 지금 하는 놀이에 그저 정신이 팔려 있습니다. 만일 시간의 신이 있다면, 시간의 신이 아이들에게 시간이 가니 어서 시간을 아끼라고 한들 아이들은 들은 체도 하지 않을 겁니다. 그런데 아이를 지나 청소년기를 지나 소위 어른이란 명찰을 다는 순간부터 우리는 시간의 흐름에 민감합니다. 이때부터 어떤 이는 시간이 너무 빠르다며 시간이 없다고 엄살을 떱니다. 어떤 이는 시간이 빨리 가서 이 골치 아픈 시기가 빨리 지나가기를 고대합니다. 때문에 시간이란 물리적인 시간, 도구로 재는 시간이 중요한 게 아니라 느낌의 시간, 심리적인 시간이 중요하고 의미 있다고 하겠지요.

시간은 결국 단순한 논리밖에 없는데 우리는 그 시간에 붙잡혀 시간의 노예로 삽니다. 시간을 힘겨워 합니다. 그놈의 시간에 안절부절 못하고 끌려 다닙니다. 이를테면 어른이 된다는 건 시간을 의식한다는 의미이고, 점점 시간의 신의 지배를 당하기 쉽다는 의미입니다. 시간이란 의식하면 의식할수록 점점 더 관리하기 힘들고 마음대로 사용하기 어렵습니다. 이렇게 계산하고, 저렇게 계산하면서 시간에 무척 신경을 써야 합니다. 어른들은 시간에 민감하기 때문에 시간의 공격에 속수무책으로 당하고 맙니다. 그 무엇에 신경을 쓰면 다른 것을 볼 수 없기 때문에, 보다 폭넓게 알 수 없기 때문에 다른 해결책을 찾을 수 없기 때문입니다.

우리는 시간에서 자유로울 수 없을까요? 시간을 신경 안 쓰고 살 수 없냐고요? 전적으로 그리 살지는 못한다 해도 어린 시절을 떠올려보자고요. 그때는 마냥 즐거울 땐 즐거웠잖아요. 물론 어른이 된다는 건 자신에 대한 책임을 져야 한다는 의미입니다. 또한 자신과 관계를 맺은 이들을 책임져야 한다는 의미입니다. 따라서 마냥 어린 아이들처럼 시간 따위에 관심 없이 살 수는 없습니다. 그럼에도 불구하고 우리는 시간에 얽매인 채 초조하고 불안하게 평생 살 수는 없습니다. 매일 시간을 들여다보면서 하고 싶은 일은 전혀 못하고 그저 의무처럼 주어진 일만 하다 인생을 마감할 수는 없습니다.

우리에겐 시간이 얼마나 남아 있을까요? 그놈의 시간은 나이가 많다고 시간이 적게 주어지고, 나이가 어리다고 시간이 많이 주어지는 것도 아닙니다. 단지 그건 가능성으로 볼 때 이야기이고 사람에게 변수란 얼마든 있습니다. 그러니까 시간에서 자유를 얻으려면 지금 이 순간이 삶의 마지막 순간들이란 생각으로 그 시간을 의미 있게 써야 합니다. 또한 지금 이 순간은 미래의 나를 만드는 순간들이란 생각으로 진지하게 살아야 합니다. 지금 이 순간들만 나의 시간들입니다. 그 이상은 염려하지 말자고요.

시간을 두려워하지 않는 아이들, 우리 모두는 그런 아이들이었습니다. 아이들은 시간의 흐름을 신경 쓰지 않습니다. 무슨 놀이를 할까, 어떤 친구와 놀까, 그저 그런 지금 닥친 문제에만 관심을 갖습니다. 그래서 시간의 신은 아이들을 어찌 못합니다. 아이들은 시간의 지배를 받지 않습니다. 아이를 지났다고 아이보다 낫다는 생각을 버리자고요. 오히려 아이에게서, 지난 우리의 즐거웠던 시절에서 시간을 즐기는 법을, 시간에서 자유로울 수 있는 방법을 배우자고요. 우리는 모두 행복할 자격이 있습니다. 당연히 행복하게 살아야 합니다. 그러니까 시간의 노예로 살지 말고 시간의 주인으로 살자고요. 그건 시간을 무시할 때 가능한 일이지만….

# 생각하며 살기

‘젊어서의 고생은 사서도 한다’는 금언이 있습니다. 고생도 고생 나름입니다. 생각 없이 하는 고생은 그야말로 해서는 안 될 고생입니다. 그 고생은 쓸모없는 고생이며, 개고생입니다. 사서 고생이려면, 거기엔 전제 조건이 있습니다. 생각하며 하는 고생이어야 합니다. 우리 삶은 모두 의미가 있습니다. 생각을 하는 삶인 한해서 말입니다. 괴로움도 기쁨도, 아픔도 즐거움도, 그게 무엇이든 생각하면서 겪는 모든 일은 의미가 있습니다. 고생을 하든 기쁨을 누리든 생각하며 헤쳐 나가면 거기엔 배울 점들이 있습니다. 삶에 생각을 부여하는 모든 것은 우리 삶에 교훈을 줍니다. 그러니까 생각하며 살아야 합니다.

생각하며 살아가는 사람은 무슨 일을 하든 시행착오를 줄이며 살 수 있습니다. 때문에 더디 가는 것 같으나 남보다 오히려 앞서 갑니다. 가다가 쉬고 또 쉬고 가는 사람보다 천천히 가도 쉬지 않고 꾸준히 가는 사람이 나중엔 앞서 가는 것처럼 생각하며 사는 사람은 서두르지 않지만 서두르다 시행착오를 겪는 사람보다 앞서 갑니다. 이것이 생각하며 사는 사람과 생각 없이 사는 사람의 차이입니다. 더디 가더라도, 천천히 가더라도 시행착오를 줄이며 가는 사람이 빨리 갈 수 있습니다. 톡톡 튀며 서둘러 가면서도 생각 없이 그리 한다면 그는 언젠가 뒤로 처지거나 그 경주를 포기하고 말 것입니다.

이솝우화에 거북이와 토끼의 경주 이야기가 나옵니다. 우화에서 거북이는 느리지만 쉬지 않고 꾸준히 갑니다. 반면 토끼는 갈 때는 빨리 가지만 방심하고 쉬다 잠을 잡니다. 그 바람에 토끼는 거북이와의 경주에서 패하고 맙니다. 이는 단지 우화일 뿐입니다. 거북이와 토끼가 경주를 할 리는 없습니다. 그럼에도 이 우화는 우리에게 교훈을 줍니다. 생각 없이 일을 빨리만 하려 하면 시행착오를 범하기 쉽습니다. 또한 서두르다 에너지를 한꺼번에 낭비하면 금세 지칠 수 있습니다. 그러니까 그렇게 서둘러 일을 하기 보다는 좀 더디더라도 자신의 에너지를 적절히 보충하면서 일하는 것이 생산적입니다. 생각하며 시행착오를 줄이는 게 훨씬 효율적입니다. 일에 완급을 조절하는 지혜를 가지고 일하는 것이 훨씬 생산적입니다.

모모의 친구 거북이는 유유하게 앞으로 걸어갑니다. 그를 잡으려는 시간관리자들은 빨리 서두르지만 거북은 그들에게 잡히지 않습니다. 그 비결은 생각하며 자기 길을 가는 덕분입니다. 그렇게 먼 미래를 예측하지 못해도 괜찮습니다. 그저 조금이라도 생각하면서 무언가를 하면 실수를 줄일 수 있습니다. 제대로 할 수 있습니다. 먼 미래를 예측은 못해도 잠시 후의 일은 예측할 수 있습니다. 그런데 그런 생각은 전혀 없이 그저 어떤 일에 매달리면 시행착오를 범할 가능성이 높습니다. 인간이 완벽하게 살 수는 없지만, 이처럼 생각하며 사느냐 생각 없이 사느냐는 일의 생산성은 물론 자신의 삶의 의미와 가치에도 영향을 미칩니다.

생각하면서 사는 사람은 자기 일에 의미를 부여합니다. 그 일에 가치를 부여합니다. 덕분에 자신이 하는 일에 자부심을 갖습니다. 자기 삶에 보람을 느낍니다. 반면 생각 없이 살면 그저 생존본능 때문에 일합니다. 때문에 자신의 일이, 자신의 삶이 짐으로 느껴집니다. 이렇게 살든 저렇게 살든 사람은 누구나 일을 하고 삶을 살아갑니다. 같은 일을 하면서도 어떤 이는 그 삶을 짐으로 여기고, 어떤 이는 그 삶을 보람으로, 삶의 의미로 여깁니다. 당연히 삶을 짐으로 느끼는 이는 삶이 지겹습니다. 삶을 보람으로 받아들이는 사람은 늘 행복합니다. 그러므로 우리는 생각하며 사는 존재여야 합니다. 서두르지 않되, 삶의 의미를 생각하며, 일의 가치를 생각하며 살아야 합니다. 그 삶에는 가치가 있고 보람이 있습니다.

# 내 마음의 소리를 듣기

파울로 코엘료의 《연금술사》의 주인공 산티아고는 꿈을 자주 꿉니다. 같은 꿈을 자주 꿉니다. 사람은 그저 그런 동물과 달리 비록 적긴 하지만 얼마간의 영성을 갖고 있습니다. 때문에 같은 꿈을 자주 꾼다는 것은 일종의 계시와 같습니다. 한 번 꾸는 꿈은 우연이지만 여러 번 꾸는 꿈은 뭔가의 영성에 의한 계시라는 의미입니다. 그러니까 자주 꾸는 꿈이 있다면 그 꿈이 주려는 영적인 메시지가 무엇인지 주의를 기울여야 합니다. 이와 마찬가지로 우리 삶에는 우연도 있지만 인연도 있고, 운명도 있습니다. 아무리 실존주의자라도 운명 전체를 부정할 수는 없습니다.

이를테면 어쩌다 한 번 스쳐 지나는 사람은 우연이지만 만나고 헤어지기를 자주 하게 되는 사람이 있다면 그건 우연을 넘어 인연이며, 운명입니다. 물론 그 인연이, 그 운명이 한 가족을 이룬다는 전제는 아닙니다. 악연이든 인연이든, 이런 관계든 저런 관계든 그 사람은 삶의 과정에서 어떻게든 만남이 마련되어 있었다, 예정되어 있었다는 의미입니다. 우리가 삶을 보람 있게 사느냐, 가치 있게 사느냐의 문제는 그렇게 마련된 만남을 어떻게 슬기롭게 자신의 삶으로 초대하느냐에 달려 있습니다. 그러므로 만남 하나하나에 보다 정성을 다하면서, 귀를 기울이면서 그 운명의 소리에 귀를 기울여야 합니다. 그러면 그 만남을 어떻게 이끌어 갈지를 발견할 수 있습니다.

만남이 그러하듯이 일도 마찬가지입니다. 지금 하고 있는 일은 우연히 주어진 게 아니라 과거의 어느 시점쯤에서 어떤 계기가 있었기에 가능한 일입니다. 아니면 지금 잠깐 하는 일일 뿐이라고 각오를 다지지만 미래의 어느 시점에선가 지금의 일과 연결될 수 있습니다. 어떤 하나가 이루어지려면 그만큼 원인이 있다는 것입니다. 그 원인들이 지금의 나입니다. 또한 지금의 나의 모습이, 나의 행동이 원인이 되어 미래의 나로 연결될 것입니다. 그러므로 지금 하는 일들을 정성을 다해 해야 합니다. 지금 하는 일들에 진한 의미부여를 하며 최선을 다해야 할 이유가 거기에 있습니다.

호라 박사가 말하는 운명은 실제로는 운명이라기보다는 기회라고 할 수 있습니다. 기회란 아무에게나 주어지는 것이 아니기 때문입니다. 삶의 고동소리에 귀를 기울이며, 세상의 흐름을 주의 깊게 보면서, 진정한 자신을 잘 들여다볼 때 삶의 과정에서 무언가 할 수 있거나 해야 하는 최상의 적기를 발견할 수 있습니다. 그 최상의 적기가 언제인지, 어디인지를 알려주는 마음의 소리를 들을 수 있습니다. 때문에 기회란 아무에게나 오는 것이 아니라 자신의 삶을 아주 소중하게 여기며, 자신의 삶을 정성스럽게 살려 애쓰는 사람에게 찾아옵니다. 기회는 받을 자격이 있는 이들에게 찾아옵니다.

운명 같은 기회, 이를테면 부정적인 운명이 아니라 긍정적인 운명은 자신의 삶을 정성스럽게 사는 이들의 몫입니다. 기회는 자신에게 찾아오는 사람들에게 정성을 다하며, 자신에게 주어진 일을 소중히 여기며, 그 일에 최선을 다하며, 자신의 마음에서 울려오는 마음의 소리에 귀를 잘 기울이는 이들에게 보너스처럼 찾아옵니다. 그렇게 삶의 보너스로 찾아오는 것이 좋은 기회입니다. 운명처럼 찾아오는 행운입니다. 더디거나 빠름의 차이는 있지만 제 삶을 정성스럽게 살면서 주어지는 순간들을 소중하게 여기는 이들에겐 행운은 언젠가 반드시 찾아듭니다.  행운은 받을 자격이 있는 사람에게 이미 준비되어 있습니다.

# 삶의 손목에 어떤 시계를 찰까?

"시계만 갖고는 아무 소용이 없어. 시계를 볼 줄도 알아야지."
《모모》의 회색신사들은 시간을 관리하는 사람들입니다. 그들은 시간 절약하는 법을 잘 가르칩니다. 그들이 가르치는 대로 따라하면 시간을 많이 절약할 수 있을 것 같습니다. 그들이 시키는 대로 하면 다른 사람보다 앞서거나 최소한 뒤떨어지지 않을 것 같습니다. 남들이 돈 벌 때 나도 그들처럼 돈 벌 것 같습니다. 남들처럼 성공할 수 있을 것 같습니다. 그들이 하라는 대로만 하면 세상을 보다 잘 살 수 있을 것 같습니다. 때문에 그들의 설득에 넘어가지 않을 사람은 거의 없습니다. 그리고 그들의 말은 맞습니다.

문제는 한 다리를 길게 하면 한 다리는 짧아진다는 것입니다. 회색신사들이 하라는 대로 하면 적어도 남들처럼 살 수 있을 것 같습니다. 그들처럼 하지 않으면 시간을 낭비하다가 그들에게 뒤처질 것 같습니다. 시대에 뒤떨어지는 것 같습니다. 때문에 불안합니다. 하지만 그것은 가치의 문제입니다. 어디에 더 가치를 두느냐

하는 것이지요. 회색신사들 말하는 시간을 절약하는 방식은 실제로는 시간을 절약하는 것이 아니라 어디에 더 시간을 투자하느냐 하는 것입니다. 그들 방식은 물질적 가치에 우선을 두고 거기에 시간을 쓰라는 것입니다. 정신적인 일, 이를테면 노모에게 쓰던 시간을 줄이고 돈 버는 일에 시간을 더 쓰라는 것, 애인과 보내는 시간을 줄여 성공을 위한 노력에 시간을 쓰라는 것입니다. 물질적 부를 창출하거나, 사회적 성공을 이루기 위한 일에 시간을 집중하라는 것입니다.

그들이 하라는 대로 하면 물질적으로는 효율적입니다. 사회적으로 성공적인 삶입니다. 그러면 그게 진정 성공적인 시간관리냐고요? 단지 시대의 기준에 맞추어 시간을 쓰는 일입니다.  결국 그것은 이쪽 기둥을 빼서 저쪽 기둥을 세우는 것과 같습니다. 어디에 가치를 더 두느냐의 차이입니다. 그렇게 하면 사회적 풍요를 이룰 수는 있습니다. 그 관점에서는 회색신사들의 말은 맞습니다. 그런데 그렇게 하면 할수록 행복하기는커녕 오히려 알 수 없는 초조와 불안감이 몰려듭니다. 이상합니다. 전에 비해 훨씬 돈도 잘 버는데, 전보다 진급도 빨리 했는데, 전보다 넉넉한 생활을 하는데 초조합니다. 불안합니다. 뭔가 허전합니다. 뭔가 잃은 것 같습니다.

시간을 절약한다고 했는데 더 바쁩니다. 그래요. 그렇게 애써 시간을 절약하며 산 일이 행복하고자, 여유롭게 살고자 한 것인데 오히려 그 반대인 것 같습니다. 그렇습니다. 시간을 볼 줄 몰랐습니다. 시계는 있으나 시간을 볼 줄 몰랐습니다. 여기에서 시계바늘을 돌리는 동안 저쪽에 남겨둔 시계바늘도 돌고 있었던 것입니다. 저기에 시간을 남겨두었다고 생각했는데 다만 그쪽 시간을 여기에 쓰고 있었을 뿐입니다. 여기에 더 시간을 투자했던 겁니다. 단지 여기에 시간을 더 투자하는 것이 옳다고, 가치가 있다고, 효율적이라고, 심지어 행복하게 해줄 것이라고 생각한 겁니다. 그런데 그게 아니었습니다. 적어도 그렇게 하면 할수록 행복하기보다는 오히려 불행했습니다.

사람을 소중히 여기지 않는 것, 정서적인 삶을 무시하는 것, 사람의 도리를 우선하지 않는 것이 불행의 씨앗임을 망각한 것이었습니다. 사람은 밥만 잘 먹으면 사는 존재가 아니라는 것, 성공만 하면 잘사는 것이 아니라는 것, 사회적인 성공이 행복을 보장하는 것이 아니라는 것을 몰랐습니다. 사람은 진정한 사람과 사람의 관계, 정서적인 안정, 사람의 도리를 잘 먹고 살아야 하는 존재라는 것을 알았어야 합니다. 그렇게 사는 것이 마음을 흡족하게 하고 행복하게 한다는 것을 알았어야 합니다. 사람은 밥만 먹으며, 부를 즐기며, 지위에 우쭐하며 만족하는 존재가 아닙니다. 사람과의 관계 속에서 행복해 하며, 사람다운 정서 속에서 평안을 얻고, 분위기를 즐기면서 행복해 하는 존재입니다.

때문에 당신 삶의 시계를 잘 선택하고, 삶의 시계를 잘 볼 줄 알아야 합니다. 자, 당신의 삶의 손목에 찰 수 있는 시계는 두 가지입니다. 물질적 기준의 시계를 찰지, 정서적 시계를 찰지 골라야 합니다. 그것은 어디에 더 가치를 두느냐, 그 선택이 곧 당신의 삶입니다. 시계만 갖고 있어도 그 가치를 제대로 모른다면 그건 소용없습니다. 시계를 볼 줄 알아야 합니다. 당신이 지금 어디에 더 시간을 우선적으로 쓰고 있는지를 보아야 합니다. 그 시간만큼 저쪽 시간은 비어가고 있습니다. 물질적인 일에 시간을 쓰는 동안 정서적 시간도 함께 줄어듭니다. 시간은 기다려주지 않습니다. 그 비어갈 시간을 생각하며 어디에 시간을 쓸지를 생각하며, 그 시간에 진정한 가치와 의미를 부여해야 합니다. 그게 아니라면 시간 분배를 다시 해야 합니다. 당신은 시간의 노예가 아니라 당연히 그 시간을 선택할 수 있는 시간의  주인입니다.

# 시간의 주인으로 살아가기

지금 내가 무의미하게 흘려버린 시간들이 죽어가고 있습니다. 지금 시간이 살아나고 있습니다. 내가 의미를 부여한 시간들, 가치를 부여한 시간들이 살아나고 있습니다. 우리는 이처럼 시간을 죽이기도 하고 살리기도 합니다. 시간을 죽이고 살리는 건 내가 무엇을 하고 있느냐가 아니라 내가 지금 하는 일을 어떻게 생각하느냐, 어떻게 받아들이느냐에 달려 있습니다. 시간을 살리고 죽이는 건 바로 우리 자신이기 때문입니다. 때문에 시간을 죽이며 산다는 건 너무 억울합니다. 그러니까 시간을 헛되지 않게 받아들이자고요. 지금 하는 일에서 보람을 느끼자는 겁니다.

호라 박사는 모모에게 "진짜 주인으로부터 떨어져 나온 시간은 말 그대로 죽은 시간이 되는 게야. 모든 사람은 저마다 자신의 시간을 갖고 있거든. 시간은 진짜 주인의 시간일 때만 살아 있지"라고 가르칩니다. 그렇습니다. 살아 있는 존재는 무엇이든 누구든 시간을 갖고 있습니다. 그 시간은 각자의 몫입니다. 그렇다고 그 시간을 모아 한 사람에게 건네줄 수도 없습니다. 각자에게 주어진 시간은 각기 다르기 때문입니다. 그렇게 주어진 시간들, 그 시간의 주인인 우리는 각자 나름대로 그 시간을 관리하며 삽니다. 그 시간 안에서 뭣이든 각자 나름대로 자신의 일을 합니다.

하지만 어떤 사람은 그 시간의 주인으로 살지만, 어떤 이는 그 시간을 잡지 못하고 허둥대는 시간의 노예로 삽니다. 시간의 노예로 사는 이들은 자기 철학이 없습니다. 때문에 남들은 그 시간을 어떻게 사용하느냐에 관심을 갖는데, 이들은 그저 시간에만 매달려 허둥댑니다. 자신 나름이 아니라 남들이 하는 모습을 보고 그대로 따라하면서 정신없이 바삐 삽니다. 그럼에도 남들처럼 살지 못하면 불안해합니다. 초조해 합니다. 조바심합니다. 이렇게 남들의 시선을 의식하며, 남들을 경계하며, 남들과 자신을 비교하기 때문에 초조하고 불안합니다.

시간은 바쁜 사람에게도, 한가한 사람에게도 똑같은 속도로 일정한 양을 거두어 갑니다. 그렇게 거두어 가는 양만큼 주어진 시간의 양이 줄어듭니다. 그 줄어든 만큼 세포는 늘어날 대로 늘어났다가 서서히 줄어듭니다. 그에 따라 몸은 팽창할 대로 팽창하여 탄력을 자랑하다가 점차 그 탄력을 잃어 시들마른 풀처럼 주름져갑니다. 그것을 아무리 부정하려 해도 시간은 그것을 용납하지 않습니다. 그저 조금의 오차도 없이 누구에게나 동일한 자대를 들이대고, 동일한 저울로 삶의 무게를 달며, 동일한 칼로 삶을 재단합니다.

그 시간들, 부정적으로 생각하면 그 시간은 냉혹하고 무척 차갑습니다. 소름이 돋을 만큼 두렵고 원망스럽습니다. 만일 흐르는 시간을 그렇게 생각하며, 못 다한 일들에 아쉬움을 한없이 되새김하며 산다면 그건 시간의 노예로 살기 때문입니다. 그에게 시간은 차갑습니다. 반면 누군가에겐 시간은 참 따뜻합니다. 그 시간이 고맙습니다. 그 시간들 속에 호흡한다는 걸 즐기면서 기쁨을 얻습니다. 그는 자기 삶을 사랑하며, 자기 성숙을 사랑하며, 자기 노년을 자랑스러워합니다. 그런 이들에게 시간은 따뜻합니다. 고맙습니다. 그런 이에게 세상은 살만합니다. 과연 그는 시간의 주인으로 살아가는 것입니다.

시간아 고맙다! 따뜻한 시간이며, 다정한 시간이여 고맙다, 이렇게 말할 수 있어야 합니다. 미숙한 삶에서 성숙한 삶으로 옮겨준 시간에게, 철없이 타자를 불편하게 하던, 피해를 주던 삶에서 타인에게 배려할 줄 알고, 양보할 줄 알고, 도움을 줄줄 아는 삶의 연륜을 갖도록 변화의 기회를 준 시간에게, 그저 반항하고 싶은 삶에서 순리에 순응하는 법을 가르쳐 준 시간에게 고마움을 전합니다. 이처럼 사는 이가 시간의 주인입니다. 자신의 시간, 현재를 사랑할 줄 알고, 그 현재 속의 자신의 삶을 사랑할 줄 아는 당신은 시간의 주인입니다. 당신은 행복할 자격이 있으며, 행복할 권리가 있으며, 행복할 의무가 있습니다. 우리는 모두 행복할 의무를 소명으로 타고난 신의 자녀입니다.

# 추억을 먹고 사는 행복한 사람

'배부른 돼지보다는 고독한 소크라테스가 낫다'는 말처럼 사람은 자기 존재의 의미를 찾는 존재입니다. 때문에 자기존재의미를 잘 찾을 줄 아는 사람은 행복합니다. 이들을 가리켜 자존감이 높은 이들이라 합니다. 자신이 존재할 만한 가치가 있다, 자신은 쓸모가 있다, 이런 생각을 할 수 있는 사람은 행복한 세상에 있습니다. 반면 나는 쓸모없는 존재야, 삶의 가치가 없어, 이 생각으로 사는 사람은 우울한 세상에 있습니다. 세상은 같은데 어떤 생각으로 사느냐는 천차만별입니다. 사람은 이렇게 자신에게 가치를 부여하는 존재입니다. 의미를 먹고 사는 존재란 것입니다. 때로 이 존재의미는 그 어떤 생존조건보다 강하게 작용합니다.

이를테면 사람이 여타의 동물과 다른 점은 밥만 먹고 살 수 있는 존재가 아니라는 점이지요. 물론 인간도 먹고 사는 존재인 한에 있어선 다른 동물과 별 다를 바가 없습니다. 하지만 다른 동물들은 밥만 먹고도 제 수명대로 살 수 있지만 사람은 먹는 것만으로는 살 수 없다는 것입니다. 사람은 과거로는 추억을 먹고, 미래로는 꿈을 먹고 삽니다. 때로 현실이 괴롭다면 지난날의 추억들, 그 추억이 괴로웠으면 괴로운 대로 의미를 부여하며, 그 추억이 즐겁다면 즐거운 대로 의미부여를 합니다. 그러면 그 과거의 시간들의 경험은 현재를 살아갈 수 있는 용기와 힘이 됩니다.

자금 괴로운 시기를 보내고 있다면, 과거의 괴로움으로 현재를 위로할 수 있습니다. 그토록 힘든 시절도 견뎠으니, 지금의 괴로움쯤은 견딜 만하다 삽니다. 그러면 과거의 아픈 추억, 힘든 추억은 현재를 사는 힘이며 용기가 되어 나를 일어서게 합니다. 반면 지금 즐거운 시절을 보낸다면, 과거의 추억들은 그 아픔들이 있어서 지금은 즐거운 것처럼, 지금 뿌리는 이 순간들이 더 아름다운 미래를 가져다 줄 것이란 희망을 갖게 합니다. 추억은 슬프든 기쁘든 우리 삶에 도움을 줍니다. 이렇게 인간은 추억을 먹고 삽니다.

그렇습니다. 사람은 밥만으로 사는 존재가 아니라 의미를 먹고 사는 존재입니다. 추억을 먹는 존재입니다. 추억을 먹는다는 것은 그 추억에 의미를 부여한다는 의미입니다. 달리 말하면 추억을 의미로 만들어 먹고 산다는 것입니다. 배고프면 힘이 없으니 밥을 먹고 움직일 힘을 얻듯이, 삶이 고프면 자기 존재의 의미를 먹고 살아갈 힘을 얻습니다. 따라서 지난 과거에 의미 부여를 하면 현재를 살아갈 용기를 얻을 수 있습니다. 현실이 힘들건 즐겁건 과거는 현재와 떼려야 뗄 수 없습니다. 그 과거가 지금의 나를 만들어주었기 때문입니다. 그러므로 과거에 의미를 부여하여 삶에 보탬이 되는 추억으로 만들어야 합니다.

과거를 돌아보며 과거를 어루만지면 과거는 더 이상 아픔으로만 있지 않고 아름다운 추억으로 살아납니다. 그 과거가 괴로웠든 즐거웠든 우리가 지금 그것을 어떻게 받아들이느냐에 따라 추억으로 남든 아픔으로 남든 지금의 나를 건드립니다. 그러니까 때로 지난 일을 돌아보며 어루만져 주는 마음의 여유가 필요합니다. 이처럼 마음의 여유는 과거를 끌어와 긍정의 의미를 만들어 줍니다. 과거를 불러 아름다운 추억으로 만들어 줍니다. 마음의 여유가 과거를 추억이란 먹거리로 만들어 주는 것입니다. 이렇게 사람은 과거를 추억으로 만들어 먹고 사는 존재입니다.

이처럼 시간의 밥을 먹고 사는 존재, 시간의 퇴적물을 의미로 먹고 사는 존재, 그것이 사람입니다. 다른 동물들은 그저 그런 체계적인 생각 없이 살아 있으니까 살지만 인간은 살아 있어도 산 것이 아니라는 생각으로, 모든 것에 의미부여를 하며 삽니다. 의미를 먹고 사는 존재, 그것이 인간입니다. 만일 그럴 마음의 여유 없이 그저 먹고 사는 것으로 족하고 산다면 머지 않아 당신은 우울한 세상에 있을 겁니다. 그러니까 이제 의미를 먹으며 살려 노력해야 합니다. 잃어버린 과거의 시간을 추억으로 만들어 이 하루를 곱게 만들어 살았으면 합니다.

# 꿈과 희망을 가져야 하는 이유

양지가 있으면 음지가 있듯이, 실체가 없는 그림자가 없듯이, 세상은 때로는 즐겁고 행복하지만, 때로는 힘겹고 슬픕니다. 그럼에도 사람이 살아갈 수 있는 것은 꿈과 희망이 있어서입니다. 희망은 현재를 버티어 내는 힘입니다. 물론 지금 힘들지 않고 고통스럽지 않은 사람은 일단 내일의 희망이 없이도 잘 삽니다. 그렇다고 그 사람이 아무런 희망 없이 사는 건 아닙니다. 적어도 지금의 안정이 내일에도 이어지리란 희망, 지금 가진 소중한 것들을 내일 잃지 않을 거란 희망이 있습니다. 이처럼 희망은 현실을 유지하거나 현재를 바꿀 수 있는 힘입니다.

더구나 현실이 무척 고통스러운 사람에겐 희망은 마지막 보루와 같습니다. 이 고통의 끝이 올 것이란 희망이 없다면 더는 살아갈 용기를 갖지 못합니다. 지금 힘든 사람에겐 무엇보다 지금의 고통의 과정은 결국 끝날 것이란 일말의 희망이 있기에 현실을 버텨냅니다. 여타의 동물은 미래를 생각하지 않고도 살 수 있지만 사람은 늘 미래를 생각하며 삽니다. 설령 아주 낙천적인 사람이라도, 철저한 실존주의자라도 미래를 생각하지 않는 사람은 아무도 없습니다. 아무리 낙천주의자라도 잠자리에 들기 전 내일의 빵을 생각하지 않을 사람은 없습니다. 사람은 누구나 희망을 부여안고 삽니다.

지금 편안한 사람은 지금보다 나은 내일을 희망하거나, 적어도 지금의 상황을 유지할 희망을 안고 삽니다. 지금 힘든 사람은 지금의 힘든 상황을 빠르거나 더디거나 언젠가는 끝낼 수 있을 거란 희망으로 오늘을 삽니다. 마르틴 루터는 "이 세상을 움직이는 힘은 희망이다. 얼마 후 성장하여 새로운 종자를 얻을 수 있다는 희망이 없다면 농부는 밭에 씨를 뿌리지 않는다. 아이가 태어난다고 하는 희망이 없다면 젊은이는 결혼을 할 수가 없다. 이익을 얻게 된다는 희망이 없다면 장사꾼은 장사를 할 수가 없다"라고 합니다. 희망은 움직이지 않던 사람을 움직이는 힘이며, 일을 하지 않던 사람을 일을 하게 하는 힘이며, 망설이고 있던 무엇인가를 시작하게 할 수 있는 힘입니다.

우리에게 힘을 주는 힘, 넘어진 우리를 일으켜주는 힘, 멈추었던 걸음을 다시 시작하게 하는 힘, 그것이 희망입니다. 이러한 희망이 있어야 우리는 꿈을 꿀 수 있습니다. 현실이란 밭에 꿈을 심을 수 있는 건, 미래란 밭에 꿈을 색칠할 수 있는 건, 그것은 희망을 가졌을 때 가능합니다. 현실이 힘들건 즐겁건 희망이 살고 있는 미래는 현재와 떼려야 뗄 수 없습니다. 현재의 내가 미래의 나를 만들어가기 때문입니다. 때문에 우리는 현실을 의미와 가치로 무장하면서 미래에 희망을 갖고, 그 희망이란 미래의 밭에 꿈을 심어야 합니다.

미래의 밭에 꿈을 심는 일, 그것은 어린이나 젊은이만의 것은 아닙니다. 나이가 어떻든, 90세 노인이든 100세 노인이든, 살아 있는 존재는 누구나 희망을 가지고 꿈을 꾸며 살아야 합니다. 이처럼 사람은 희망의 바탕에 꿈을 그리며 삽니다. 다른 사람을 의식하든 그렇지 않든 자신만의 꿈을, 크건 작건 자신만의 꿈을 꾸지 못한다면 그는 우울한 삶의 늪을 허우적거리다 생을 마감해야 합니다. 자신의 삶이 어떠하든 자기 존재의 가치를 인정해야, 미래에 꿈을 심어야, 삶의 의욕을 찾고, 행복한 삶을 영위할 수 있습니다. 꿈, 그것이 우리가 살아갈 용기를 줍니다.

최소한 살아갈 힘을 얻기 위한 미래라는 꿈을 위해서는 생각할 여유가 있어야 합니다. 사람은 누구나 그 꿈의 크기가 크든 작든 꿈을 먹으며 삽니다. 주어지든 주어지지 않든 내게 다가오는 미래의 시간들을 꿈으로 색칠해야 합니다. 꿈과 희망, 이들은 늘 함께 합니다. 꿈이 있는 곳에 희망이 있고, 희망이 만들어준 현실 속에서만 꿈을 꿀 수 있고 꿈을 자라게 할 수 있습니다. 희망은 꿈의 밭이요, 꿈은 희망의 씨앗입니다. 추상적인 희망이라도 가져야 구체적인 꿈을 불러올 수 있으며, 구체적인 꿈을 꾸어야 추상적인 희망을 불러올 수 있습니다.

우중충한 하늘같은 현실, 내리누를 듯한 답답한 현실, 이 칙칙한 현실에 구체적인 아름다운 꿈으로 색칠을 하며 살아야 합니다. 오늘보다 나은 내일이 올 것임을 믿는 희망을 구체적인 꿈으로 바꾸어야 할 때입니다. 추상적인 희망을 구체적인 꿈으로 바꾸지 않으면, 그 희망은 곧 사라지고 맙니다. 지금 가진 희망, 그 희망을 지금 바로 꿈으로 바꾸어야 합니다. 지금은 바로 꿈을 꿀 때입니다. 그 꿈은 곧 미래의 현실입니다.

# 내면을 다듬을 시간

지금 마음에 무엇을 심고 있나요? 너무 서두르지 마세요. 무엇이든 기다림이 필요합니다. 싹을 얻으려면 씨앗이 흙속에 묻혀서 썩을 시간이 필요합니다. 열매를 얻으려면 꽃이 피었다 진자리가 아물면서 열매가 맺힐 시간, 벌이나 나비가 꽃과 꽃 사이를 왕래하면서 수술과 암술이 만날 수 있도록 열심히 그것을 나르면서 묻힐 시간이 필요합니다. 마찬가지로 사람과 사람 사이에도 신뢰가 쌓이려면 시간이 필요합니다. 그럼에도 서둘러서 어떤 결과를 얻으려 한다면, 늘 시행착오를 피하지 못합니다. 될 일도 망치는 일이 왕왕 있습니다.

우리 안에서 아름다운 언어가 탄생하려면 우리가 받아들인 정보, 이를테면 우리가 본 것, 들은 것, 느낀 것, 그러한 것들이 무르익을 시간이 필요합니다. 그렇게 무르익은 정보들이 꽃처럼 아름다운 언어로, 비단결처럼 세련된 언어로, 어린아이의 살결처럼 보드라운 언어로 바뀌어, 다양한 색깔의 꽃들처럼 아름다운 시가 되고, 아름다운 노래가 되고, 아름다운 예술이 됩니다. 우리 안에 있는 정보들을 너무 서두르지 않는다면, 여유를 가지고 잘 다듬을 시간을 갖는다면, 우리 안에 있는 생각들이 아름다운 언어로 꿈틀거리다가 드디어 깨어나 세상의 그 무엇과 만나 아름다운 예술을 만들어 냅니다.

아! 시간, 흐르는 시간, 그저 흘려보내도 우리는 아무것도 하지 않는 게 아닙니다. 그 흐름의 시간이란 우리 속에서 위대한 변화를 만들어내고, 위대한 혁명을 꿈꿉니다. 누군가를 향한 사랑 하나 심고 적당히 무르익을 시간을 보내면 거기 잘 익은 사랑 하나 솟아납니다. 사랑에도 우정에도 그게 무르익을 시간이 필요합니다. 그런데 우리는 그걸 못 참고 서두르다 사랑을 우정을 관계를 망칠 수도 있답니다. 그저 생각 없이 살지만 말고 생각하며, 사색하며 살되 서두르지 말 일입니다. 생각하며 사색하며 산다면 그저 흘러가는 시간은 없습니다. 그 모든 시간은 생산적인 시간입니다. 맥 놓고 무기력하게 보내는 시간이 아니라면.

내면에 귀를 기울이기, 생각하는 사람, 사색하는 사람, 성찰하는 사람, 그는 자신의 내면에 귀를 기울이는 사람입니다. 그런 사람 안에 들어가는 세상의 모든 정보들은 내면에 들어가 늘 밖으로 나올 준비를 합니다. 밖으로 나올 때 그저 나오는 것이 아니라 세상의 그 무엇, 내면에 있는 언어와 어울릴 쌍을 찾아 하나의 의미로 연결되어서 밖으로 나옵니다. 그렇게 하나의 쌍을 이루어 아름다운 언어로 탄생하는 것, 그게 비유요, 시요, 예술입니다. 그러면 밖에 있는 대상은 아름다운 묘사의 언어로 빛을 발하고, 내면에 언어는 그 의미가 되어 생각할 줄 아는, 사색할 줄 아는, 성찰할 줄 아는 사람에게 깨달음을 주는 아름다운 예술로 빛을 발합니다.

## 혼자
## 노는 연습하기

참 이상하죠. 무엇을 만들어도 시간을 절약할 수 있는데, 어디를 가도 빨리 갈 수 있는데, 모든 게 자동화되어 할 일도 훨씬 줄었는데, 바쁘긴 마찬가지를 넘어 오히려 점점 더 바빠지네요. 시간이 갈수록, 점점 더 가속도를 내며 더 바빠지겠지요. 그 바람에 사람과 사람이 만나 이야기를 나눌 시간, 서로 대면할 시간은 점점 더 줄어들겠지요. 그저 컴퓨터와 묵언의 대화를 하고, 스마트 폰과 놀고, 그런 도구들 안에서 모든 것을 해결하려 하겠지요.

아이들이 논다고 하면서 자리는 함께하고 있지만 대화를 무엇으로 나누는지 아세요? 마주앉아 있으면서도 입으로 대화를 안 해요. 카톡으로 대화를 하고 앉았네요. 그게 대화예요. 같이 논다고 하면서 스마트 폰으로 서로 다른 게임을 하거나 같은 게임으로 승부를 하거나 그렇게 놀아요. 몸과 몸으로 대면하며 놀지 않아요. 얼굴과 얼굴을 마주하며 침을 튀기며 대화하지 않아요. 아이들 만인가요. 어른들, 노인들도 정도는 덜하지만 비슷해요. 이야기를 나누다가도 어디선가 불청객처럼 끼어드는 문자나 카톡을 확인하느라 건성으로 듣고 건성으로 말하는 거예요.

이거 심각한 거 맞지요? 컴퓨터 이전 시대로, 스마트 폰 이전 시대로 '돌려줄 수 없나요?' "왜 이렇게 생각날까, 떠난 줄을 알면서도 사랑했던 그 마음을 돌려줄 수 없나요." 그 노래처럼 이미 지나간 시대로는 돌아갈 수 없는 게 문명이란 것이지요. 심각한 줄 알면서도, 사람다움에서 멀어지는 게 물질문명의 이기인 줄 알면서도 다시 이전 시대로 돌아갈 순 없잖아요. 이렇게 대화가 줄면서, 서로 대면이 줄면서 우리의 정서도 메말라가요. 때로 사람이 그리워도 이전처럼 정을 나누며 대화할 상대가 점차 없어져요. 그나마 전화 목소리마저 줄고 카톡을 통한 손가락으로 대화해요. 입은 근질근질해지고 손가락만 닳고 있네요. '이게 뭡니까, 이래도 되는 겁니까?' 이젠 혼자 놀 수밖에 없어요.

모모는 돌계단에 앉아 매일 같이 찾아오던 아이들 그리고 기기와 베포 아저씨를 기다립니다. 하지만 시간절약을 기치로 내걸며 떠난 그들은 다시 돌아오지 않습니다.

"모모는 가슴 속에서 끊임없이 울리고 있는 음악에 다시 가만히 귀를 기울였다. 단 혼자뿐이고, 듣는 사람은 아무도 없었지만, 모모는 떠오르는 해를 향해 점점 더 큰 목소리로 용감하게 멜로디와 가사를 따라 불렀다. 새들과 귀뚜라미, 나무들이며 심지어는 오랜 된 돌멩이까지 모모의 노래에 귀를 기울이는 것 같았다."

모모는 혼자입니다. 모두들 시대의 흐름에 따라 떠나갔으니 다시 돌아오지 않을 테지만, 그럼에도 모모는 그것을 모릅니다. 그러니까 모모는 이제 혼자서 말하고 혼자서 놀고 혼자서 지내야 합니다. 외로운 모모, 혼자 놀아야 하는 모모, 이젠 모모만의 이야기가 아닙니다. 우리 모두의 이야기입니다. 이런 현상은 점점 더 심화될 거고요. 그러니까 이젠 우리 모두 혼자서도 잘 놀 줄 알아야 합니다. 혼자 지내는 일에 익숙해져야 합니다. 그렇게 혼자 지내면서도 외로움을 느끼는 대신 즐거워야 합니다. 혼자 지내면서도 우울하지 않고 행복해야 합니다.

우선 할 수 있는 한 사람과 사람이 만나는 일, 손가락 대신 입으로 하는 대화, 서로 부대끼며 하는 놀이를 즐기려 애쓰자고요. 할 수만 있다면 디지털이 아닌 아날로그식의 생활, 사람과 사람이 만나는 일, 서로 마주앉아 서로의 호흡을 느끼는 일, 그 일들로 사람다운 삶을 살려 애를 쓰자고요. 그럼에도 어렵다면 자기 내면의 이야기를 들으며, 그 이야기를 글로 쓰든, 어떤 창작을 하든 드러내려 노력해야겠지요. 혼자서도 이것도 하고 저것도 하고요. 혼자서도 속에 있는 말들을 어떤 형식으로든 표현해야겠지요. 그래서 혼자라도 우울하지 않으며 행복하게, 외롭지 않으며 즐겁게 잘살아야겠지요. 혼자 있을 시간은, 여럿이 있어도 혼자인 느낌이 드는 시간은 점점 늘어날 거예요. 혼자 있는 시간을 즐겁게 보낼 수 있는 연습을 해야 해요. 혼자 즐거울 시간을 찾아야 해요.

# 지금,
# 자신을 업그레이드할 시간

대학입시를 준비할 때 영어단과 학원에 다닌 적이 있습니다. 그 때 성문기본영어를 들었는데, 강사가 무척 재미있게 강의를 했습니다. 귀에 쏙쏙 들어왔습니다. 영어가 절로 들어왔습니다. 어쩜 저리도 강의를 잘할까 싶을 만큼 재미도 있었고, 개념정리도 아주 잘했습니다. 수강생들 모두 눈을 반짝거리며 그 강의를 들었습니다. 이 분의 명성이 점차 올라갔습니다. 그러자 다른 학원에서 이 분을 스카웃했나 봅니다. 영등포에서 강의하던 분이 노량진의 모 명문학원으로 옮겼습니다.

저요? 저도 그 분을 따라 학원을 옮겼습니다. 좀 더 큰 학원, 좀 더 많은 수강생들, 그 분과 대면하는 거리도 그만큼 멀리 보였습니다. 영어의 신이라도 되는 것처럼 그 분은 나의 영어의 신이었습니다. 우상이었습니다. 그저 바라만 봐도 영어의 어려움을 싹 해결해 줄 것 같았습니다. 영등포에서 두 달, 노량진에서 한 달, 그걸로 끝이었습니다. 그래서 영어를 시원하게 마스터했냐고요? 그랬으면 얼마나 좋았겠어요. 그게 아니었습니다. 그런 우상숭배의 끝에는 더 큰 실망이 있었습니다. 그 분의 강의, 처음부터 끝까지 토씨 하나 틀리지 않는 앵무새 강의였습니다. 설명은 물론이려니와 재미있게 하느라 끼워 넣는 유머까지 토씨 하나 억양 하나 다른 게 없었습니다.

모모의 친구 관광안내인 기기는 무척 이야기를 잘 합니다. 덕분에 그는 여기 저기 불려 다니기 시작합니다. 그의 장점은 단순하게 관광안내만 하는 게 아니라 구경거리에 재미있는 이야기를 덧붙여 준다는 점입니다. 그는 모모를 만나면서 점점 더 이야기를 잘 만들어냅니다. 소위 그분이 오셨다, 필 받았다, 그런 셈입니다. 그에겐 점점 일거리가 많이 들어옵니다. 영업을 하지 않아도 일이 넘칩니다. 그는 관광안내인으로 유명해지면서 매스컴에도 소개됩니다. 그는 신이 나서 이야기를 합니다. 사람들은 무척 재미있어 합니다.

돈, 많이 벌었습니다. 많이 벌고 있습니다. 명예, 얻었습니다. 점점 명성이 높아집니다. 참 신나는 일입니다. 그 덕분에 집도 옮겼습니다. 원래 살고 있던 원형극장을 떠나 부자들이 많이 사는 도시, 유명인사들이 많이 사는 도시의 어느 구역으로 이사를 했습니다. 그리고는 이름도 기기에서 그럴듯한 이름 기롤라모로 바꾸었습니다. 그는 이제 그저 관광안내인이라기보다 유명인사, 스타가 된 겁니다.

그때부터 그는 새로운 이야기를 꾸며 쓸 시간이 없었습니다. 새로운 이야기를 구상할 시간이 없었습니다. 그렇다고 그 이야기를 반복하기는 찜찜했습니다. 그래서 그는 자기가 알고 있는 이야기를 변용해서 쓰기 시작했습니다. 하나의 착상에서 다섯 개로 활용하는 능력이 그에게 있었습니다. 그 이야기가 그 이야기지만, 그 밥에 그 밥이지만 전혀 문제될 건 없었습니다. 조금만 바꿔도, 조금만 분위기나 이야기의 순서를 바꾸어도 사람들은 다른 이야기로 들으니까요. 재미있어 하니까요. 그의 인기는 점점 높아져 갔습니다. 그만큼 일거리는 늘어났습니다. 이제 모모를 만날 시간이 없습니다. 이전에 살았던 원형극장에도 갈 수 없습니다.

잘 나갈 때, 그때가 삶의 분깃점입니다. 그때 자기관리를 잘 못하면 거기 쓰라린 아픔이 옵니다. 오르막은 언제까지 이어지지 않습니다. 반드시 내리막이 옵니다. 잘 나간다고, 유명해진다고, 바쁘다고 자기관리를 소홀히 하면, 공부를 게을리 하면 그때부터 서서히 내리막입니다. 이미 잘못된 습관, 자기도 모르게 들어선 오만, 그 틈새를 벌려도 괜찮을 것 같다는 방심이 그 자신을 좀 먹습니다. 그렇게라도 되었으면 좋겠다는 사람도 많습니다. 하지만 그렇다고 그가 행복할까요? 그렇지 않습니다. 한 번 맛 본 유명세는 잃어버릴 유명세라면 맛보지 아니함만 못합니다. 그 시절의 그리움이, 그 화려함이 그의 인생 앞에서 아른거려 아주 괴롭게 할 테니까요.

소위 잘 나갈수록 초심, 초심을 생각해야 합니다. 그에 걸맞게 더 노력해야 합니다. 조금이라도 방심하여 같은 것을 이렇게 쓰고, 저렇게 뒤집어쓰면, 거기까지입니다. 계속 울궈먹기 시작하는 순간, 좀 먹는 인생입니다. 한동안은 유명세에 취해서 자신을 대견해 하지만, 그 대견한 자신 덕분에 지금의 자신을 잊고 살지만, 어느 순간 더는 발전 없는 자신을 발견합니다. 그때는 우울합니다. 자신의 가증스러움에 눈을 뜹니다. 제대로 된 인간이라면 말이지요. 그러니까 지금은 자신을 돌아볼 때입니다. 진정한 자신의 현주소를 말입니다. 어떻게 자신을 업그레이드할지, 지금이 바로 그 시간, 끝없이 새로운 지식을 찾아 공부할 시간입니다.

## 가슴으로 느끼는 행복한 시간

우리는 모두 자신의 시간을 갖고 있습니다. 그 시간을 가지고 무엇을 할지는 전적으로 나 자신이 결정해야 합니다. 그 시간을 사용하고, 그 시간을 지키는 것도 나의 몫입니다. 그럼에도 그 관리를 제대로 못하니까 시간이 술술 샙니다. 무의미하게 시간을 흘려보냅니다. 그러고 나서 후회합니다. 그렇게 후회한다고 흘러간 시간은 돌아오지 않습니다. 때문에 지나간 시간을 후회하느니보다는 다가오는 시간을 어떻게 쓸지를 생각해야 합니다. 후회하는 순간에도, 아쉬워하는 순간에도 시간은 여지없이 흐르기 때문입니다.

그러면 지난 시간들이 왜 아쉽고 후회스러울까요? 그 시간에 넋을 놓고 있어서가 아닙니다. 그 시간에 아주 열심히 했어도 후회스러울 수 있습니다. 하고 싶은 일을 했음에도 아쉬울 수 있습니다. 그건 가치의 문제이며, 의미 부여의 문제입니다. 당시에는 분명 보람 있을 거라고, 그럴만한 가치가 있을 거라고 생각했으나 지금 상황이 바뀌었기 때문에 아쉽거나 후회스러울 수 있습니다. 때문에 지난 시간을 후회하지 않으려면 어떠한 결과를 얻더라도 후회하지 않는 자세가 필요합니다.

시간으로부터 자유로우려면 시간을 재려하지 말아야 합니다. 재려는 대신 느껴야 합니다. 후회 없는 시간은 아끼고 아끼며 애쓴 시간이 아닙니다. 아주 생산적으로 살겠다며 절약에 최선을 다한 시간도 아닙니다. 뭔가에 열정을 가지고 집중한 시간도 아닙니다. 어떻게 그 시간을, 어디에 사용했든, 그것과는 상관없습니다. 무슨 일에 어떻게 사용했든 그 시간들을 어떻게 느꼈는지, 지금은 어떻게 느끼는지 그게 중요합니다. 자신이 결정하고 자신이 사용한 시간들, 그 시간들에 얼마나 가치를 부여하고, 자신의 삶의 의미를 부여하느냐가 중요합니다.

《모모》를 읽노라면 시간에 관한 영감을 많이 얻을 수 있습니다. "빛을 보기 위해 눈이 있고, 소리를 듣기 위해 귀가 있듯이, 너희들은 시간을 느끼기 위해 가슴을 갖고 있단다. 가슴으로 느끼지 않은 시간은 모두 없어져 버리지. 장님에게 무지개의 빛깔이 보이지 않고, 귀머거리에게 아름다운 새의 노랫소리가 들리지 않는 것과 같지. 허나 슬프게도 이 세상에는 쿵쿵 뛰고 있는데도 아무것도 느끼지 못하는, 눈멀고 귀먹은 가슴들이 수두룩하단다"란 이 대목도 참 좋습니다.

그럼에도 우리는 시간을 머리로만 생각하며, 머리로만 계산합니다. 그 때문에 늘 바쁩니다. 여유가 없습니다. 행복하지도 않습니다. 행복은커녕 초조하고 불안합니다. 한 가지 일을 마무리하기 전에 벌써 다음 할 일이 밀려 있어서 초조하게 합니다. 그토록 많은 일들을 다 할 수도 없을 테지만 그걸 모두 하겠다고 욕심을 부립니다. 그러니까 일을 따라가기 바쁩니다. 일의 우선순위도 뒤죽박죽이고, 왜 그 일을 하는지 생각할 여유조차 없습니다. 시간을 머리로 계산하기 때문입니다.

행복한 사람은 시간을 머리로 재지 않습니다. 가슴으로 느낍니다. 달리 말하면 세상을 머리로만 사는 게 아니라 가슴으로 느끼며 삽니다. 원래 행복의 고향은 머리가 아니라 가슴이라는 걸 알기 때문입니다. 그래서 머리로 세상을 사는 사람은 풍요롭게 살고, 큰소리치며 살 수는 있어도 행복하지 못합니다. 반면 가슴으로 사는 사람은 부유하거나 떵떵거리며 살지 못해도 행복을 느낍니다. 그들은 행복은 머리가 만드는 게 아니라 가슴이 만들어주는 선물임을 알기 때문입니다. 그러니까 지금 하는 일들이 무엇이든 즐겁게 하기, 그리고 이 시간은 의미 있다, 가치 있다 믿기, 나중에도 그 느낌 그대로 이어가기, 그렇게 살아야 합니다. 세상을 머리로만 살지 말고 가슴으로 살아야 합니다.

# 시간을
# 두려워 말고 즐기기

시간이 두려운가요? 흐르는 시간 말예요. 아니면 늙는다는 게 두려운가요? 시간의 흐름을 두려워하든 늙음을 두려워하든 그런 것과는 상관없이 시간은 흐릅니다. 시간이 흐름에 따라 우리는 늙습니다. 그 흐름을 두려워할 것이 아니라 그걸 순전하게 받아들이는 연습을 하자는 겁니다. 아무리 애를 써도 안 되는 걸 너무 신경 쓰면 매사에 좋지 않습니다. 기분만 우울합니다. 갈 것은 가지 말라고 해도 가고, 올 것은 오지 말라고 해도 오는 것들이 있습니다. 그 중에 단연 빼놓을 수 없는 게 시간이지요. 시간을 모으면 세월이지요. 세월에 올라탄 우리는 필연적으로 성장하다가 늙습니다. 그러니까 순리로 받아들이자고요.

그러기엔 가끔 유한자라는 두려움도 있겠지요. 세월 감이 억울할 수도 있겠지요. 하지만 피할 수 없으면 즐길 수밖에요. 주어진 시간을 즐기자고요. 미래를 두려워할 시간엔 현재에 몰입하여 행복한 시간을 보내며 미래 따위는 잊고 살자고요. 그렇게 후회 없는 순간들이 아름다운 내 삶을 살찌우고, 내 삶을 기쁨으로 윤색합니다. 한 번만 주어지는 삶, 그 삶 안에 자리한 시간들, 그 시간들을 우울함으로, 슬픔으로, 두려움으로 보낸다는 건 참 억울한 일이니까요. 푸시킨은 삶이 속여도 슬퍼하지 말라 했지만, 실상은 내가 삶을 속이면 속이는 것이지, 삶은 나를 속이지 않잖아요. 그러니까 나 자신에게 솔직해지자고요. 슬프면 슬프다, 두려우면 두렵다고 시간에게, 세월에게 대들어 싸울 만큼 싸우고 나 자신을 추슬러서 그저 웃으며, 기쁘게 살자고요.

시간이 두려운 건, 나는 시간과 거리를 두고 있어서예요. 그러니까 시간과 나의 거리를 좁히고 좁혀 시간과 하나되어 주어진 시간들을 즐겨야 해요. 늙음이 두려운 건 진정한 자신과 거리를 두고 있어서예요. 그러니까 늙음도 내 삶의 일부로 받아들이며 그 세월 속에 생장과 쇠퇴, 소멸 그 자체를 즐겁게 받아들이자고요. 지금 이 순간은 내 인생 중에 가장 경험이 풍부한 순간이고, 가장 지혜로운 순간이고, 가장 많은 걸 알고 있는 시간이잖아요. 지금, 지금, 지금, 지금, 그렇게 지금은 이어지고 나는 그 지금을 따라가며 즐거우면 되는 거예요. 두려운 시간이여, 세월 속의 늙음이여, 안녕입니다. 나는 항상 가장 경험 많은 순간과 가장 젊은 순간에 있습니다. 바로 현재입니다.

존재에겐 생장이 있습니다. 또한 같은 선상에 소멸이 있습니다. 이렇게 생장소멸은 떼려야 뗄 수 없는 불가분의 관계로 묶여 있습니다. 생·장·소·멸은 이처럼 불가분의 관계임에도 불구하고 우리는 생장과 소멸을 떼어낸 다음, 생장만을 떼어서 받아들이고 싶어 합니다. 소멸은 애써 외면하려 합니다. 당연히 생장과 함께 따라오는 것임을 모르는 것도 아니면서, 당연히 알면서도 애써 잊고 살려 합니다. 때문에 점점 더 삶이 두려워집니다. 때문에 시간이 두렵고 시간을 관리하려 합니다. 시간을 절약하려 합니다.

그렇습니다. 우리가 마음의 여유가 없었던 건 순리를 외면하려는 마음 때문이었습니다. 안 받아들일 수 없는 것을 알면서도 애써 거부하려는 마음 때문이었습니다. 그러다 보니 시간이 두려웠습니다. 세월의 흐름이 싫고 두려웠습니다. 이제 그 고질병을 고쳐야 합니다. 그리고 이제 주어진 시간들을 어떻게 즐겁게 살까, 무엇을 하며 의미 있게 살까, 정말 가치 있는 삶을 살려면 어떤 마음으로 살아야 할까를 생각하며 살아야 합니다. 두려워하면 시간의 흐름에 갇히고 맙니다. 더는 두려워하지 않으면 마음의 여유가 찾아옵니다. 발버둥을 치면서 순리를 거부하는 못난 삶보다는 주어진 시간들을 즐겁게 살아야 합니다. 시간의, 소멸의 두려움을 버리는 순간 우리는 마음의 여유를 찾을 수 있습니다.

# 06

# 우선멈춤,

## 현재, 가장 아름다운 시간들

## 시간의 비밀

《모모》에서 이 대목을 잘 들어보세요. 그리고 무슨 이야기인지 잘 생각해 보세요.

[삼 형제가 한 집에 살고 있어.
그들은 정말 다르게 생겼어.
그런데도 구별해서 보려고 하면
하나는 다른 둘과 똑같이 보이는 거야.
첫째는 없어. 이제 집으로 돌아오는 참이야.
둘째도 없어. 벌써 집을 나갔지.
셋 가운데 막내, 셋째만이 있어.
셋째가 없으면, 다른 두 형도 있을 수 없으니까.
하지만 문제가 되는 셋째는 정작
첫째가 둘째로 변해야만 있을 수 있어.
셋째를 보려고 하면

다른 두 형 중의 하나를 보게 되기 때문이지!]

호라 박사가 모모에게 던진 수수께끼입니다. 이 세 형제는 하나일까요? 아니면 셋일까요. 아니면 둘일까요? 아니면 아무도 없는 것일까요? 이들의 이름은 무엇일까요? 좀 힌트를 말한다면 이 세 명은 막강한 지배자랍니다. 이들 셋은 함께 커다란 왕국을 다스린답니다. 또한 왕국 자체이기도 하고요. 그 점에서 이들은 똑같답니다.

삼 형제가 한 집에 삽니다. 그런데 이들은 서로 다르지만, 서로가 서로 다른 형제의 모습으로 변할 수 있습니다. 이를테면 첫째는 둘째로 둔갑할 수 있습니다. 이름 자체도 첫째를 버리고 둘째의 이름을 갖습니다. 또한 첫째는 셋째로 변할 수도 있습니다. 그러면 그는 첫째의 이름 대신에 셋째가 가진 이름을 그대로 가집니다. 하나인 듯하나 아닌 셋이기도 하고, 셋인 듯 둘이기도 하고, 하나이기도 한 이들 삼형제는 무엇을 의미할까요?

자! 무엇일까요? 이들 삼 형제는 우선 하나의 이름을 가졌다 할 수 있습니다. 바로 시간이란 이름입니다. 시간이란 이름 속에는 과거가 들어 있습니다. 현재가 들어 있습니다. 미래가 들어 있습니다. 그러니까 이들은 하나인 듯 하나가 아니라 과거, 현재, 미래란 이름을 가진 셋이고, 과거, 현재, 미래, 이렇게 셋인 듯하면서 또한 시간이란 이름의 혼자입니다.

이들 중에 첫째의 이름은 무엇이며, 둘째의 이름은, 셋째는 누구일까요? 우선 집에 있다는 셋째, 그는 바로 현재입니다. 우리가 만날 수 있는 시간은 현재뿐이니까요. 그러면 둘째는? 둘째는 이미 집을 나갔답니다. 이미 나간 것, 그것은 과거입니다. 과거는 미래였다가 현재라는 이름을 가졌었고, 이제는 현재의 집에서 이미 나가 버린 시간입니다. 그것은 바로 과거입니다. 돌아오고 있다는 첫째는 아직 집에 오지 않은 것이니 바로 미래입니다. 그러니까 돌아오는 중인, 다시 말하면 현재를 향하여 미래는 오고, 현재를 통과하여 과거란 이름으로 사라질 겁니다. 이렇게 시간은 미래로 태어나 현재로 살다가 과거란 이름으로 사라집니다.

현재는 과거가 될 수 있지만, 과거는 다시 현재나 미래가 될 수 없습니다. 미래는 시간에 따라 현재가 될 수 있고, 과거가 될 수 있습니다. 현재는 미래가 될 수는 없으나 과거는 될 수 있습니다. 그리고 과거는 현재도 미래도 될 수 없습니다. 그러니까 내가 취할 수 있는 시간은 현재란 시간과 미래란 시간입니다. 미래는 물론 가능성으로 남아 있을 뿐이지만 말이지요. 그러므로 가능성으로 남은 미래와 지금 누리고 있는 현재를 잘 잡아야 합니다. 지금이란 시간, 현재를 잘사는 사람은 보람 있는 현재를 정겨운 과거의 집으로 보낼 수 있고, 다가오는 미래를 아름답게 맞이할 수 있습니다. 끊임없이 우리는 미래를 현재로 만들며, 현재를 과거란 곳으로 보냅니다.

자! 음식을 먹듯이 미래를 어떻게 요리하여 먹을까를 생각하자고요. 그리하여 현재를 잘 먹어서 잘 소화시켜서, 우리 삶의 흔적을 아름답고 곱게 남기자고요. 때로 뒤돌아보며 살풋 미소를 지을 수 있도록 말이지요. 우리의 미래는 고운 꿈으로 빛나고, 우리 현재는 따뜻한 온기로 아름답고, 우리 과거는 반짝거림으로 정겨워서 뿌듯한 미소로 남아야 합니다.

Bravo your beautiful life!

# 사랑스러운 나의 아름다운 현재의 비밀

"내일이면 잊으리 꼭 잊으리. 립스틱 짙게 바르고. 사랑이란 길지가 않더라. 영원하지도 않더라. 아침에 피었다가 저녁에 지고 마는 나팔꽃보다 짧은 사랑아! 속절없는 사랑아!"

대중가요 중에 〈립스틱 짙게 바르고〉의 가사입니다.

내일, 내일이 나에게 주어진다면 오늘은 그때엔 어제입니다. 어제, 그것은 과거의 일부를 나타내는 이름입니다. 과거의 범위는 무척 넓습니다. 우리가 살아온 총량이니까요. 사람에 따라 그 양이 다르긴 하지만요. 지금이란 이 시간, 현재라는 이 시간은 내일이면 이름을 과거로 바꾸어 그 속에 합류합니다. 그 대신에 미래란 이름을 가졌던 시간의 일부는 현재란 이름으로 여기에 옵니다. 극히 짧은 현재, 있는 듯이 없는 듯이, 있다 하기도 뭐하고, 없다 하기도 뭐한 현재, 여기라는 장소와 지금이란 시간 속에 존재하는 나가 하나의 크지 않은 원안에 있는 순간만을 지칭하는 시간인 현재가 있는 한 이 셋은 떼려야 뗄 수 없습니다. 반드시 셋은 함께하니까요.

하나의 뿌리에서 나와서 절대 잘리지 않고 하나의 줄기로 살아가는 시간의 형제들, 그럼에도 때로 현재는 과거를 원망합니다. 미래를 두려워합니다. 때문에 제일 문제가 현재입니다. 이들 중 가장 원망의 대상인 과거는 쌓여진 시간들에 살아가는 만큼 차곡차곡 쌓입니다. 때문에 제법 그럴 듯한 양입니다. 지금의 나를 만들어 놓은 시간들입니다. 긍정적으로 보면 고마운 시간들, 부정적으로 생각하면 원망스러운 시간들입니다. 그렇게 분명하게 남겨진 시간들입니다. 반면 미래란 범위는 넓지만 그 양은 정해져 있지 않습니다. 내게 부여된 그 시간이 얼마나 있는지 알 수 없습니다. 있을 수도 없고 없을 수도 있습니다. 제법 많을 수도 있고 극히 적을 수도 있습니다. 그만큼 불확실하여 때로는 우리를 애타게 하고, 초조하게 하고 불안하게 하고 두렵게 합니다. 때문에 우리는 미래에 기대를 걸면서 많은 시간들이 주어지기를 희원하며 삽니다.

이런 과거와 미래 사이에 끼어 있는 현재란 시간은 그 실체가 있다 없다 규정하기 어려울 만큼 잠깐 잠깐 스쳐지나갑니다. 경계도 모호합니다. 존재가 있어야만 거기 잠시 스치기 때문입니다. 과거보다는 아주 짧고 미래보다 길지도 않습니다. 수시로 배설하듯이 미래를 잡아당겨 과거로 내몰고 있으니까요. 현재는 그야말로 속절없는 사랑보다 더 짧습니다. 아침에서 저녁까지도 엄밀한 의미에서는 현재의 범주를 넘어서니까요. 그럼에도 불구하고 현재는 참 중요합니다. 과거보다도 미래보다도 중요합니다. 이 현재가 없으면 과거나 미래는 이름조차 가질 수 없으니까요. 또한 현재는 과거와 미래에 지대한 영향을 미칩니다. 이들의 가치를 정하고, 이들에게 의미를 부여하는 것도 바로 현재입니다.

현재를 어떻게 사느냐가 과거를 규정짓습니다. 과거가 빛난다면 내가 맞이한 현재 속에서 윤나게 광나게 살아 보낸 덕분입니다. 과거가 침울하다면 못나게 서툴게 살아 보낸 때문입니다. 또한 미래가 희망으로 아름다운 건 내가 현재를 제법 활기차게 살고 있는 덕분입니다. 미래가 만일 먹구름 낀 하늘처럼 불확실하다면 내가 현재를 제대로 살지 못하는 때문입니다. 그러므로 현재는 가장 중요합니다. 현재를 어떻게 사느냐에 따라 과거라는 그림, 미래라는 그림의 색깔이 달라질 것이기 때문입니다.

지금 어떤 색깔을 골라 현재를 색칠하고 있나요? 고작 흑색 하나 골라서 주어진 삶의 흰 바탕에 색칠하고 있다면 화려한 색, 아름다운 색, 밝은 색, 따뜻한 색을 골라서 색칠하세요. 우리는 모두 침울한 삶이 아니라 밝고 맑고 쾌활한 삶을 살 의무가 있습니다. 내 삶이 천연색으로 채색된 곱고 살만한, 다시 살고 싶은 삶이 되거나, 어둡고 침울한 다시는 맞이하고 싶지 않은 삶이 되느냐는 지금이란 현재에 잡고 있는 색채에 달려 있습니다. 현재가 없다면 미래도 과거도 없으며, 미래도 과거도 아무런 의미가 없습니다. 그러니까 무엇보다 현재의 소리에 귀를 기울이고, 현재를 잘 맞이하여, 그 현재를 잘 보듬으며 살아야 합니다. 현재를 지극히 사랑해야 합니다. Bravo your beautiful present!

# 시간을 본 적이 있나요?

시간을 본 적이 있나요? 시간이 있기는 한가요? 《모모》의 "시간이 있다는 건 어쨌든 분명한 사실이에요. 하지만 만져 볼 수는 없어요. 혹시 향기 같은 건 아닐까요? 하지만 시간은 계속 지나가는 어떤 것이기도 해요. 그러니까 분명 시간이 나오는 곳이 있을 거예요. 혹시 바람 같은 건 아닐까요? 아니, 아니에요. 이제 알겠어요! 시간은 언제나 거기 있기 때문에 듣지 못하는 음악 같은 걸 거예요. 하지만 저는 그 음악을 들었던 것 같아요. 아주 나지막한 음악이었어요"란 대목이 마음에 듭니다.

시간은 보이지 않습니다. 보이지 않는다고 없다고 할 수도 없습니다. 그렇다고 증명하기도 어렵습니다. 다만 우리가 시간의 흐름을 알 수 있다면, 그건 시간을 재는 도구들을 이용하여 볼 수 있을 뿐입니다. 그게 아니라면 자연의 변화를 보고 시간이 흘렀다고 짐작합니다. 쉽게는 해가 동에서 올라 서로 가는 모습을 보면서 시간이란 이름을 떠올립니다. 좀 길게는 달이 자라고 이지러지는 걸 보면서 시간이 흐른다고 생각합니다. 하지만 어떤 변화가 일어나든 시간은 정체를 드러내지 않습니다. 새들도 곤충들도 제 이름을 부르며 노래를 부르지만, 보이지 않는 시간은 제 이름을 노래한 적도, 모습을 드러낸 적도 없습니다. 시간은 '언제나 없는 거리'에 있는 '아무도 없는 집'에서 나오기 때문이랍니다.

시간이 존재하든 존재하지 않든 분명한 건 자연이 변화를 거듭하듯이 우리 또한 서서히 변화한다는 사실입니다. 그것을 부인할 수는 없습니다. 때문에 어떤 존재들을 변화하게 하는 무형의 그 무엇을 우리는 그저 시간이란 이름으로 부릅니다. 그 무형의 것, 추상적인 것을 시계라는 도구 속에, 달력이란 형식 속에 얹어놓습니다. 그렇게 무형의 시간을 재면서 때로 우리는 시간에게 시달리며, 때로 초조해 하며 삽니다. 때문에 시간을 재는 도구들에게 우리는 종종 지배당하고 있습니다. 우리는 째깍거리거나 똑딱거리거나 숫자를 바꾸어 나타나거나 하는 도구의 명령에 따라 움직이려 듭니다. 그러니까 우리는 시간의 노예로 사는 겁니다.

뉘라서 이처럼 보이지 않는 시간이란 적을 대적할 수 있겠어요? 그건 아무도 할 수 없습니다. 시간이 있거나 없거나, 그저 인간이 편의를 위해 만들어 놓은 것이 시간이라고 해도, 분명한 건 그렇게 재어지는 시간만큼 우리는 변한다는 겁니다. 우리뿐만 아니라, 식물도, 동물도, 심지어 바위까지도 조금씩 변화합니다. 세상 만물은 모두 시간의 명령에 따라 생장과 소멸의 과정을 거쳐야 합니다. 소리 없이 다가와 희망을 갖게 하고, 아름답게 성장하게 하고, 성숙하게도 하지만 그것도 잠시 서서히 모든 존재를 좀먹고, 깎고, 야위게 하고, 소멸하게 합니다. 이를테면 약주고 병 주는 격입니다.

이 변화를 주재하는 그 무엇을 시간이라 불렀든 상관없이 시간은 누구에게나 어느 존재에게나 똑같은 속도로 주어집니다. 단지 기분에 따라 어떤 순간엔 더디게 느껴지고, 어떤 순간엔 빠르게 느껴질 뿐입니다. 기계로 재니까 당연히 일정한 속도로 흐른다 가정하나 느낌은 그렇지 않습니다. 시간을 들여다보고 있노라면 시간의 흐름이 두렵게 합니다. 순간순간 시간이 나를 좀먹고 있음을, 조금씩 내 남은 시간이 서서히 줄어들고 있음을 목격해야 하기 때문입니다. 마치 모래시계의 모래가 조금씩 아래로 새어 내려와 남은 모래가 줄어드는 것처럼 우리들 삶의 시간도 그럴 것이기 때문입니다.

그렇다고, 이를테면 그걸 안타까워한들, 염려한들, 빌고 빈들, 시간은 늘어나지도 않습니다. 멈추지도 않습니다. 느려지지도 않습니다. 그러니까 그 흐름을 인정하고 그 시간 안에서 즐겁게 살아야 합니다. 그렇게 즐겁게 사는 순간 그 기쁨이 우리를 건강하게 합니다. 그 건강이 우리 삶을 연장시킵니다. 시간은 그렇게 벌어야 하고, 그렇게 시간과 타협해야 합니다. 되지도 않을 것으로 발버둥하며 애를 태울 게 아니라 시간과 친하게 지내야 합니다. 얼마가 주어졌든 그 주어진 시간은 나의 것이니 그 시간을 즐거움으로, 기쁨으로 채우며 사는 것, 그것이 시간과 친하게 지내는 일입니다. 시간을 길들이며 지내는 겁니다.

# 현재,
# 가장 아름다운 시간

미하엘 엔데가 《모모》에서 말하는 시간을 나름대로 정리해 보면 그가 생각하는 시간은 살아 있습니다. 시간은 살아서 움직입니다. 살아 있는 시간에겐 집이 있습니다. 아주 큰 집입니다. 이름 하여 세상입니다. 그러니까 시간은 세상이란 집에 살고 있습니다. 이를테면 시간은 세상이란 공간을 필요로 합니다. 공간이 없이 시간은 존재할 수 없다는 뜻입니다. 시간 없는 공간이 없듯이, 공간 없는 시간은 없습니다. 또한 시간이 공간을 필요로 하는 것처럼, 공간이 시간을 필요로 하는 것처럼, 이들 공간과 시간은 존재가 없다면 아무런 의미가 없습니다. 시간과 공간은 존재를 의지합니다. 따라서 그 무엇보다 존재가 중요합니다. 존재가 세상의 중심입니다.

우리는 모두 그 무엇보다 소중한 존재이며, 가치 충만한 존재입니다. 세상이란 시간의 집도, 그 집에 들어 있는 시간도 존재가 없다면 아무 의미가 없습니다. 아무리 화려한 집이라도 빈집은 진정한 집이 아닙니다. 비록 비좁고 누추하더라도 존재가 살고 있어야 집입니다. 존재가 제일이요, 존재가 최고의 가치입니다. 그 무엇을 느껴주는 존재가 있을 때, 그 무엇을 바라보는 존재가 있을 때, 그 무엇을 찾는 이가 있을 때, 그 무엇은 의미와 가치를 지닙니다. 물론 그 존재에겐 시간과 공간은 반드시 필요불가분의 것입니다. 그렇습니다. 우리 모두는 시간의 집에 살고 있습니다. 시간과 함께 시간의 집에서 울며 웃으며 살아갑니다. 때문에 우리는 주어진 시간을 사랑하며 주어진 공간을 소중히 여기며 살아야 합니다.

시간의 집, 모모가 시간의 집을 방문합니다. 그곳엔 거울 같은 검은 수면 위를 거대한 추가 왔다 갔다 하며 시간을 잽니다. 매단 곳이 없이 매달린 추는 공중에 떠 있는 듯도 하고 무게가 없는 듯도 합니다. 그것이 시간의 추라는 것입니다. 그렇게 시간의 흐름은 보이지 않습니다. 그저 느낄 뿐입니다. 그 시간의 추, 별의 추가 천천히 연못 가장자리에 접근합니다. 그러자 어두운 물속에서 커다란 꽃봉오리가 떠오릅니다. 꽃봉오리는 추가 가까이 다가감에 따라 점점 벌어집니다. 그러더니 마침내 활짝 피어서 잔잔한 수면 위에 떠오릅니다.

참 아름답습니다. 마치 빛나는 색깔로만 이루어진 것처럼 찬란하게 빛납니다. 상상조차해본 적 없는 아주 멋진 꽃입니다. 별의 추는 한동안 그 꽃 위에 머뭅니다. 모모는 그 아름다움에 취하여 주변의 모든 일을 까맣게 잊습니다. 그저 넋을 잃고 꽃을 바라봅니다. 꽃의 향기는 뭐라고 딱 꼬집어 말할 수는 없어도 언제나 간절히 그리워했던 것처럼 느껴집니다.

별의 추가 머물러 꽃을 피우는 시간, 벌어진 꽃망울이 아름다운 시간, 그렇게 머무는 시간, 그 시간을 현재라 부릅니다. 그 현재, 존재에겐 현재가 있습니다. 지금이 바로 현재입니다. 별의 추, 즉 시간의 추는 늘 현재를 가리킵니다. 그 추가 지금 여기를 비추고 있습니다. 피어난 꽃처럼 아름다운, 향기를 내는 시간, 그만큼 아름다운 시간, 꽃처럼 아름다운 시간, 현재란 시간입니다. 간절히 원하여 맞이한 시간, 살아 있음을 느껴 생생한 시간, 현재는 참 아름다운 시간입니다. 과거를, 미래를 의미 있게 가치 있게 만드는 시간이기도 하기 때문입니다.

그토록 염원하여 찾아온 시간, 소중하게 주어진 시간, 이 현재를 당신은 어떻게 맞이하고 있나요? 제대로 잘 맞이하여 보람 있게 동거하고 있나요? 즐겁고 행복하게 보내고 있냐고요? 현재라는 시간의 추는 조금씩 움직입니다. 그 움직임에 따라 모든 존재는 알게 모르게 변합니다. 시간이 존재를 변하게 만듭니다. 시간에 따라 우리는 조금씩 변합니다. 그 변화를 따라가면서 우리는 그 변화를 즐겨야 합니다. 꽃이 꽃봉오리를 벌여 한껏 아름답다가 그 아름다움을 접듯이, 그 변화를 순리로 받아들이듯이 우리 또한 한껏 빛나던 청춘의 푸른 봉오리를 서서히 접는 기쁨을 누려야 합니다. 변화는 서러운 것, 우울한 것이 아니라 결실을 위한 기쁨의 과정으로 받아들여야 합니다. 변화가 중요한 게 아니라 변화의 어느 시점에 있든 시간의 추가 가리키는 현재가 진정 아름답습니다. 그 아름다운 현재를 생동감 있고 즐겁게 살아야 합니다.

# 여유롭게 살아야 하는 이유

나이 들면서 어른스러워지는 사람이 있습니다. 서두르지 않으며 늘 여유가 있어 보입니다. 그러면서도 할 일은 다하고 오히려 바쁘다는 사람들보다 흔적을 많이 남깁니다. 그런 여유가 부럽습니다. 어떻게 하면 그런 여유를 즐길 수 있을까요? 할 일은 다하는 것 같으면서도 바쁜 티를 내지 않고 나름의 삶을 잘 살아가는 이들은 그들만의 비결이라도 있는 걸까요? 그야말로 나잇값을 할 줄 아는 사람들, 그들은 시간의 비밀을 알고 있습니다. 시간의 비밀, 그건 시간은 바쁘다는 이들에겐 아주 빨리 가고, 여유를 즐기는 이들에겐 그들이 원하는 속도로 간다는 것입니다. 그럼에도 대부분의 사람들은 시간은 누구에게나 똑같은 속도로 흐른다고 생각합니다. 그래서 늘 바쁘게 삽니다.

삶을 살면서 그 과정을 한 뜸 한 뜸 생각으로 수놓아 사는 사람들은 자신의 성격을 모나지 않은 성격으로 바꾸어 갑니다. 시간이 스치는 대로 살면서 모난 면이나 각진 면은 시간에 마모되어 둥글

둥글 변합니다. 그래서 이제는 세상을 그런 대로 달관을 흉내 내며 모나지 않게, 둥글둥글 살아갑니다. 이처럼 모남을 둥글게, 각을 유선으로 만들며 사는 사람들에겐 시간의 흐름은 축복입니다. 그들은 시간의 주인입니다. 흐를 것은 아무리 애를 쓴들 흐른다는 걸 알기에 더는 미련을 갖지 않습니다. 그래서 그들은 시간의 주인으로 살 수 있습니다.

반면 시간에 그토록 깎였음에도 여전히 모난 성격으로 꼬장꼬장한 이들은 여전히 각을 세우며, 모난 삶을 삽니다. 나이가 드는 만큼의, 시간을 쓴 만큼의 가치를 못하고 사는 것이니 나잇값을 못하고 사는 셈입니다. 이처럼 시간을 순리대로 받아들이는 삶의 자세와 시간의 흐름을 인정하지 않으려는 삶의 태도 사이에는 큰 괴리가 있습니다. 순리는 사람을 사람답게 만들지만, 그것을 거부하려는 마음가짐은 사람을 추하고 초라하게 만듭니다. 시간은 순리의 편이지 역리의 편이 아니기 때문입니다. 적당히 놓을 줄 알면 여유를 가질 수 있습니다. 그는 시간의 주인으로 살 수 있습니다. 하지만 지나친 집착을 갖고 살면 초조하고 두렵습니다. 그는 시간의 노예로 삽니다. 그러므로 놓을 줄 아는 연습, 적당히 포기하는 연습으로 여유를 찾으려 애써야 합니다.

'시간의 추가 멀어지면서 아름다운 꽃도 시들기 시작합니다. 한 장 한 장 꽃잎이 떨어지더니 어두운 심연으로 가라앉습니다. 모모는 가슴이 찢어지는 것처럼 아픕니다. 다시는 돌아올 수 없는 그 무엇이 영원히 자신을 떠나버린 것 같습니다. 추가 검은 연못의 한 가운데에 이르자 그 아름다운 꽃은 완전히 스러집니다. 하지만 그와 동시에 맞은편에서 꽃봉오리 하나가 어두운 물속에서 자태를 드러냅니다. 추가 그 쪽으로 천천히 다가가자 꽃봉오리가 피어나기 시작합니다. 더욱 아름다운 꽃입니다.'

이것이 순리입니다. 한 송이 꽃이 지면 다른 꽃이 피어나게 마련입니다. 어느 자리에 올라앉아 있을 때가 있으면 그 자리에서 미련 없이 내려와야 할 순간이 있습니다. 그렇게 순리를 따라 사는 사람들은 아름답습니다. 그 자리 또한 아름답습니다. 반면 한 번 자리에 앉으면 그 자리는 자신만을 위한 자리, 자신이 아니면 그 누구도 대신할 수 없는 자리로 생각하여 그 자리를 고집하는 이들이 있습니다. 그렇게 버틴들, 언젠가는 마지못해 그 자리에서 내려올 수밖에 없습니다. 추한 모습으로, 비참한 모습으로 강제로 내려오다시피 합니다. 그러면 그 사람도 추하지만 그 자리 또한 추해 보입니다. 때문에 시간을 거스르려 하지 말아야 합니다. 아무리 대단한 사람이라도 시간의 바람에 조금씩 마모되고 깎여진다는 것을 인정해야 합니다.

그렇게 시간의 바람에 깎여지는 것을 당연하게 받아들이면, 자연스럽게 받아들이면, 자신도 모르게 괜찮은 인격을 형성해 갈 수 있습니다. 모나지 않은 둥근 삶을 살아갈 수 있습니다. 연륜의 은은한 빛을 내며 주변을 편안하게 하는 사람으로 변할 수 있습니다.

그는 진정 아름다운 꽃을 피우고, 그 꽃 피웠던 자리에 인생의 황금열매를 맺는 사람입니다. 세상 살면서 하고 싶은 일 다하고 살 수 없습니다. 꿈꾸었던 모든 것 다 이룰 수 없습니다. 적당히 놓을 줄 아는 지혜, 적당히 남겨둘 줄 아는 지혜가 우리를 여유 있게 하고, 그 여유가 우리를 연륜이 느껴지는 사람으로, 담담한 사람으로, 안온한 사람으로, 편안한 분위기를 주는 사람으로 조금씩 변하게 합니다. 여유를 사랑하시오!

# 꽃이 제 색깔을 정성스럽게 고르듯이

지난해에 꽃이 피었습니다. 아주 아름다운 꽃이었습니다. 색깔도 어쩌면 그리 고운지 자세히 보면 볼수록 세상의 어느 누구도 만들어 낼 수 없는 색깔이었습니다. 꽃잎 하나하나도 어쩌면 그리도 정교하게 만들었는지 감탄을 자아냈습니다. 그뿐인가요, 그 꽃에서 몽글몽글 은근히 풍겨 나오는 향기는 어떤 수식어로도 표현할 수 없을 정도였습니다. 참 아름다운 꽃이었습니다. 그리고 이제 꽃이 핍니다. 지난해의 꽃이나 지금 피는 꽃이나 같은 꽃인 줄 알았으나 자세히 보니 다릅니다. 이번 꽃의 색깔이 지난해의 꽃보다 모양은 더 정교하고, 색깔은 더 다채롭습니다. 향기 또한 더 매혹적입니다. 바라보면 볼수록, 느끼면 느낄수록 꽃은 더 신비스럽고 신묘합니다.

그렇습니다. 꽃은 거기서 거기 같지만 자세히 보면 어제의 꽃과 오늘의 꽃은 다릅니다. 우리 삶도 마찬가지입니다. 어제나 오늘이나 늘 같은 반복인 것 같지만 자세히 보면, 자세히 느끼면 확연히 다릅니다. 시간은 늘 우리를 변하게 만드는데 우리는 느끼지 못합니다. 아주 미세하게 우리를 속이고 있지만 우리는 모릅니다. 아니 속이는 것이 아니라 우리 스스로 우리 자신을 속입니다. 어제나 오늘이나 마찬가지라고, 나는 나일뿐이라고 자신을 속입니다. 실제로는 어제의 나는 오늘의 나가 아님에도 그저 늘 같은 나로 생각합니다. 자신을 인정하지 않는 셈입니다.

시계를 조금 더 앞으로 돌려볼까요. 오늘 피는 그 아름다운 꽃이 시듭니다. 시들더니 떨어집니다. 그토록 아름다운 모습을, 그토록 형언할 수 없는 향기를 자랑하던 꽃이 시들어 떨어집니다. 그 떨어진 꽃은 깊이를 알 수 없는 검은 연못 저 깊은 곳으로 한 잎 한 잎 가라앉습니다. 꽃이 사라졌습니다. 꽃이 없는 나무입니다. 나무와 줄기는 그대로 있는데 더는 꽃이 없습니다. 그럼에도 그 나무는 꽃나무란 이름을 그대로 갖고 있습니다. 그리곤 그 나무의 변화를 전혀 이야기하지 않습니다. 모든 것은 시간에 따라 변하는데 그 변화를 감지하지 못합니다.

우리도 변하고 있습니다. 아주 미세하기 때문에 우리가 느끼지 못할 뿐, 감지하지 못할 뿐 조금씩 변합니다. 내 몸속에서 수많은 변화가 일어나고 있음에도 우리는 느끼지 못합니다. 수많은 세포가 죽는데도 느끼지 못합니다. 수많은 그 무엇이 죽어 사라지고, 새로 탄생하는 신비로운 일들이 몸속에서 일어나는 아주 다양한 변화를 거듭하고 있음에도 우리는 모릅니다. 단지 겉모습의 변화를 감지하지 못하니까 무관심으로 지나칩니다. 고요히 침묵하다가 어느 순간 땅은 자신을 확 뒤집어 지진을 만들어 내거나, 뜨거운 용암을 분출하는 화산으로 폭발을 일으키듯이, 우리 자신 속에서도 늘 변화를 준비하고 있음에도 무관심합니다.

그렇게 우리는 시시때때로 변하고 있습니다. 그 느낄 수 없는 변화들을 한참 지내놓고야 저어기 앞에서의 느낌과 한참 뒤의 느낌을 견줄 때에야 아 내가 그랬었구나를 느낍니다. 그만큼의 변화는 어느 한순간에 일어난 것이 아닌데, 아주 조금씩의 변화를 묶어서 느낄 뿐인데 그걸 인정하지 않는 겁니다. 그래서 어쩌자는 것이냐고요? 뭐 다른 말이 필요하겠어요. 그렇게 진행되는 필연을 인정하자는 것이지요. 그렇게 인정하면서 나를 챙기고 나를 준비하는 마음으로 살자는 것이지요. 그러면서 미련을 버리는 연습을 하자는 것이지요. 그리고 필연은 피할 수 없으니 그 필연과 친해지자는 것이지요.

꽃봉오리가 살짝 문을 엽니다. 그리고는 아름답게 곱게 피어납니다. 그러고는 이내 지기 시작합니다. 그 꽃이 진 자리에 열매를 맺습니다. 그리고는 그 이듬해 그 자리에 다른 꽃이 핍니다. 이렇게 이어지는 순환의 과정이 자연의 순리입니다. 우리 또한 그 자연의 순리에 역행할 수 없습니다. 어제의 꽃이 오늘의 꽃이 아니듯이, 우리 자신 어제의 나가 오늘의 내가 아닙니다. 지난해의 꽃은 더더욱 오늘의 꽃이 아님이 확실하듯, 우리도 이러한 순환의 일부입니다. 그저 상황에 맞는 언어와, 상황에 맞는 몸짓으로 살자고요. 꽃봉오리처럼 아름다운 꿈으로, 활짝 핀 고운 현실로, 잎을 떨구는 꽃처럼 성숙한 연륜으로 삶을 곱게 색칠하며 살자고요. 꽃이 잠깐 피기 위해 정성스럽게 제 색깔을 고르듯이, 고운 몸매를 만들듯이 우리 또한 정성스럽게 잘 다듬으며 고릅 살자고요. 지금이 가장 아름다운 순간, 즐거운 순간, 기쁜 순간입니다.

# 가장 신비로운
# 나의 시간

꽃이 핍니다. 꽃이 집니다. 꽃이 피고 집니다. 산이 아름다운 건 지는 꽃이 있어서이고, 피는 꽃이 있어서입니다. 늘 같은 꽃만 피어 있다면 산은 아름답지 않습니다. 꽃이 피고 지고, 그 자리에 새로운 꽃이 피고 또 지는 덕분입니다. 우리 사는 세상이 아름다운 것도 이와 같습니다. 슬프긴 하지만 떠나는 사람이 있고, 기쁨을 안겨주며 새로 오는 사람이 있어서 세상은 아름답습니다. 앞 강물을 뒷강물이 밀어서 바다로 바다로 흐르듯, 그래서 강물이 늘 푸르고, 늘 살아 있듯이, 가고 오는 흐름이 있어서 세상을 아름답고, 세상은 살아 있고, 세상은 발전을 거듭합니다. 아름다움은 시들게 마련이듯이 자리는 물려주라고 있는 것이며, 새로운 자리로 이동하라고 있는 것입니다.

산에는 꽃 피네.
꽃이 피네.

갈 봄 여름 없이
꽃이 피네.

산에
산에
피는 꽃은
저만치 혼자서 피어있네.

산에서 우는 새여
꽃이 좋아
산에서
사노라네.

산에는 꽃지네
꽃이 지네.
갈 봄 여름 없이
꽃이 지네.

김소월이 〈산유화〉를 노래했듯이 지금 이 순간에도 많은 사람이 세상을 떠납니다. 또한 많은 사람이 세상에 옵니다. 그렇게 보면 세상은 아주 많이 변합니다. 지난 사람이 떠나는 변화, 그 수많은 빈자리가 있습니다. 잠시 후면 그 빈자리를 다른 이들이 와서 메웁니다. 새로운 사람들이 그 자리를 메우는 아주 큰 변화가 있었음에도 우리는 인식하지 못합니다. 어제의 세상이나 지금의 세상이나 별로 변화가 없는 것처럼 느낍니다. 하지만 그런 변화, 우리가 느끼지 못하는 변화가 세상을 늘 아름답게 유지시켜줍니다. 그러니까 우리에게 주어진 시간들을 억울하다, 두렵다, 허망하다 받아들일 것이 아니라 순리로 받아들이려 노력해야 합니다. 그리고 주어진 시간들을 소중하게 여기며 아름다운 의미로 채워가야 합니다. 그 마음들이 모여서 세상은 더 아름답고 살만한 세상이 됩니다.

꽃이 아름다운 건, 자연이 아름다운 건, 세상이 아름다운 건, 우리가 눈치 채지 못할 뿐, 어떤 일이 계속해서 일어나고 있기 때문입니다. 산에는 꽃이 피고 지듯이, 세상에는 사람이 오고 또 떠나듯이, 늘 같은 듯이 같지 않은 그 어떤 일이 계속해서 일어나고, 그 어떤 변화가 계속 이어지는 때문입니다. 이를테면 세상이 산이라면 우리는 그 산에 피는 꽃이요, 세상이 아름다운 꽃밭이라면 우리는 그 꽃밭에 피는 아름다운 꽃 중의 하나입니다. 때문에 우리는 아름답습니다. 우리 삶은 아름답습니다.

우리는 이 세상에서 가장 아름다운 꽃 중의 한 송이 꽃과 같습니다. 누가 가장 아름다우냐고요? 바로 내가 아름답습니다. 아니 당신이 가장 아름답습니다. 결국 우리 각자는 가장 아름답습니다.

우리 각자는 모두 단 한 송이 특별한 꽃이기 때문입니다. 우리 각자는 이 세상의 꽃 중의 꽃이요, 이 세상에 단 하나밖에 없는 꽃이요, 가장 신비로운 소중한 꽃입니다. 그러니 스스로 자신을 꺾지 말고 자신을 소중히 여겨야 합니다. 각자가 자신의 꽃을 사랑할 때, 각자가 각자의 삶을 소중히 여기며, 각자의 삶을 진실로 사랑할 때 자신은 물론 세상이 아름답습니다. 그러므로 자신의 삶을 속이며 슬퍼하지 말고 자신의 삶과 솔직한 관계를 유지하며 꽃이 핀 지금을 사랑하며 살아야 합니다.

## 아름다운
## 꿈을 꾸는 시간

서로 사랑을 속삭이는 듯, 잠이 오지 않아 눈을 꿈쩍거리는 듯, 눈이 말똥말똥한 작은 별들에게 할머니별이 옛이야기를 하자 눈을 반짝반짝거리는 듯, 스물거리는 별들이, 반짝거리는 별들이 밤하늘을 수놓습니다. 그 별들을 바라보면 때로는 경이롭기도 하고 때로는 신비스럽기도 합니다. 그 별들이 차마 가까이 못할 만큼 맑고 밝은 달이 하늘 한가운데를 넓게 차지하고 묘한 달빛을 흘리고 있습니다. 때로 참 아름다운, 참 매력적인 하늘의 별들을 보면 고운 꿈이 살아납니다. 그토록 해맑은 달을 보면 마음속에 사그락사그락 피어오르는 꿈들을 모아 마음의 기도를 올리고 싶습니다. 그러면 왠지 그 소원을 별들이, 저 달이 들어줄 것만 같습니다. 저 하늘의 천체들, 그 존재들 모두 내 삶에 지대한 영향을 미치고 있는 것 같습니다.

그 마음을 쓸 데 없는 허상이라고 나무라지 마세요. 사람이란 존재는 그 속을 알기란, 사람의 잠재력을 알기란 참 어려우니까요.

때로는 기적 같은 일이 일어나기도 하고, 불가사의한 일들도 남의 일이 아닌 나의 일이 될 때도 있으니까요. 우리에겐 가끔 기적 같은 신비한 일이 찾아옵니다. 그 신비한 일이 긍정적이라면 우리는 행운이라고 부릅니다. 어떻게 이런 운 좋은 일이 나에게 일어날까, 때로 설레고 때로 두렵기도 합니다. 하지만 그렇게 찾아온 기대 이상의 행운을 두려워 할 건 아닙니다. 왜냐고요? 그건 운이 좋아서라기보다 당연히 받아야 할 거였습니다.

앞에서 하늘에 있는 별 그리고 달 이야기를 했지요. 예로부터 우리는 천체를 보면 신비롭게 생각했습니다. 그 천체들이란 우리 영역 밖에 있는 것이며, 근접할 수 없는 거였기 때문입니다. 그래서 천체를 신으로 받들기도 했지요. 그러면 그 천체가 신이든 아니든 상관없이 안 되던 일들이 잘 되기도 하지요. 그건 마음의 문제니까요. 마음으로 확신을 갖는 순간 우리의 잠재력이 깨어나는 덕분입니다. 자신도 모르고 있었던, 하지만 분명 내 안에 있었던 능력이 용기의 힘을 입어 밖으로 발현되는 것입니다. 주변에 듬직한 누군가가 벗이 되어준다면, 사랑하는 사람이 되어준다면, 힘이 솟아 불가능할 것 같았던 일도 해낼 수 있는 이유가 거기에 있습니다. 그러니 간절한 염원을 갖는 것, 정말 이루고 싶은 꿈을 갖는 것은 내 인생에 큰 플러스입니다.

간절한 염원을 가지고 그 염원을 이루기 위해 열심히 노력하면 하늘의 천체들이 나를 돕습니다. 이를테면 하늘에 천체들뿐 아니라 지상에 있는 물체들도 나를 돕습니다. 무슨 허무맹랑한 소리냐고요? 허무맹랑한 말이 아니라 사람에겐 기라는 게 있으니까요. 그 기라는 것은 간절함이 있을 때 모아집니다. 집중할 뭔가가 있을 때 그 기는 살아납니다. 반면 정신이 산만한 사람에게선 그 기는 빠져나갑니다. 그러니 될 일도 안 됩니다. 때로 약자가 강자를 이길 수 있는 것, 경기에서 아주 보잘 것 없어 보이던 팀이 막강한 팀을 침몰시킬 수 있는 힘이 곧 기입니다. 간절함이 집중하게 했고, 그 기운이 상대를 능가하도록 도운 것입니다. 내가 간절하면 세상의 모든 것이 나에게 집중되어 나를 돕습니다.

간절함을 가지고 열정적으로 뭔가를 하면 세상에 있는 것들이나 사람들은 나를 돕습니다. 하늘은 스스로 돕는 자를 돕는다는 속담이 그 이야기니까요. 복을 받으려면 우선 복 받을 준비를 갖추라는 의미입니다. 복 받을 일을 한 사람이 복을 받습니다. 물론 저주를 받을 사람이 반드시 저주를 받는 것은 아니지만, 복 받을 사람은 적어도 복 받을 일을 해 놓았던 겁니다. 그런 이에게 하늘의 별들이 반짝반짝 빛을 내며 기를 내려줍니다. 밤하늘의 그 맑고 순수한 달이 기운을 뿌려줍니다. 땅 위에 있는 것들, 땅 아래 있는 것들이 기를 보내줍니다. 그러니까 간절함으로 뭔가를 얻으려하며, 자신을 믿어야 합니다. 나는 간절히 원하는 것이 있음을, 그 간절함을 가지고 노력하고 있음을 보여줄 때 자연의 모든 것들이 나를 중심으로 모입니다. 그러면 안 될 일도 되게 마련입니다.

진인사대천명입니다. 이제라도 다시 꿈을 갖자고요. 간절한 꿈을요. 그리고 그 간절함만큼 그 꿈을 이루려 노력하자고요. 그러면 세상의 기운들이 모여들어 우리의 꿈을 이루도록 동참해 줄 거예요. 꿈을 꾸는 사람은 현명한 사람입니다. 간절한 꿈을 가진 사람은 멋진 사람입니다. 그 간절함만큼 꿈에 집중하는 사람은 아주 아름다운 사람입니다. 삶은 집중과 초점입니다. 그 집중과 초점을 가지고 인생의 아름다운 꿈을 이루어 보자고요. 꿈을 꾸는 순간들이 내 인생의 빛나는 순간들입니다.

## 내가 그리는 시간의 그림

"모모, 네가 보고 들었던 것은 모든 사람의 시간이 아니야. 너 자신의 시간이었을 뿐이지. 사람들에게는 저마다 네가 막 다녀온 장소와 같은 곳이 있단다. 허나 그곳에는 내가 데리고 가는 사람만이 갈 수 있어. 게다가 보통 눈으로는 그곳을 볼 수 없지."

"그럼 제가 갔던 곳은 어디에요?"

"네 마음속이란다."

때론 나를 즐겁게 하는 시간, 나에게 환희를 주는 시간, 나를 존재하게 하는 이 시간, 시간은 어디에서 오나요? 보이지 않는데 누구나 시간을 말합니다. 누구나 시간을 알고 있습니다. 볼 수도 없고 만질 수도 없고 느낄 수도 없는 시간, 그 시간에 우리는 때로 목을 매고 있습니다. 그 시간 때문에 울고 있습니다. 우리 나름의 시간의 틀을 만들고 그 시간의 명령을 따르고 있습니다. 그리고는 누구나 그 시간에 복종합니다. 이를테면 축구경기를 합니다. 우리 팀이 1:0으로 지고 있습니다. 시간을 재는 도구로 시간을 잽니다. 조금만 더 기다려주면 우리가 이길 것 같습니다. 하지만 여지없이 그대로 끝납니다. 그러면 그 시간 앞에 복종하고 물러섭니다. 보이지 않는 시간이 우리를 지배하고 있습니다.

때로 나를 슬프게 하는 시간, 상처를 주는 시간, 늙는다는 것을 서럽게 만드는 이 시간, 생각할수록 초조하게 만드는 이 시간, 이 시간은 어디에 있나요? 한없이 자비를 베푸는 듯 넉넉한 여유를 주다가, 때로는 가차 없이 거두어 가는 가혹한 이 시간, 이 시간의 정체가 궁금합니다. 보이지도 않으면서 느끼려하면 느낄 수도 없는 이 시간, 단지 느낄 수 있다면, 볼 수 있다면, 시계로만 알 수 있는 이 시간의 정체가 궁금합니다. 정신없이 돌아가는 초침을 보며, 재깍거리는 초침 소리를 들으며 시간의 흐름 앞에 흘러가는 시간들이 때로 아깝습니다. 모래시계 속에서 아래로 아래로 새어 내려가는 모래알들을 보며 내 모래알들이 새어나가는 듯하여 초조합니다.

어떻게 생긴 놈인지 보여주지 않으면서 시계 속에서, 달력 속에서 존재들을 좀먹어 가듯 서서히 침범하는 시간의 정체, 존재가 있는 곳이면 언제든 어디든 스스로 존재하는 시간, 그것은 마치 신을 닮았습니다. 볼 수 없으니, 만질 수 있으니, 잡을 수 없으니 그럼에도 있는 것은 분명하니 배척할 수도 없고, 믿지 않을 수도 없으니, 시간이란 놈은 꼭 신을 닮았습니다. 물리적으로 보면, 피상적으로 생각하면 시간은 아주 가혹한 신을 닮았습니다. 인간에게 시계를 만들게 하고, 달력을 만들게 하고는 여지없이 제 맘대로 우리의 생사를, 우리의 생장소멸을 좌지우지하고 있으니까요.

이 시간, 신을 닮은 이 이간은 어디서 왔으며, 어디로 가고 있을까요? 어디에 있을까요? 제일 미친 듯이 빠르게 돌아가는 초침, 느릿느릿 세월아 네월아 기어가는 분침, 가는 듯 아니 가는 듯 지나친 게으름을 피우며 흘러가는 시침, 그럼에도 그들은 같은 틀 안에서 여전한 모습으로 살아갑니다. 서로 다른 속도로 정해진 틀 속에서 돌아가는 시계바늘들 속에서 우리는 바람 같은 시간의 모습을 상상합니다. 어디서 불어와서 어디로 가는지 볼 수 없는 바람을 닮은 시간이 시계 속에서 제 존재를 보여주려 합니다. 바람이 나뭇가지를 흔들어대며, 커다란 건물을 흔들어대며 제 존재를 보여주듯이 시간도 시계 속에서 제 모습을 보여주려 합니다.

이 시간, 시간은 도대체 어디서 오고 어디에 있나요? 만물이 변화한다고 그게 시간 때문이랄 수도 없는데, 우리는 시간을 정합니다.  볼 수는 없지만 믿으면 우리 마음에 임재하는 신처럼, 그 신을 닮은  시간, 그 시간이 있다면 우리 마음에 있습니다. 그 모습 또한 각자가 그리는 그림에 따라 다릅니다. 누군가는 행복한 시간을 그립니다. 누군가는 시간을 가혹한 그림을 그립니다. 그러니까 시간은 각자에게 다른 모습으로 다가옵니다. 그러므로 시간을 스스로 그리며 살면 됩니다. 기왕이면 행복한 그림으로, 즐거운 그림으로, 아름다운 삶의 무늬로 시간의 그림을 그리며 살자고요. 시간은, 진정한 자기만의 시간은 각자의 마음속에 있습니다. 그리고 그 시간의 주인은 바로 우리 자신입니다. 내 마음대로 그 시간을 그려낼 수 있으니까요.

# 기다림이 아름다운 이유

생텍쥐페리는 《어린왕자》, "아주 참을성이 있어야 돼. 우선 넌 나와 좀 떨어져서 그렇게 풀밭에 앉아 있는 거야. 난 곁눈질로 널 볼 거야. 그리고 넌 아무 말도 하지 마. 말은 오해의 씨앗이거든. 하지만 날마다 너는 조금씩 더 가까이 앉으면 돼…" 여우가 어린 왕자에게 길들이는 법을 가르칩니다. 길들임에는 기다림이 필요합니다. 낯선 사이엔 몸은 가까워도 마음은 멉니다. 그 마음의 거리가 좁혀지지 않았음에도 서둘러 가까이 다가가면 안 좋은 결과가 일어납니다. 사람과 사람이 길들여지려면 그 마음의 거리가 좁혀질 때까지 기다려야 합니다.

가까이 다가가고 싶은 사람, 그 사람을 기다리는 시간은 설렘의 시간입니다. 기다림의 농도가 짙은 만큼 그 설렘은 더 큽니다. 더 즐겁습니다. 그러니까 마음에 아름다운 일렁임이 일어나게 하려면 길들이고 싶은 사람, 사랑하는 사람이 필요합니다. 그 기다림이 삶에 생기를 주고, 힘을 줍니다. 여우는 "같은 시간에 오는 게 더 좋아. 가령 오후 네 시에 네가 온다면 나는 세 시부터 행복해지기 시작할 거야. 시간이 갈수록 그만큼 난 더 행복해질 거야. 네 시가 되면 이미 나는 안절부절 못하게 될 거야. 난 행복의 대가가 무엇인지 알게 될 거야!"라고 어린왕자에게 조언합니다.

기다림, 아름다운 만남이든, 아름다운 일이든, 아름다운 그 무엇에는 기다림이 있습니다. 그 기다림이 그 무엇을 아름답게 장식해 줍니다. 이처럼 아름다운 말은 어느 날 갑자기 튀어나오는 게 아닙니다. 마음속에 한 자리 평온하게 자리 잡고 있으면서 때를 기다립니다. 그러다가 분위기에 어울리게 슬며시 입 밖으로 나옵니다. 그렇게 나온  아름다운 언어는 사람들 마음을 파고듭니다. 거칠고 어둠의 색을 띤 생각들이라도 마음에 괜찮은 자리 잘 잡고 있으면서 분위기를 기다리면, 언젠가 잘 어울리는 표현의 순간이 옵니다. 그때 기다림을 무기로 삼아 우리 입 밖으로 나온다면 참 고운 언어입니다. 그러니까 우리 마음은 참 아름다운 곳이기도 합니다. 물론 추한 곳도 없지 않지만….

그 아름다운 마음에, 아름다운 시가 탄생하기 위해서는 마음에 생각의 씨앗을 심고, 언어의 싹이 나기를 기다려야 합니다. 마음에 시의 씨앗을 심는 일, 그건 마음으로 세상에 말 걸기를 하는 일입니다. 그러면 별이 다가와, 갈대가 다가와, 새들이 다가와 말을 겁니다. 그 말들을 마음에 담아두고 기다리면 아름다운 시가 되어 마음 밖으로 슬며시 나옵니다. 그래요. 기다림이 필요해요. 아름다운 것들엔 기다림이 필요합니다.

화를 부드럽게 하여 화해로 만들어주는 기다림, 오해를 다듬어 주어 이해로 풀어주는 기다림, 불안과 초조를 쓰다듬어 평화로움을 주는 기다림, 별들의 이야기를 곱씹어서 아름다운 동화로 만들어주는 기다림, 새들의 노래, 식물들의 푸름, 곤충들의 울음을 섬세하게 엮어서 시로 만들어주는 기다림, 이 좋은 기다림은 마음을 잘 다스리는 사람을 좋아합니다. 그래서 기다릴 줄 아는 사람은 늘 여유롭습니다. 무능하니까 할 일이 없어서 여유가 있는 것이 아닙니다. 유능하고 현명한 덕분에 여유가 있는 것입니다.

만일 무엇 하나 제대로 기다릴 줄 모른다면, 조금만 일이 늦추어져도 불안하고 초조하다면, 자신을 잘 돌아봐야 합니다. 무엇이 문제인지를 잘 살펴야 합니다. 기다림을 즐길 수 있어야, 기다림을 아름답게 색칠할 수 있어야 마음의 여유를 얻을 수 있습니다. 마음의 여유가 있어야 현재를 즐길 수 있습니다. 따라서 진정 여유 있는 사람, 그가 능력이 있는 사람입니다. 그러니까 바쁘다는 걸 자랑하려 마세요. 바쁜 척 하지 마세요. 바쁘다는 핑계로 정작 중요한 것을 놓치지 말란 말이지요. 무엇이 보다 중요한지 생각을 해보자고요. 아무리 바빠도 그 대답을, 마음의 대답을 기다려야 해요. 그러면 기다림의 미학을 체험할 수 있을 거예요.

## 마음을 곱게 색칠할 예술의 시간

마음, 참 예쁜 말이에요. 마음은 참 묘합니다. 넓을 땐 한없이 넓어져서 세상 전부를 받아들일 만큼 넓습니다. 그러다 좁아질 땐 한없이 좁아져서 도무지 그 무엇도 안 받아들이려 고집을 부립니다. 때문에 마음 좁은 좁쌀영감도 있고, 바다 같은 넓은 마음의 신사도 있습니다. 우리 안에 있는 이 마음, 그 무엇이 들어가든 나올 때는 달리 나옵니다. 추한 것을 받아들여도, 악한 것을 받아들여도, 아주 보잘 것 없는 것을 받아들여도, 작동만 잘하면 그것들이 아름다움을 곱게 칠한 예술이나 문학 작품으로 나오기도 합니다.

마음에는 정화장치가 있습니다. 무엇이 들어오든 그것을 곱고 아름답게 바꾸어주는 장치 말입니다. 이 정화장치가 잘 작동하지 않는다면 받아들이는 것도 가려야 합니다. 자칫 잘못 받아들이면, 그리고 그것을 잘 정화할 수 없다면 마음은 그야말로 쓰레기통이 되고 맙니다. 때문에 우선 잘 골라서 받아들이는 지혜가 중요합니다. 그 다음엔 그 받아들인 것을 어떻게 소화하느냐가 중요합니다. 비록 잘못 받아들였어도 잘만 소화하면 추함이 변하여 아름다움으로, 악함이 변하여 선함으로 발현될 수 있습니다. 그런 점에서 제 마음을 잘 다스리는 지혜, 제 마음을 정화하는 의지가 참 중요합니다.

마음의 정화장치, 그것이 작동하려면 기다림이 필요합니다. 받아들인 것들이 제대로 삭혀져서 아름다운 말들로, 선한 것으로 발아하기까지 기다려야 합니다. 그렇게 우리 마음에서, 내 안에서 표현할 말이 고이 자라면 아름다운 표현들이 나오기 시작합니다. 그러면 그렇게 자라난 언어들은 백지를 곱게 채워 갈 겁니다. 그리하여 우리 마음에서 발아된 언어들은 시가 되고, 노래가 되고, 그림이 되어 뭇사람들을 기쁘게 하고, 감동을 받게 합니다. 그 마음은 얼마나 예쁜가요? 지혜로운 기다림이라면 누구나 그런 아름다운 마음을 가질 수 있어요.

조급한 마음을 갖지 말자고요. 내게 내일이 주어지지 않는다 해도, 지금 이 순간밖에 나의 시간이 아니라 해도 기다려야 해요. 발효음식은 발효되는 시간을 기다려야 하듯이, 알밤이 여물려면 오랜 가을 햇살을 받아야 하듯이, 무엇이든 그럴 만한 시간이 필요합니다. 그걸 기다리지 못하니까 사람들이 조급합니다. 초조해 하고 알 수 없는 불안에 휩싸입니다.

오늘도, 아니 지금 이 순간도 우리는 마음으로 아주 많은 것들을 받아들입니다. 쉼 없이 받아들입니다. 그렇게 원하든 원하지 않든 받아들여진 것들은 마음의 씨앗입니다. 그것들이 마음에서 발효되기를 기다리지 않고 그냥 내보내면, 대개는 부정적인 것들로 그냥 나갑니다. 너무 더딘 것도 문제지만 삭히지 않은 정보, 소화시키지 않은 정보, 무르익지 않은 정보를 성급하게 밖으로 내보내면, 그것은 대개 거칠고, 불편하고 부정적인 표현이 됩니다. 그러니까 정보에 따라 다르지만 삭힐 시간, 소화시킬 시간, 발효시킬 시간, 다듬을 시간이 필요합니다. 그 기다림이 우리를 아름다운 예술가로, 시인으로, 작가로 만들어줍니다.

투박하고 거친 언어들이 내 안에서 긍정적으로 자라나서 부드럽고 아름다운 언어로 바뀌어 나온다면 얼마나 신나겠어요. 마음의 시간, 마음의 시간은 잘만 다스리면 아주 위대합니다. 마음을 잘 작동시키면 우리 안에 들어와 녹여지는 언어들, 정보들은 곱게 자라서 아름다운 시나 산문 같은 문학작품으로, 그림과 같은 예술작품으로, 자기나 어떤 도구 같은 고상한 생활용품으로 별현될 수 있습니다. 그러니 마음이 얼마나 아름다운 거냐고요. 물론 그 아름다운 마음을 쓰레기통으로, 걸레통으로, 분쟁의 장으로 만드는 이들도 있지만. 우리는 우리 마음을 아름답게 가꾸어야 합니다. 그러려면 무엇보다 그에 걸맞는 기다림이 필요합니다.

# 지금,
# 나를 제대로 세우는 시간

추억은 아름답습니다. 다시 말하면 지난 일은 모두 좋은 것 같습니다. 현실이 괴로우면 괴로운 대로 옛날이 그립고, 현실이 즐거우면 즐거운 대로 옛일이 그립습니다. 현재가 괴로우면 과거의 그 달콤함을 유지하지 못했음이, 지키지 못했음이 아쉽습니다. 하지만 아무리 이렇게 저렇게 복계를 한들 마음뿐이지 이미 '과거는 흘러갔다' 입니다. 그렇다고 그 과거가 반드시 지금보다 좋았다고 볼 수도 없지만, 세월이란 감각을 무디게 만들어주는 힘이 있습니다. 때문에 아렸던 기억들은 사라지고 좋은 기억만 남습니다. 하지만 실제로 과거를 재생한다면, 그래서 그 과거가 현재로 돌아온다고 해도 지금 누리는 현재처럼 불만이기는 마찬가지일 겁니다.

지금 좋은 사람들, 소위 남 보기에 행복한 사람들, 그들도 과거를 그리워합니다. 그들의 삶은 겉과 속이 달라서입니다. 남들이 보기에 즐겁지만, 남들이 보기에 잘 나가지만, 남들이 보기에 화려하고 행복하지만, 실제의 자신은 그렇지 못한 때문입니다. 사람은 다른 동물들과 달리 의미를 먹고 살아야 하는 존재이기 때문입니다. 남들 보기에 화려한 삶은 남들의 기준에 맞춘 행복이기 때문입니다. 남의 기준에 맞춘 행복, 달리 말하면 사회의 기준에 맞춘 행복은 진정한 행복이 아닙니다.

때로는 그 성공으로 바쁘니까, 그 상황이 계속 이어지니까 그게 행복이려니, 진정한 성공이려니 잊고 삽니다. 그러다 그 맥이 끊기고 자신을, 진정한 자신을 찬찬히 돌아보는 시간이 옵니다. 그때 느끼는 허망함, 그제야 진정한 자신의 상황을 깨닫게 되는 겁니다. 마치 시시포스가 신들의 벌을 받아 끝없이 돌을 언덕으로 굴러 올리다가 언덕에 이르러 짐을 내려놓고 고뇌하게 되는 것처럼 말이지요. 때로 나를 돌아보는 시간은 두려움의 시간, 괴로움의 시간입니다. 제 삶을 살지 못하고 남의 삶, 남들의 맞춘 삶을 살기 때문입니다.

그게 성공적인 삶이려니, 그게 행복한 삶이려니, 우리는 그렇게 삽니다. 그러다 그게 깨어지는 날, 그 장막이 거두어지고 자신의 진정한 현실을 돌아보는 날이 옵니다. 그래서 행복한 듯 보이는 사람, 성공적인 삶을 사는 듯 보이는 사람, 그런 사람이 어느 날 갑자기 스스로 삶을 마감하는 이유가 그 때문입니다. 자기 삶의 의미 찾기, 생각이 있는 사람이라면 그 순간이 괴롭기 때문입니다. 자기 삶의 의미를 찾는 것, 그것은 다름 아닌 자기 기준에 맞춘 행복, 자기 기준에 맞춘 성공은 다른 사람들의 기준에 맞춘 것들과는 다르다는 의미입니다. 때문에 가끔 자신의 현주소를 찾아봐야 합니다.

진정한 자기만족을 추구해야 늘 행복하게 살 수 있습니다. 빽빽한 일정, 끝없을 듯 치솟는 인기, 연일 터지는 박수소리, 그것도 한 때입니다. 잊고 살던 자기정체성, 자기 기준에 맞춘 성공 그리고 자기 기준에 맞춘 행복과 사회가 원하는 기준, 다른 사람들이 생각하는 기준과의 그 괴리가 우리를 우울하게 하고 힘들게 합니다. 그러니까 차라리 틀에 갇힌 삶이 아니었던, 보다 마음이 자유로웠던, 페르소나가 덜 두꺼웠던 때를 그리워합니다. 사람은 자기만족, 지기기준에 맞춘 삶이 제일 중요하기 때문입니다.

하지만 세상사란 게 자기가 좋아하는 일만 하면서, 자기기준에 맞춘 일만 하면서 살 수는 없습니다. 다른 동물에 비해 고상한 동물이라고는 해도 우선 생존의 문제를 해결해야 하고, 이어서 종족 보존의 문제를 해결해야 하기 때문입니다. 그러고 나서 잉여 욕구의 고상한 문제를 해결해야 합니다. 내가 좋아하는 일을 하면서 이들 문제를 동시에 해결할 수 있다면 그야말로 행운아 중의 행운아입니다. 그렇다면 그런 행운은 아주 극소수나 가질 수 있는 것이겠지요. 그럴까요? 좋아하는 일을 하면서 생존의 문제도 해결할 수는 없냐고요? 지금 하는 일을 좋아하려 애를 써서 어느 정도는 가능할 겁니다. 그러니 그걸 하자고요. 피할 수 없으면 즐기란 말대로 해보는 거지요. 가능합니다. 좋아하는 일이 아니었어도 마음을 바꿔 뼛속까지 그 일을 좋아하게 될 수 있다면, 언제든 난, 미래의 난 늘 행복할 겁니다. 우리는 모두 내일의 아름다운 승자입니다.

# 지금,
# 천 년을 살 것처럼 사는 여유의 시간

일을 하던 사람이 일을 잃으면 한동안 멍한 상태에 빠집니다. 박수를 먹고 살던 연예인은 더 이상 박수 소리가 사라지면 완전히 패닉 상태에 빠집니다. 이처럼 사람은 무엇인가를 성취하려 애를 쓰면서, 그 무엇을 얻고 싶습니다. 다른 한편으로는 자신이 가진 것을 유지하고 싶습니다. 자신이 가진 것을 지키고 싶습니다. 그러다 보니 때로는 능력이 안 되면 한 번은 괜찮겠지, 그 마음으로 편법을 쓰기도 하고, 남을 속이기도 합니다. 살짝 무늬만 바꾸어 요령껏 이렇게 저렇게 바꾸면서 순간을 모면합니다. 때로 운이 좋으면 제법 오래 그런 대로 자신의 능력을 포장하며 견뎌낼 수 있습니다.

그 순간을 그렇게 모면할 수는 있지만, 그 상황에서는 그런 대로 만족할 수 있지만, 혼자 있는 시간이면 그것이 언제 끝날까, 언제 들통 날까 안절부절 못합니다. 초조합니다. 불안합니다. 대중과 함께 있을 때, 여럿이 있을 때는 잊고 있다가 혼자 있는 시간이면 초조하고 불안합니다. 양심이란, 자가진단이란 혼자 있을 때 활발하게 활성화되기 때문입니다. 이것이 심해지면 우울증에 걸릴 수 있고, 심하면 극단적인 행동으로 자기 파괴를 하기도 합니다.

왜 그런 일이 생길까요? 조급증 때문입니다. 뭔가를 빨리 성취하려는 욕심이 그렇게 바쁘게 몰아갑니다. 그러다 보니 시간을 따지고 시간의 노예로 삽니다. 남과의 비교 때문입니다. 남은 잘하는데 자신은 그렇지 못하다는 강박관념으로 슬쩍 자기 실력이 아닌 사이비 실력을 차용하기 때문입니다. 그러니까 조급할 것도 아니요, 남과 자신을 굳이 비교할 이유가 없습니다. 어차피 살아가는 동안 하고 싶은 일 다하고 살 수 없습니다. 이루고 싶은 것 다 이룰 수 없습니다. 따라서 적당히 자신의 능력에 맞추어 내려놓을 것 내려놓고, 비울 만큼 비우고 살아야 합니다. 그러면 시급을 다투지 않고 시간의 주인으로 여유를 찾으며 살 수 있습니다.

"사람들은 기기에게 점점 더 많은 이야기를 해달라고 요구했다. 엄청난 속도에 얼이 빠진 기기는 모모에게만 들려 준 이야기를 정신없이 차례 차례 털어 놓았다. 드디어 마지막 하나 남은 이야기마저 털어 놓자, 그는 불현듯 자기가 고갈되고 텅 비어 버려 더 이상 아무 이야기도 꾸며 낼 수 없을 것 같은 느낌이 들었다.

자칫하면 성공을 놓칠 수도 있다는 두려움에 사로잡힌 기기는 이미 들려주었던 이야기를 등장인물 이름만 살짝 바꾸고, 조금 손질을 해서 다시 들려주기 시작했다. 하여튼 이로 인해 수요가 감소

되지는 않았다. 기기는 물에 빠진 사람이 나무토막에 매달리는 심정으로 결사적으로 매달렸다. 이제 그는 부와 명성을 거머쥐었다. 그리고 그것은 그가 항상 꿈꾸던 것이 아닌가?"

임시변통으로 넘기는 일은 그리 오래 가지 못합니다. 잔머리로 때운 것은 곧 펑크가 나고 맙니다. 비록 내일 세계가 종말일지라도 급히 서두를 건 아닙니다. 하루를 살아도 천 년을 사는 마음으로 살 것이요, 천 년을 살아도 단 하루를 살 것처럼 완급을 조절하며 살아야 합니다. 그 비결은 당장의 변칙적인 성공, 기초 없는 성공, 준비 없는 성공, 편법의 성공을 지양하고, 기초 든든한 성공, 차근차근 챙겨가는 성공, 자기 소진 이전에 자기 충전을 우선 하는 성공을 지향해야 합니다.

비록 지금 남보다 느리더라도, 남이 얻는 기회를 나는 못 얻을지라도, 천 년을 살 것처럼 느긋하게 자신을 단단히 하며, 자신의 능력의 뿌리를 깊게 내리면 그것이 나중엔 남보다 더 빠른 길입니다. 남보다 더 오래 버티는 맷집입니다. 그러니까 지금 늦는다고 패자가 아닙니다. 패자는 지금 서둘러서, 원칙 없는, 준비 없는, 기초 없는, 그저 허세로 성공하는 자입니다. 지금은 좀 울어도 슬퍼도 괜찮습니다. 내일에 더 많이 웃을 수 있도록 지금은 여유를 가지고 자기충전을 우선 할 때입니다. 당신은 내일의 아름다운 승자입니다.

# 07

# 우선멈춤,

## 삶의 속도를 조절하는 시간

## 자기 존재 이유를 생각하는 시간

호사다마好事多魔란 고사성어가 있습니다. "좋은 일에는 흔히 시샘하는 듯이 안 좋은 일들이 많이 따름"이란 의미입니다. 우리가 늘 삶에서 긴장해야 하는 이유입니다. 좋은 일에는 늘 좋은 일만 연이어 일어나면 좋으련만 그렇지 않은 안 좋은 일이 따르기 때문입니다. 한 다리 길면 한 다리 짧다는 말이 있듯이 말입니다. 그럼에도 우리는 늘 좋은 일만 있기를 바랍니다. 당연히 그래야 하고요. 그러면 그렇게 늘 좋은 일들만 있도록 사는 방법은 없는 걸까요? 왜요, 세상에 노력하면 안 될 일이 있겠어요. 답은 간단해요. 상황에 맞게 변하더라도 첫 마음을 잊지 않는 겁니다.

첫 마음을 잊지 않고 살겠다, 첫 마음으로 겸손하게 열심히 일하겠다, 변하지 않겠다, 흔히 공직자 또는 스타들이 하는 말이지요. 그런데 그 마음을 간직하고 살던 이들이 왜 때로 변하는 걸까요? 하긴 변하지 않겠다는 말은 애초에 어려운 거였습니다. 아무리 상황이 바뀌어도 변하지 않고 늘 그 모습으로 산다는 건 어떤 면에서는 무능하다는 의미일 수 있습니다. 삶의 현장은 늘 고여 있는 물처럼 현상을 유지하는 것이 아니라 늘 변하기 때문입니다. 그러면 그 현장에 맞게, 현실에 적응하며 살아야 하는 건 당연합니다. 변해야 능력이 있다는 의미지요. 그러니까 첫 마음이란 삶의 방식을 바꾸지 말라는 것이 아니라, 오만해지거나, 자세를 흐트러뜨리거나, 자기정체성을 잊지 말라는 것입니다.

때문에 주의해야 할 것, 이를테면 잘 나갈수록 자신을 돌아보아야 한다는 의미입니다. 사람은 누구나 상황에 따라 들뜨기도 하고 가라앉기도 하기 마련입니다. 주변의 분위기를 탄다는 것이지요. 그럴 때 자기 철학이 없이 살면 그때부터는 자신의 삶을 사는 게 아니라 다른 사람의 삶, 내가 아닌 다른 사람의 삶을 사는 겁니다. 자기 시각으로 사는 게 아니라 다른 사람의 시선에 맞추어 살려 합니다. 다른 사람의 입에서 나오는 기준에 맞추어 살려 합니다. 그러다 보니 행복한 듯 살아도, 즐겁게 사는 듯 살아도 공허하고, 허전하고 외롭습니다. 때문에 자기 철학을 가져야 합니다. 그것이 첫 마음을 유지하는 것입니다.

어떻게 살든 시류에 따라 살아도, 남들 기준에 맞추어 살아도, 점점 더 좋게, 좋은 일이 거듭될 수 있습니다. 하지만 그렇게 사는 게 성공적인 삶은 아닙니다. 사람은 성공만 먹고 사는 존재가 아니기 때문입니다. 재능을 인정받고 다른 사람들의 주목을 받을 수는 있습니다. 그럼에도 한편으로는 마음의 허전함이나 불안 또는 초조함이 가끔 기습을 한다면 그 성공적인 삶은 오래 가지 못합니다. 그건 행복에서는 멀기 때문입니다. 자신의 재능이 출중하여 그 힘으로 성공의 길로 접어든 기기는 일의 현장에서는 기쁘게 지내지만, 저녁이 되어 혼자의 시간이면 지난 시절이 지나치게 그립습니다.

살다가 어쩌다 자신을 돌아보는 순간이 옵니다. 아무리 바빠도 사람은 진지하게 자신을 되돌아보는 순간이 옵니다. 그럴 때 자신의 삶을 살지 못하고 있다면 겉으로는 화려해도 속으로는 골병이 들고 있음을 알게 됩니다. 그저 세상에 떠밀려서, 성공에 떠밀려서, 다른 사람이 원하는 삶에 초점을 맞추고 살기 때문입니다. 사람은 자신의 삶을 살 때 행복합니다. 아무리 화려해도 자신이 원하는 삶이 아닌 다른 사람이 원하는 삶이라면 불행합니다. 사람은 세상 그 무엇보다 자신의 존재의 이유, 자기 존재의 가치를 찾는 존재이기 때문입니다.

사람은 사람으로 살아야 행복합니다. 그런데 잘 나갈수록, 잘 될수록 자기 삶을 살기가 어렵습니다.  무엇보다도 사람은 그저 배고픔이나 갈증과 같은 육체적인 음식만 먹고 살 수 없다는 겁니다. 배고픔으로, 갈증으로 살아갈 용기를 잃기보다는 자신의 존재 의미를, 존재 이유를 잃었을 때 살아갈 용기를 잃는 경우가 더 많습니다. 그것이 다른 동물과 다른 점입니다. 때문에 사람은 먹고 사는 문제와 함께 자기 가치의 문제를 해결해야 합니다. 무엇보다 자신의 철학, 나름의 가치관을 갖고 그것을 지켜 나가야 합니다. 그것이 바로 첫 마음을 유지하는 방법입니다. 호사다마, 늘 좋은 일들이 이어지도록 자기 소신을 가지며 자기존재 이유를 만들며 살았으면 합니다.

# 삶의 근육 키우기

세찬 바람에 나무들이 여기 저기 쓰러져도 굳건히 선 나무가 있습니다. 같은 세기의 바람을 맞았어도 든든히 서 있습니다. 그 나무는 뿌리를 깊이 그리고 넓게 내린 덕분입니다. 이 나무는 한편으로는 뿌리를 깊이 내려 곧게 서면서 깊은 곳에서부터 물과 양분을 빨아들입니다. 다른 한편으로는 뿌리를 여기 저기 넓게 뻗쳐서 다양한 양분과 물을 충분히 흡수합니다. 그렇게 깊게 뿌리를 박아 단단히 서고, 그렇게 뿌리를 넓게 뻗어 많은 땅을 움켜잡으니 웬만큼 강한 바람에도 충분히 견딜 수 있습니다. 무르지 않게 제 몸을 단단한 근육을 늘렸기에 웬만한 바람에도, 웬만한 가뭄에도 든든히 서서 자태를 뽐냅니다.

나무, 우리의 삶을 닮았습니다. 지식으로, 경험으로, 지식과 경험의 조화를 이룬 지혜로 삶의 근육을 키운 사람은 웬만한 고난이나 역경을 당해도 능히 버텨낼 수 있습니다. 그걸 기회로 삼아 오히려 더 강한 삶의 근육을 만들어 갑니다. 나무가 뿌리를 깊이 내려 가뭄이나 바람을 이기듯이 지혜로운 사람은 깊이 있는 지식을 갖추고, 폭넓은 경험을 하여 삶의 근육을 단단하게 만들 줄 압니다. 그는 뿌리 깊은 나무처럼 다른 이들의 질투에도, 흔들어댐에도, 시기와 질투에도 의연하게 대처하며 여유 있게 살아갑니다.

하지만 어리석은 사람은 조그만 성공에도 우쭐하여 안하무인이 됩니다. 저 잘난 맛에 남들을 우습게 여깁니다. 그러면서도 지금의 그 상황이 오래 갈 줄로 압니다. 그러다 남들이 조금만 비난을 해도, 조금만 어려움을 당해도 크게 낙심하고 맙니다. 때문에 그들은 그런 상황이 두렵고 불안하여 계속 무리하게 남을 속이고 자신을 속입니다. 처음엔 남을 속이다가 점차 그것이 습관화되면 마치 그것을 진실인양 생각합니다. 그러니 스스로가 스스로를 속이는 겁니다. 자신이 자신을 속이면서도 자기 최면에 빠져 자신이 억지로 만든 자신의 모습을 진정한 자신으로 착각하는 겁니다. 그러다 시련의 날, 그 진실이 밝혀지는 순간이 오면 그래도 쓰러져 재기하지 못하고 맙니다. 때문에 자신을 스스로 속이는 단계에 이르면 끝장난 인생입니다. 그전에 제자리를 되찾아야 합니다.

“자네는 아무것도 아니야. 우리가 자넬 만든 거야. 자네는 고무인형에 불과해. 우리가 자넬 빵빵하게 불어준 거지. 하지만 우리 비위를 건드리면 다시 공기를 빼낼 거야. 자네는 정말 자네 힘과 보잘 것 없는 재능으로 지금의 자내가 되었다고 믿나? … 불쌍한 애송이 기기. 자네는 몽상가고, 영원히 그럴 거야. 예전에 자네는 가난뱅이 기기의 탈을 쓴 기롤라모 왕자였지. 하지만 지금은 어떻지? 기롤라모 왕자의 탈을 쓴 기기인 거야. 그래도 우리에게 감사해야 해. 우리 덕분에 자네의 꿈이 실현되었으니까."

처세를 따라, 남들 따라 살다 보니 너무 멀리 왔습니다. 이쯤 되면 되돌아가기 어렵습니다. 돌아가려면 지금까지 애써 이룬 것들을 모두 포기해야 하기 때문입니다. 지금의 자리를, 지금의 지위를, 지금의 부와 명예를 포기하고 이전의 가난했던 날들, 별 볼 일 없던 날들로 돌아가려면 아주 큰 용기가 필요합니다. 그만큼 남을 의식하지 않고 자기만의 삶을 살기란 어렵습니다. 비록 지금처럼 화려하지는 않았으나 마음의 여유가 있었던 때, 모모와 조곤조곤 이야기를 나누면 마음 편히 살았던 때를 기기는 그리워합니다. 그때로 돌아가고 싶습니다. 그러려면 지금의 자신을 모두 내려놓아야 합니다. 지금의 화려한 삶, 남들이 우러러보는 삶, 박수를 받는 삶, 그 모두를 포기해야 합니다. 그러니 그게 아주 어렵습니다.

화려한 삶, 주목 받는 삶, 그 삶은 아름다웠습니다. 그런데 말이지요. 어느 순간 그게 제 삶이 아니라는 걸 느끼는 겁니다. 자신은 청중의 어릿광대요, 다른 사람들을 위한 배우요, 그들의 꼭두각시라는 걸 깨닫습니다. 그 아름다운 것 같고, 멋진 것 같은 삶 속에 다른 사람들만 있고 나는 없는 겁니다. 그런데 이 자리를 포기하기 어렵습니다. 싫습니다. 그러나 압니다. 언젠가는 그 모두를 내가 원하지 않아도 내려놓아야 하는 순간이 온다는 것을. 그러니까 우리는 항상 자신을 잃지 않고, 자신의 정체성을 찾으며 살아야 합니다. 얻는 만큼 내려놓는 연습을 하며 살아야 합니다. 다름 아닌 늘 겸허하게 공부하며, 자신의 삶의 근육을 탄탄하게 키워야 합니다.

# 자율적인 삶을 살아가기

붕어빵이라고도 하고 잉어빵이라고도 하는 빵이 있습니다. 똑같은 빵들이 기계 속에서 익어 나옵니다. 그러면 모두 같은 이름으로, 같은 가격으로 팔립니다. 이와 마찬가지로 수많은 공산품들이 같은 틀에서 똑같은 모양으로 만들어져 나옵니다. 왜 갑자기 상품 타령이냐고요? 요즘 우리 사회가 그렇다는 겁니다. 아이들을 모두 같은 모양 같은 꼴로 키우고 있습니다. 마치 같은 틀에서 만들어지는 공산품처럼, 우리 아이들은 똑같이 피아노학원에 가고, 미술학원에 가고 체육관에 갑니다. 이런 식으로 아이들은 똑같은 교육을 받으며 성장합니다. 이를테면 붕어빵들이 모두 같은 것처럼, 우리 아이들 역시 같은 틀에서 찍어내듯 그런 교육과정을 거친다는 겁니다.

이런 교육이나 삶이 아이들이 원해서가 아니라 부모가 원한다는 겁니다. 아이들이 초조해 하는 게 아니라 부모들이 초조해합니다. 아이들이 서로를 비교하며 서로 경쟁하기보다 부모들이 내 아이와 남의 아이를 비교하여 서로 경쟁합니다. 때문에 아이들은 그들 자신의 삶을 사는 게 아니라 부모가 정해준 삶을 살려 애를 씁니다. 부모의 희망을, 부모가 원하는 삶을 대신 삽니다. 그렇게 어른들의 인생을 대신 살아줘야 착한 아이, 모범생 소리를 듣습니다. 부모가 가라는 곳에 가고, 부모가 하라는 일을 합니다. 언제까지나 부모의 슬하에서 살 수 있는 것도 아닌데, 우리 아이들은 그렇게 아이들의 인형으로 살아갑니다.

아이들 스스로 자기 인생을 결정하는 게 아니라 부모가 결정합니다. 그러다 보니 부모가 바쁘니까 아이들도 덩달아 바쁩니다. 그저 혼자 서서 걸을 수 있다면 그때부터 부모의 등쌀에 못 이겨 이 학원 저 학원으로 다니느라 바쁩니다. 이 공부 저 공부 하느라 무척 바쁩니다. 그렇게 시작된 아이들의 삶은 그대로 바쁘게 바쁘게 어른으로 이어집니다. 그렇게 애써 배우고 익힌 것이 실제 사회생활에서 모두 필요한 것도 아닌데 남들이 배우는 것이라면 모두 배워야 합니다. 그렇지 않으면  부모들이 안달 나서 견딜 수 없어 합니다. 그랬던 것이 아이들에게 전염이 되어 중·고등학생이 되면 그때부터는 자신도 모르게 초조함부터 배워 왠지 초조해 하고 불안해합니다.

이제는 어린 아이들마저 바쁘게 만들려 합니다. 그렇다고 아이들이 시간을 잘 관리할 줄 모릅니다. 그러니까 어른들을 부추깁니다. 해서 어른들은 아이들의 시간표까지 짜 놓고 그 시간표에 맞추어 살도록 강요합니다. 그러니까 아이들도 어른들처럼 시간에 쫓기며 살아갈 수밖에 없습니다. 마치 고삐 매여진 송아지처럼 제 자신의 생각은 무시당하고 어른들이 원하는 대로 이리 저리 끌려 다닙니다. 게다가 한술 더 떠서 나보다 잘난 이웃 친구와 비교 당하며 치욕을 겪어야 합니다.

게다가 어른들이 어떤 모범생이란 모델을 정해 놓으면 그 모범생과 똑같이 되려고 무진 애를 씁니다. 붕어빵 기계에서 빠져나오는 붕어빵들처럼 되려고, 공장의 어떤 틀에서 구워져 나온 공산품들처럼 되려고 그렇게 남을 닮으려 무진 애를 씁니다. 그렇게 닮은 꼴이 되면 훌륭하다, 모범생이다, 성공했다는 칭찬을 듣습니다. 그렇지 못하면 사회의 낙오자로, 불량학생으로, 실패자도 낙인을 받습니다. 그러니 어른들이 하라는 대로 할 수밖에 없습니다. 그저 어른들이 원하는 삶을 사는 게 당연하고, 그렇게 살아야 당연하다고 생각합니다. 그러니까 자율 없는 삶을 사는 겁니다.

어려서는 바쁘지 않아도 될 텐데도 어른들의 극성으로 아이들도 바쁩니다. 그러면서 아이들은 어른들에게서 진정한 삶을 배우는 게 아니라 바쁘게 사는 법만 배웁니다. 개성을 배우는 게 아니라 몰개성을 배웁니다. 자율을 배우는 게 아니라 타율을 배웁니다. 그렇게 살다 보니까 무엇 하나 스스로 결정하는 데도 매우 어려워합니다. 그들은 세상을 사는 법이 아니라 세상에 맞춰 사는 법을 배웁니다. 그렇게 아이들은 똑같은 모양의 사람들이 되려 합니다. 그리고 그걸 성공이라 여깁니다. 그러니까 아이 적부터 붕어빵 연습, 공산품 연습만 합니다. 자신의 정체성도 모르고 삶의 의미도 모르고 삽니다. 때문에 아이들에게는 스스로의 삶을 결정하며 살아가는 자율을 가르쳐야 합니다.

## 시간을 속이지 않기

기독교가 부패할 대로 부패하여 면죄부를 돈을 받고 파는 시대가 있었습니다. 면죄부를 사기만 하면 죄사함을 받고 죽어서 천국에 갈 수 있다는 것이었습니다. 부패한 종교, 타락한 종교를 제대로 세우려는 마르틴 루터에 의해 종교개혁이 일어났습니다. 여기에서 기독교는 크게 둘로 갈라져서 구교와 신교로 나누어졌으니, 그가 주도하여 일으켜 세운 종교가 개신교입니다. 그의 반박문 95개항은 유명합니다. 바로 그 분, 마르틴 루터는 이런 말을 했습니다. "거짓말은 눈뭉치와 같아서 굴리면 굴릴수록 점점 더 커진다"고 말입니다.

요즘 유행하는 말 중에 "네가 거짓말 세 마디를 잘할 수 있다면, 너는 훌륭한 사기꾼이 될 것이다. 네가 A4 한 장 분량의 거짓말을 제대로 할 수 있다면, 너는 훌륭한 정치가 될 수 있다. 그리고 네가 만일 한 권 분량의 거짓말을 제대로 해낼 수 있다면, 너는 괜찮은 작가가 될 수 있다"라는 말도 있습니다. 물론 누가 거짓말을 하느냐에 따라 질적인 차이가 있습니다. 사기꾼이 거짓말을 하면 거기에 당해 피눈물 흘리는 사람들이 있습니다. 정치인이 거짓말을 잘하면 사회가, 국가가 어지럽습니다. 하지만 작가가 거짓말을 잘하면 잘할수록 많은 사람들에게 웃음을 되찾게 할 수 있습니다. 행복하게 할 수 있습니다. 마음의 치유를 얻게 할 수 있습니다. 그만큼 거짓말을 잘해야 할 사람이 있고 거짓말을 해서는 안 되는 사람들이 있습니다.

이 거짓말, 일단 거짓말을 하고 나면, 그 거짓말은 거기서 멈출 수 없는 경우가 대부분입니다. 특히 하면 할수록 좋지 않은 거짓말이 그런 거짓말입니다. 일단 한 번 한 거짓말을 하고 나면 그 거짓말을 감추려니까 또 다른 거짓말을 거기에 덧입혀야 합니다. 그러다 보니 거짓말은 또 거짓말을 낳습니다. 그런 식으로 거짓말은 거짓말 위로 구르고 굴러가면서 점점 큰 거짓말 덩어리로, 거짓말 산으로 변합니다. 결국 감당할 수 없는 지경이 되어야 결판이 납니다. 그 결말은 아주 비참하겠지요. 돌이킬 수 없을 만큼 구른 다음엔 감당할 수 없으니, 극단적인 선택을 할 수밖에 없을 상황에 빠지고 맙니다.

모모의 좋은 친구였던 기롤라모, 순수했던 친구 기롤라모가 그 길을 걷습니다. 모모 덕분에 인기가 좋아지자 이제 모모를 만날 시간도 없습니다. 항상 새로운 이야기를, 재미있는 이야기를 만들어 내던 그가 인기스타가 되니까 부르는 곳도 많고 할 일도 많아집니다. 그러니까 새로운 이야기를 꾸며낼 시간도, 마음의 여유도 없습니다. 그러니까 이제 써먹은 이야기를 조금만 각색해서 써먹더니, 나중엔 아예 그 이야기 속 등장하는 주인공 이름만 바꾸어 써먹습니다. 그럼에도 한 번 그에게 빠진 사람들은 그것도 모르고 그저 환호를 보냅니다. 그는 거기에 재미를 느낍니다. 그래도 되는구나 싶어서 그런 대로 살아갑니다. 때로 이래선 안 되는 거야, 팬들에게 사기를 치는 거야 가책을 느낄 때도 있습니다.

하지만 다시 팬들의 박수가 울려 퍼지면 언제 그랬냐는 듯 양심의 소리는 사라집니다. 그런 반복 속에 양심의 소리는 사라지고 자기 합리화되어 이젠 자신이 남을 속이면서도 속이는 줄 무릅니다. 자신이 자신을 속이면서도 자신이 자신에게 속는 줄 모릅니다. 그게 바로 자기합리하라는 무서운 함정이란 것을 모릅니다. 거짓말이 거짓말을 덮으면 더는 그 거짓말을 느끼지 못하기 때문입니다. 그렇게 거짓말은 거짓말이 아닌 양 포장되어 눈덩이처럼 커져가는 겁니다. 그러다 드디어 자신을 되찾았을 땐 멀리 와도 너무 멀리 와서 이전으로, 첫 마음으로 되돌아갈 수 없습니다. 할 수 없이 거짓말을 그저 굴려댈 수밖에 없습니다. 그게 자신이 자신에게 사기를 치는 겁니다.

내일이면 늦습니다. 지금이라도 내 삶을 제대로 돌아봐야 합니다. 그래서 자신의 현주소를 제대로 찾아서 자신의 본질로 돌아와야 합니다. 거짓된 삶이면 지금 고백하는 겁니다. 그래야 극단에 가지 않고 제 삶을 제대로 살 수 있습니다. 이제껏 살아온 날들보다 더 중요한 건 앞으로 살아갈 삶이기 때문입니다. 임시 임시변통으로 지금의 그릇된 삶을 덮으려하기보다 지금 수정하라는 겁니다. 지금 돌아서라는 겁니다. 거짓말은 눈송이로 족합니다. 그게 눈덩이가 되는 순간 이미 늦습니다. 남을 아리게 하는 거짓, 세상을 어지럽게 하는 거짓이 아닌, 다른 사람에게 도움이 되는 거짓이라면 그건 필요합니다. 그것을 제대로 평가해서 그게 아니라면 지금입니다. 그것을 수정해야 할 때, 되돌아설 때는, 지금, 바로 지금입니다. 내일이면 그것은 눈덩이로 변할 것이기 때문입니다.

## 융통성을 기르기

바쁜 사람은 다른 생각을 할 여유가 없습니다. 멀리 바라볼 여유가 없습니다. 그저 눈앞의 대상만 바라보기 바쁩니다. 그런들 어떠냐고요? 리처드 바크는 "높이 나는 새가 멀리 본다"고 말했지요. 그러면 낮게 나는 새는 자세히 본다고 말할 수도 있겠지요. 하지만 여유 없는 사람은 가까이 있는, 눈앞에 있는 것도 제대로 볼 수 없습니다. 초조하고 불안하고 그저 앞가림하기 급급하기 때문입니다. 따라서 아무리 급하고 바빠도 우선 멈추고 멀리 조망하는 마음의 여유를 가져야 합니다.

그럼에도 우리는 그렇게 못합니다. 그러니까 창의적이기는커녕, 상상력 기르기는커녕 생각조차 없이 삽니다. 개념 없이 삽니다. 그뿐인가요? 아이들에게까지 시간을 아끼는 법을 가르치고, 그렇게 살도록 강요합니다. 이를테면 고기를 먹는 법을 가르치고, 나름 생각을 하고는 고기 잡는 법을 가르친다며 아이들을 달달 볶아댑니다. 이제 아이들은 자율을 잃고 타율적인 인간이 되어 어른이 이끄는 대로 질질 끌려 다닙니다. 아이들은 하기 싫어도 어른이 시키는 대로 해야 세상을 살 수 있다니까 그냥 따라합니다. 그래야 모범생 소리를 들으니까요. 앞으로도 잘살 테니까요.

그렇게 자란 아이들, 그렇게 교육 받은 아이들, 그들은 어른이 되어서도 타율적으로 삽니다. 남이 지시하는 대로, 시키는 대로, 일러준 대로 답습합니다. 융통성이니, 창의적이니, 그런 것들과는 멀게 지시만 기다리며 살아갑니다. 다른 사람을 배려할 생각도 없고, 그저 내가 할 일만 하면 그만입니다. 남이 남은 일을 미처 못 하고 있어도 도울 이유가 없습니다. 그렇게 아이들은 이기적으로 성장합니다. 그러고 나면 어른들은 그제야 버릇이 없다느니, 이기적이라느니 비난을 합니다. 그들을 타율적으로 만든 건 바로 어른 자신들인데도 말이지요. 사람을 기계로 만드는 시대, 사람을 도구로 전락시키는 시대, 지금입니다. 그러니 세상이 점점 더 포악하고 무서운 세상으로 변합니다.

조금 가난해도, 조금 성공을 못해도, 조금 돈을 못 벌어도, 그보다는 먼저 마음의 여유를 갖도록 아이들을 인도해야 합니다. 아이들이 원하지 않음에도 억지로 시킬 것이 아니라 아이들이 하고 싶은 것을 할 수 있도록, 재미있게 할 수 있도록 해야 합니다. 공부가 인생의 전부가 아니라는 걸, 그보다는 사람다운 사람이 되는 게 당연하다는 그런 여유를 되찾아야 합니다. 성공, 부, 권력, 명예, 사회가 제시한 그 기준을 다 갖춘다고 사람이 행복하다는 보장이 있냐고요? 타율에서는 창의력도, 상상력도 발휘될 수 없습니다. 자율적인 아이들로 키워야 할 이유가 여기에 있습니다.

새로운 생각, 창의적인 생각, 기발한 발상은 유용한 것을 배울 때 나오기보다 그저 놀다가, 소위 쓸데없는 짓을 하다가 나옵니다. 그러니까 아이들은 아이들답게 자율적으로 놀 수 있는 마당이 필요합니다. 언제까지 아이들 뒤를 따라다닐 수 없는 우리는 평생이라도 아이들을 책임질 것처럼 자신의 분신으로 키우고 있습니다. 이제는 다시 생각해야 할 때입니다. 100세 시대를 살아가면서 우리는 이전 환갑시대적 사고로 살고 있는 건 아닐까요?

# 삶의 속도조절이 필요한 이유

"느리게 갈수록 더 빠른 거야." 느리게 갈수록 더 빠르다는 말은 분명 논리가 맞지 않습니다. 여기엔 상황논리를 덧입혀야 가능합니다. 전제조건이 있어야 한다는 의미입니다. 예를 들면 산에 오르는데 한 사람은 서둘러 빨리 오릅니다. 한 사람은 천천히 걷습니다. 빨리 가던 사람이 초반에 너무 힘을 쓰는 바람에 올라가다 기진맥진하여 쉬고 있습니다. 반면 처음에 천천히 걷던 사람은 속도조절을 잘하여 그대로 꾸준히 올라갑니다. 결과는 당연히 거북이와 토끼의 경주처럼 천천히 쉬지 않고 걸은 사람이 더 빨리 올라갑니다. 이와 같은 전제가 있다면 자기능력에 맞게 천천히 걷는 사람이 느리지만 빨리 간다, 그가 자기능력 이상의 속도를 내다 지쳐서 더는 가지 못하는 사람보다 빠르다, 따라서 그런 전제조건에서는 느리게 갈수록 빠르다는 논리를 꿰어 맞출 수는 있습니다.

실제 우리 삶에서 그런 일들은 비일비재합니다. 마라톤을 한다고 합시다. 준비운동 없이 서둘러 뛰다가, 처음엔 힘이 넘치니까 빠른 속도로 달리다가 중도 포기하는 일 많습니다. 때문에 마라톤에서는 마음은 급해도 자기능력에 맞는 속도로, 자기능력에 맞게 달려야 완주할 수 있습니다. 얼마간의 정해진 거리가 있다는 가정에서 완주하려면 그 거리에 맞는 적정 속도로 달려야 중도포기하지 않고 완주할 수 있는 것처럼, 우리 삶이란 마라톤에서도 자기능력에 맞는 적정속도가 필요합니다. 서둘러서 할 수 있는 일도 있고, 서두르면 망치는 일도 있습니다. 일에 따른 적절한 속도조절의 지혜를 갖는 일, 그것이 현명한 삶의 방법입니다.

누구에게나 할 일이 있습니다. 각자에 따라 나름 중요한 일이 있습니다. 그 일들은 각자에 따라 각기 다른 일들이지만, 각 개인에게는 모두 중요합니다. 이렇게 해야 할 일들, 해야 할 일을 할 때, 자기능력에 맞게 속도조절을 해야 한다는 의미입니다. 무리하면 자칫 모든 것을 잃을 수 있기 때문입니다. '아무리 급해도 바늘을 허리에 매어 못 쓴다'는 속담처럼 모든 일에는 순서가 있습니다. 그것을 무시하면 초반엔 잘 나가는 것 같고, 잘 되는 것 같지만, 오래지 않아 돌이킬 수 없는 장애에 부딪치고, 해결할 수 없는 문제에 봉착할 수 있습니다. 때문에 세상 모든 일에 속도조절이 필요하듯 우리 삶에도 속도조절이 필요합니다.

빨리 갈수록 좋은 것, 물론 있습니다. 대부분의 경주는 빠르면 빠를수록 좋습니다. 그렇게 하여 빠른 사람만이 대우를 받습니다. 반면 빠를수록 좋은 일도 분명 있습니다. 사람은 어느 정도 나이가 들면 그 나이는 천천히 들수록 좋습니다. 시간이 정해진 연인과의 만남이라면, 그때의 시간은 아주 천천히 갈수록 좋습니다. 느릴수록 성공적인 연애요, 느릴수록 청춘의 시간이 길어집니다. 그러니까 무엇이든 서둘러야 한다는 생각, 빨라야 한다는 생각을 고정시키지 말자고요. 삶의 속도조절, 그건 아무나 하지 못합니다. 속도조절을 할 수 있다는 건 그만큼 여유가 있다는 반증이니까요.

경제적이든 어떤 상황이든 여유를 부릴만한 조건이 되어야 가능합니다. 하지만 우리 삶에 그런 조건은 잘 갖추어지지 않습니다. 그렇다면 우리는 여유를 가질 수 없다, 삶의  속도조절이 어렵다는 의미일까요? 그렇지 않습니다. 지금 소중하다고, 중요하다고 생각하는 일이나 문제를 과감히 멈출 수 있는 용기, 그런 일들을 감히 내려놓을 수 있는 용기가 필요합니다. 실제로 가만히 생각하면 정말 중요한 것이 꼭 중요한 것이 아닐 수 있습니다. 사리판단을 잘하고, 그것을 잘 구분하는 사람만이 삶의 속도를 조절할 수 있습니다. 때문에 여유, 그건 현명한 사람, 용기 있는 사람만이 얻을 수 있습니다.

## 아무 데도 없는
## 집의 시간

시간이 있기는 한가요? 시간을 본 적이 있냐고요. 시간은 보이지 않습니다. 그런데 우리는 시간을 믿습니다. 어떻게 보면 시간은 가장 많은 신도를 거느리고 있는 셈입니다. 보이지 않는 신을 믿는 사람은 인구의 절반이라면, 보이지 않는 시간을 믿는 사람은 인구의 전부니까요. 신이나 시간이나 보이지 않기는 매 한 가지이지만, 사람들은  신은 믿지 않아도 시간은 있다고 믿습니다. 보이지 않는 것들을 어떻게 믿느냐고요? 나름의 상징을 만들어 그것을 믿습니다. 이를테면 보이지 않는 것을 보이게 하는 힘, 그게 상징입니다. 일단 상징이 만들어지면 실체가 있고 없고를 따지지 않고 믿는 사람에겐 존재하고, 믿지 않는 사람에겐 존재하지 않습니다.

때문에 종교에 따라 각 종교에 맞는 상징들이 있습니다. 그리고 그 상징 안에 신의 존재가 있다고 믿습니다. 따라서 어떤 신을 믿느냐에 따라 신의 모습은 다른 모양, 다른 인격을 만나는 겁니다. 이렇게 종교에 따라 신은 다른 모습이지만, 시간이란 것은 모두 같은 모양을 갖추고 있습니다. 보이지 않는 시간, 그 시간을 사람들은 모두 일정한 흐름으로 흐르는 도구를 만들고, 그 약속을 함께 지키기 때문입니다. 그래서 사람들은 시간의 모습은 상상하지도 않습니다. 시간이 있다 없다도 따지지 않습니다. 시간은 어떤 신보다도 확고한 위치를 잡고 모든 인간을 지배하고 있습니다.

아주 다양하지만 같은 속도를 재는 시계, 그 시계를 들여다보며 사람들은 살고 있습니다. 인간 외의 다른 존재들은 시간을 있다 없다 신경 쓰지 않습니다. 때문에 그 존재들은 시간으로부터 자유롭습니다. 그냥 살아갑니다. 그야말로 순리대로 삽니다. 바쁠 것도 없고 서두를 것도 없습니다. 시간을 잴 일도 없습니다. 살면서 체득한 대로 생존의 문제를 해결하고, 종족보존의 문제를 해결하면 그뿐입니다. 그럼에도 인간보다 훨씬 오래 사는 존재도 얼마든 있습니다. 인간이 시간을 잴 수 있기 때문에 그들보다 위대하달 수는 없습니다. 어떻게 보느냐의 차이일 뿐 어떤 존재든 생장소멸은 동일하기 때문입니다.

인간이란 존재가 없었다면 시간이란 아무 의미도 없었을 겁니다. 인간이 시간을 모셔놓고 믿고 있기 때문에 시간이 존재합니다. 여타의 동물들은 그저 생존의 문제, 종족보존의 문제로 서로를 비교할 뿐입니다. 살아남으려면 어떻게 해야 하는지, 그것만 생각하고 다른 존재보다 때로는 빠르게, 때로는 더디게 살아갈 뿐입니다. 인간만이 시간을 모셔놓고 그 시간의 지배를 받고 있습니다. 마치

신을 믿으며, 신에게 복종하듯이 말입니다. 시간은 없고 생장소멸만 있을 뿐인데, 우리 인간이 시간이란 신을 만들어 모시고 있을 뿐입니다.

이 시간, 시간은 공간과 존재와 함께 더불어 있을 뿐입니다. 따라서 공간이 없다면, 존재가 없다면, 시간은 존재하지 않습니다. 시간이 우리를 나이 먹게 하고, 시간이 우리를 성장하게 하고 늙게 하는 건 아닙니다. 시간은 무에서 와서 무로 흐릅니다. 존재도 무에서 와서 무로 사라집니다. 그러니 시간을 두려워 할 필요 없습니다. 시간을 재면서 산다고 더디 늙고 더디 소멸되는 것도 아닙니다. 시간이 우리의 생장소멸을 결정하는 게 아니고, 그저 살아 있는 존재의 자연스러운 흐름일 뿐입니다. 그러니까 시간에 강박관념을 갖지 말자고요. 아! 그렇군요. 사람이라면 모두가 시간을 재기 때문에 우리 또한 시간의 구속을 받을 수밖에 없군요. 그럼에도 가능하다면 언제나 없는 거리의 아무 데도 없는 집에서 여유를 즐겨야 합니다.

08

# 우선멈춤,

## 멈추어야 발견하는 소중한 삶

# 삶을 아름답게 하는 꿈

꿈, 그건 나를 설레게 합니다. 꿈을 이룰 생각을 하면 저절로 미소가 지어집니다. 꿈이 요원한 상태로 남아 있지 않고 가까이 다가오면 가슴이 두근두근 거립니다. 꿈은 나를 기쁘게 하고, 설레게 하고, 신나게 합니다. 꿈은 나를 움직이게 하는 힘입니다. 자신감을 갖게 하는 신비입니다. 그 꿈을 이루고 싶습니다. 무슨 꿈이냐고요? 그 꿈을 혼자 간직하고 미소 지을 수 있다면 그냥 말하지 않고 간직하렵니다. 궁금한가요? 다른 사람이 내 꿈에 관심이 있는 것처럼, 나 또한 다른 사람들은 어떤 꿈을 갖고 살까 궁금합니다. 꿈, 설렘을 주는 꿈, 꿈은 참 아름답습니다.

네, 꿈은 꿈으로 남아 있을 때 아름답습니다. 가까이 다가와도, 가질 듯한 그 거리에 있어도, 거기 다 이르지 못한, 이루지 못한 꿈, 그렇게 꿈으로 남아 있을 때 아름답습니다. 물론 그 꿈의 크기는 각자 다르지만 그 꿈을 이루고 나면 지금과는 다른 삶의 시작입니다. 꿈을 이루기 전의 나와 꿈을 이룬 후의 나는 다릅니다. 겉모습은 같아도 마음가짐은 아주 다릅니다. 그 다름의 시작은 여유를 잃는 겁니다. 이전까지의 인간관계도 달라집니다. 말도 생각도 행동도 달라집니다.

아무리 아니라고 부정해도 상황이 변하면 나는 바뀌어 있습니다. 주변 사람들이 부르는 나의 호칭이 다릅니다. 대하는 모습이 다릅니다. 주변의 사람도 달라지고, 분위기도 달라지고 나니 나도 이전의 나가 아닙니다. 그럼에도 변한 나를 나 스스로 깨닫지 못합니다. 그러면서 이전의 생각들을 하나하나 잃어 갑니다. 조금씩 조금씩 어떤 이데올로기에 세뇌를 당하듯이, 아주 가는 비에 옷이 젖듯이 서서히 바뀌는 자신의 말과 행동, 사람을 대하는 태도를 인식하지 못합니다.

그런 어느 날 자신을, 변한 자신을 발견합니다. 그제야 후회스럽습니다. 사회가 원하는 성공과 내가 원하는 성공이 다름을 발견합니다. 그리고 내가 원하는 꿈은 진정으로 내가 원하는 꿈이 아니라 주변에서 부추긴 꿈, 사회가 원하는 꿈이었음을 깨닫습니다. 따라서 그 꿈이 나를 행복하게 하는 것이 아님을, 오히려 나를 괴롭게 하고, 갈등하게 하고, 허둥대게 한다는 것을 깨닫습니다. 그제야 압니다. 꿈은 꿈으로 있을 때 아름답다는 것을, 그럴 때에야 설레게 하는 게 꿈이라는 것을 깨닫습니다.

이루어서 사람을 잃는 게 꿈이라면 그 꿈은 바람직한 꿈이 아닙니다. 이루고도 사람을 잃지 않는 꿈, 이루고 나서도 사람다운 꿈,

여전히 그런 꿈 하나쯤은 간직하고 살아야 합니다. 그런 삶을 살게 하는 꿈을 갖는 게 바람직합니다. 사람이 사람다워야 하듯이 꿈은 꿈다울 때 아름답습니다. 우리 삶, 길다면 길고 짧다면 짧습니다. 그럼에도 지나고 나면 한여름 밤의 꿈처럼 그저 잠깐입니다. 그러니 꿈다운 꿈을 꾸며, 사는 것 같게, 사람답게 살아볼 일입니다. 아름다운 삶을 개척할 일입니다. 꼭 이루려는 꿈이 아니라 이루려는 꿈, 삶을 아름답게 하는 그런 꿈을 간직하며 사는 건 어떨까요?

## 불안하지 않은 행복한 삶

사람의 욕망은 끝이 없습니다. 하나를 이루고 나면 또 다른 욕망이 꿈틀거립니다. 이런 무한한 욕망 때문에 사람은 늘 만족하지 못합니다. 그 욕망 덕분에 사람은 대단한 문명을 이뤄냈습니다. 그리고 항상 진행 중입니다. 반면 인간의 욕망은 늘 우리를 바쁘게 만듭니다. 이 정도 이뤘으면 행복할 텐데 그 끝이 없습니다. 삐삐에서 핸드폰으로, 스마트폰으로 진화하면서 참 편리해졌습니다. 그저 폰 하나면 은행 일도, 메일을 보내는 일도, 사람과의 관계를 유지하는 일도 충분히 처리할 수 있습니다. 그럼에도 바쁘긴 더 바쁩니다. 뛰어다니며 하던 일을 앉아서 다 할 수 있다면 여유 있고 한가로워야 하는데 바쁘긴 점점 더 바쁩니다.

모든 것이 자동화되어 갑니다. 그만큼 사람이 하던 일을 기계가 대신합니다. 때문에 사람은 그 일에서 자유를 얻습니다. 그럼에도 더 바쁩니다. 그 일에서 놓이면 다른 일을 해야 하는 게 인간이기 때문입니다. 한없는 번잡스러움, 그게 인간의 속성입니다. 그 덕분에 인간은 다른 동물을 지배할 수 있었습니다. 그 욕망의 힘 덕분에 말이지요. 하지만 다른 동물에 비해 인간이 만족하며 살고 있을까요? 이 물음은 인간이 다른 동물보다 행복하냐고 묻는 것과 마찬가지겠지요. 만일 다른 동물들이 의사표현을 할 수 있다면, 말을 만들어 인간에게 말을 할 수 있다면, 어쩌면 동물은 인간보다 더 행복하다고 말할지 모릅니다.

삶의 여건이 좋아진다고, 진화에 진화를 거듭한다고 우리가 더 행복한 건 아니란 말이지요. 문명이 발달할수록 우리는 더 바빠지듯이, 소위 말하는 사회적인 성공을 이룰수록 점점 더 바빠집니다. 그러면 그럴수록 진정으로 자신이 원하는 삶을 사는 게 아니라 사회가 원하는 삶, 상황이 지시하는 삶을 살 수밖에 없습니다. 그럴 때면 때로 사람들의 응원과 박수, 칭송의 목소리에 묻혀 자신의 진정한 모습을 잊고 삽니다. 그러던 어느 날 자신을 돌아보는 순간이 옵니다. 그때에 진지함이 인생을 다시 생각하게 하고, 자신의 모습에 실망을 하게 합니다. 사람은 누구나 자율을 사랑하는 속성이 있기 때문입니다. 그러나 그때는 늦습니다.

인간이라면 누구나 겪는 딜레마가 있지요. 성공과 자신의 가치 사이, 꿈과 삶의 의미 사이의 불일치가 가져다주는 알 수 없는 불안과 초조, 우리는 삶의 과정에서 늘 그런 고민을 거듭합니다. 때문에 우리는 나름의 자기 철학을 갖고 살아야 합니다. 자신이 하는 일에 의미부여를 하며 살아야 합니다. 내가 가진 꿈과 내가 하는 일이 일치할 수는 없어도 어느 정도는 근접하도록 노력해야 합니다. 내가 이루려던 꿈과 지금 나의 성공이 다르더라도 그것이 서로 유의미하게 연결되도록 삶의 방향을 조정해야 합니다.

대단한 성공을 이루도고도 늘 불안하고 초조하기보다, 남들에게 박수를 받으며 굉장한 인기를 얻고도 마음이 편치 않느니보다는 비록 소박하게라도 행복할 수 있다면 그 삶이 훨씬 나은 삶입니다. 스스로 돌아보아 초라하지 않다면, 누구에게든 주눅 들지 않을 수 있다면, 남에게 손 벌리지 않고 살 수만 있다면, 그게 진정 성공적인 삶입니다. 그게 여유로운 삶입니다. 그러니 너무 서두르지 말자고요. 어떤 삶이 나 자신에게 잘 어울리는 삶인지 생각해 보고, 제대로 방향을 찾아 나 자신의 길을 가자고요. 삶의 목적, 그건 행복하게 사는 것이니까요. 현재를 살자고요.

# 행복,
# 내면의 소리가 원하는 삶

"울고 있나요 당신은 울고 있나요 아 아 그러나 당신은 행복한 사람

아직도 남은 별 찾을 수 있는 그렇게 아름다운 두 눈이 있으니

외로운가요 당신은 외로운가요 아 아 그러나 당신은 행복한 사람

아직도 바람결 느낄 수 있는 그렇게 아름다운 그 마음 있으니…"

조동진의 〈행복한 사람〉, 참 좋은 노랫말이지요. 울고 있지만 행복한 이유가 있습니다. 남은 별 찾을 수 있는 아름다운 두 눈이 있어서입니다. 외롭지만 행복합니다. 바람결을 느낄 수 있는 아름다운 마음이 있어서입니다. 그렇지요. 우리를 행복하게 하는 건 따뜻한 감정이 있어서입니다. 느낌이 있어서입니다. 우리 몸에 따뜻한 피가 흘러야 살아 있듯이, 진정 마음이 살아 있는 사람은 감정이 있습니다. 느낌이 있습니다. 그게 사람입니다. 살아 있다고 다 사람이 아닙니다. 뜨거운 감정이 있어서 때로는 아프니까, 때로는 슬프니까, 때로는 외로우니까 사람입니다.

사람은 외롭습니다. 사람은 슬픕니다. 물론 사람은 기쁩니다. 흰희롭습니다. 이를테면 느낌이 있고 감정이 있습니다. 그게 사람입니다. 그래서 내 일이 아닌 남의 일에도 슬퍼할 수 있습니다. 기뻐할 수 있습니다. 그렇게 공감하고 동질감을 갖습니다. 감정이입이 됩니다. 그런데 점점 무뎌집니다. 감정이 무뎌집니다. 그저 남의 일은 남의 일이니까 무심코 지나칩니다. 남의 슬픔은 내 슬픔이 아닙니다. 이렇게 무뎌지는 감정의 사람들, 이들을 가리켜 기계화되어 간다고 말합니다. 그 모든 게 우리를 바쁘게 만드는 환경 때문입니다.

바쁘다 바빠! 그렇게 입버릇처럼 말하는 이들은 점차 감정을 잃어갑니다. 그들은 점차 행복을 잃어갑니다. 아직 남은 별 찾으려는 순수한 마음이 있어서 울고 싶듯이, 아직 바람결을 느낄 수 있는 풋풋한 감정이 있어서 외롭듯이, 살아 있는 감정이 있는 사람은 외롭지만 행복합니다. 울고 있지만 행복합니다. 아! 난 살아있구나를 느끼기 때문입니다. 그런데 당신의 현주소는 어떠한가요? 별을 보면 눈물이 나나요? 바람결에 외롭나요? 그렇지 않다면 당신의 내면은 죽어가고 있다는 신호입니다. 내면의 소리에 귀를 기울여 보세요. 그러면 열심히 살고 있음에도 행복하지 않은 이유를 알 수 있을 테니까요.

"모모는 호라 박사 집에서 겪었던 일과 꽃과 음악에 대한 생생한 기억을 잊을 수 없었다. 눈을 감고 자신의 내면에 귀를 기울이기만 하면, 찬란하게 피어나는 꽃들이 선하게 떠올랐고, 갖가지 음성들이 연출하는 음악이 또렷하게 들려 왔다. 낱말과 멜로디가 계속해서 새로 형성되고, 끊임없이 모습을 바꾸고 있었지만, 모모는 첫날과 마찬가지로 모든 낱말들을 따라 말하고, 멜로디를 따라 부를 수 있었다…

외로움에도 여러 가지가 있는 법이다. 모모가 겪는 외로움을 아는 사람도 드물겠지만, 모모만큼 사무치게 외로움을 느낀 사람은 드물 것이다."

모모의 옆에는 친구가 없습니다. 모두가 떠났습니다. 그렇다고 모모가 불행한 건 아닙니다. 모모는 행복합니다. 자기 내면을 들여다볼 줄 알기 때문입니다. 그렇습니다. 행복은 외부에서 들려오는 소리만 듣는 사람에게 찾아오지 않습니다. 자기 내면에 귀를 기울이는 사람에게 찾아옵니다. 슬플 줄도 알고 기쁠 줄고 알고, 외로울 줄도 알고 기다릴 줄도 아는 사람에게 찾아옵니다. 행복은 살아 있는 사람, 살아 있는 마음을 가진 사람, 뜨거운 피가 돌고 있는 심장을 가진 사람, 그리하여 다른 사람의 희로애락에 동참할 줄 아는 따뜻한 마음이 살아 있는 사람에게 찾아옵니다.

행복은 기계처럼 감정을 잃은 사람에게선 멀고, 울 줄도 알고 외로울 줄도 알며, 기뻐할 줄도 알고, 설렐 줄도 아는 사람의 것입니다. 그러니까 내면의 소리에 귀를 기울이자고요. 어떤 삶이 인간적인 삶인지, 어떤 삶이 진정 의미 있는 삶인지 생각해 보자고요. 타인의 시선에 만족을 주는 삶 말고, 나 스스로 만족할 수 있는 삶이 무엇인지 생각해 보자고요. 그게 바로 내면의 목소리를 듣는 것입니다. 그 내면의 목소리를 잘 듣고 그 목소리가 원하는 방향으로 자신의 삶을 움직이게 해야 행복합니다. 자신다운 삶, 자신의 삶을 살라는 겁니다. 그게 행복의 길입니다.

# 용기를 필요로 하는 삶의 여유

길들여지지 않은 야생의 동물들도 외로움을 앓을까요? 그럴 수도 있겠지만 사람보다는 훨씬 덜할 것은 분명합니다. 사람은 혼자 살 수 없습니다. 물론 얼마 동안은 혼자도 제법 살 수 있겠지요. 산책하고 책 읽고 영화 보고 등산도 하고 혼자 이런 저런 걸로 놀면서 신나게 지낼 수도 있습니다. 하지만 그 기간은 그리 길지 못합니다. 개인차야 있을 테지만 사람은 다른 동물보다 훨씬 외로움을 타는 존재, 혼자 살 수 없는 존재입니다. 때문에 무료한 시간을 보내기를 무척 어려워합니다. 외로우니까 사람이고, 더불어 살아야 하니까 사람이고, 말을 섞어야 사니까 사람이고, 마음을 섞어야 살 수 있으니까 사람입니다.

의정부에 살다가 서울로 이사를 왔을 때, 아이가 밖에 나갔다 이내 들어옵니다. 의정부 아파트 단지 놀이터에선 함께 놀 아이들이 제법 있었습니다. 그런데 서울 아파트 단지로 오고 나니 분위기가 확 다릅니다. 노는 아이들이 없습니다. 그래 친구가 필요하여 아이를 미술학원에 보내고, 피아노학원에 보내야 했습니다. 아이도 혼자 노는 데에는 한계가 있고, 어른도 혼자 지내는 데에는 한계가 있습니다. 그래서 사람입니다. 사람은 사람을 찾아야 하고, 사람을 만나야 합니다. 서로 시샘하고 시기하고 질투하고 미워하면서도 사람은 사람 없이는 살 수 없습니다.

그런데 주변에 아무도 없다고 생각해 보세요. 얼마 전까지 주변에 사람이 많았는데, 친구가 제법 있었는데, 모두 떠나고 혼자라고 생각해 보세요. 익숙하지 못한 그 삶이 견딜 수 없을 만큼 아플 겁니다. 그래서 사람은 사람을 만나고 사람 속에서 살아야 합니다. 그러니 가능하다면 서로 이해하며 배려하며 살자고요. 사람에겐 반려견도, 반려동물도 중요하지만, 사람에겐 사람이 제일 중요합니다.

이제 모모는 혼자입니다. 아이들도 그녀를 좋아했습니다. 어른들도 그녀를 좋아했습니다. 그런데 그녀의 주변엔 아무도 없습니다. 아이들은 미래의 유익한 것을 배우려고 각자 바쁘기 때문에 더는 그녀를 찾아오지 않습니다. 어른들도 시간을 아껴 현재를 살고 미래를 준비하려고 바쁩니다. 외로운 것도 외로운 거지만 사람들이 그렇게 바쁘게만 살면 안 되는데 하는 생각을 하니 마음이 아픕니다. 이 모두가 시간 관리원들의 유혹에 넘어간 탓입니다.

"불쌍한 꼬마야. 넌 혼자야. 친구들은 네가 닿을 수 없는 곳에 있어. 이제 네 시간을 너와 나누려는 사람은 아무도 없어. 이 모든 일은 우리가 꾸민 일이지. 이제 우리가 얼마나 막강한지 알겠니? 우리에게 반항하는 건 아무 의미도 없어. 수많은 외로운 시간들, 그게 대체 지금 너에게 무슨 의미가 있지? 너를 짓누르는 저주이고, 숨통을 누르는 무거운 짐이며, 너를 빠트려 죽일 것 같은 드넓은 바다, 까맣게 태워 죽일 듯한 쓰라린 고통일뿐야. 너는 모든 사람으로부터 분리된 거야."

'남들처럼 살지 않을 거야, 남들이 그렇게 산다고 나도 그렇게 살 필요, 아등바등 살 필요 없지. 그렇게 바쁘게 살면서 누릴 것도 못 누리고, 하고 싶은 것도 못하고 사는 게 무슨 의미가 있어. 그냥 내 나름대로 즐겁고 행복하게 살면 최고지.' 그렇게 생각하고 사는 게 좋습니다. 하지만 주변에서 모두 바쁘게 살면 처음엔 의연하다가도 마음이 흔들리는 건 당연합니다. 그냥 소신대로 살면 오래지 않아 인생 낙오자가 될 것 같으니까요. 때문에 견디다 못해 다른 사람들의 삶을 엿봅니다. 다른 사람들의 삶과 내 삶을 비교합니다. 그 정도 되면 더는 혼자 견디지 못하고 남들처럼 따라 하기 삶을 삽니다.

그래서 우리 모두는 바쁩니다. 미친 듯이 바쁩니다. 이 바쁨의 행렬은 점점 더 늘어만 갑니다. 언제까지 이렇게 서로 초조하고 불안하게 달려만 가야 할까요. 누군가 용기 있는 사람이, 그런 사람들이 늘어나야 합니다. 인간은 무엇보다 행복하게 살아야 한다는 것을 깨달아야 합니다. 지금 바쁜 것도 행복하기 위한 노력이지만,

그 행복은 언제 찾을 수 있을지 돌아보자는 것이지요. 지금 누리지 않으면 누릴 수 없는 것은 없나요? 그러면 그거라도 놓치지 말자고요.

# 시간의 꽃

가만히 봄을 기다리던 잘 여문 씨알들도 이제는 밖으로 나가야지 그 마음으로, 잔뜩 부푼 마음으로 기지개를 하겠지요. 잠자던 식물, 숨을 죽이고 있던 동물들도 움직일 준비를 하는 계절 봄, 봄은 모든 것들이 새로 나고, 깨어나고, 살아나는 아름다운 꿈의 계절입니다.

봄, 모든 것이 움트는 계절, 그리고 이어서 꽃을 피우는 계절, 봄입니다. 그런 분위기에 휩싸여 희망을 노래하고 꿈을 노래하면서 설렘으로 부푸는 마음의 계절입니다. 마음이 부풀듯이 꽃도 부풀어 봉오리가 되고, 봉오리가 터져 꽃이 피어나듯 마음도 꿈을 향해 활짝 열립니다. 씨앗이 변해 꽃을 피우는 계절이 봄이듯, 간직한 꿈이 펼쳐지는 삶의 봄이 열리는 계절이 있습니다. 봄, 그 봄에 내가 있습니다. 설렘으로 삶의 꽃을 피우고 싶은 봄에 내가 있습니다.

이를테면 꽃을 삶에 비유하면 꽃은 봄과도 같고, 봄에 피는 꽃과도 같습니다. 봄은 어디서 왔나요? 겨울에서요. 삭막한 겨울에서 봄이 싹을 틔워 초록을 준비하듯이, 삭막한 과거는 뒤로 밀려나고 나는 희망찬 삶을 노래하는 현재에 있습니다. 현재는 곧 꽃의 계절이며, 꿈을 펼치는 계절입니다. 생각을 벗고 실천하는 계절입니다. 그래서 꽃이 아름답듯이 현재는 아름답습니다. 이렇게 꽃처럼 아름다운 현재를 우리는 살고 있습니다. 그러니 이 현재를 그냥 보내지 말고 지극히 사랑하며 살아야 합니다.

"시간의 꽃… 사람들은 저마다. 가슴을 갖고 있기에 그런 황금빛 시간의 사원을 하나씩 갖고 있단다. 그런데 사람들이 그 사원에 회색 신사들을 들이게 되면, 회색인들은 시간의 꽃을 야금야금 빼앗을 수 있게 된단다. 허나 그렇게 해서 사람의 가슴에서 뽑힌 시간의 꽃은 죽을 수가 없어. 왜냐하면 그 시간은 진짜 흘러간 것이 아니거든. 허나 진짜 주인에게서 떼어내졌기 때문에 살아 있다고 할 수도 없지. 시간의 꽃은 전심전력으로 제 진짜 주인에게 돌아가려고 애를 쓴단다."

꽃은 어디서 왔나요? 잘 여문 씨앗에서요. 잔뜩 숨 죽여서 죽은 줄 알았던 씨앗이 껍질을 깨고 싹을 내더니 이내 꽃을 피우듯이, 이러 저러한 일로 울고 웃던 지난날은 나의 뒤편으로 사라지고, 삶을 노래할 수 있는 지금이란 현재에 있습니다. 지금 이 시간은 기적처럼 주어진 시간입니다. 내게 없을 수도 있었던, 만날 수도 없었던 아주 소중한 선물입니다. 찬란한 태양을 바라볼 수 있는 기적의 순간입니다. 삶의 연한이 정해져 있지 않고, 찰나 후의 삶도 100% 확신할 수 없는 나에게 찾아온 이 순간은 기적이며, 아름다운 삶의 꽃입니다.

1년생 식물들은 씨앗에서 꽃으로 꽃에서 열매로 한 생을 삽니다. 씨앗이 과거라면 꽃은 현재입니다. 열매는 미래입니다. 이렇게 나는 과거의 나로, 현재의 나로, 미래의 나로 다른 삶을 이어갑니다. 그 중에서 가장 아름다운 순간이 현재입니다. 이렇게 나는 현재에 있습니다. 현재를 살고 있습니다. 꽃의 일생에서 가장 아름다운 순간이 꽃으로 피었을 때이듯이 우리 삶에서 가장 중요한 순간, 소중한 순간, 기적과도 같은 순간은 현재입니다. 이 소중한 순간이 내게 있습니다. 그러니까 이 시간을 아주 소중하게 여겨야 합니다. 그리고는 이 순간을 과거의 시간으로 돌려주어야 합니다. 아! 아름다운 시간입니다. 이 아름다운 시간을 곱게 색칠할 순간입니다. 나는 현재를 살고 있습니다.

# 시간의 의자

지금 어드메쯤
아침을 몰고 오는 분이 계시옵니다.

그분을 위하여
묵은 이 의자를 비워 드리지요

지금 어드메쯤
아침을 몰고 오는 어린분이 계시옵니다
그분을 위하여
묵은 의자를 비워 드리겠어요.

먼 옛날 어느 분이
내게 물려주듯이

지금 어드메쯤
아침을 몰고 오는 어린분이 계시옵니다
그분을 위하여
묵은 의자를 비워 드리겠습니다.

조병화의 시 〈의자〉입니다. 세상 모든 것은 올 것은 오고 갈 것은 가는 순리, 그러니까 때가 되면 미련 두지 말고 자리를 물려주고 떠나자는 의미를 담고 있습니다. 삶을 3분하여 하루에 비교하여 보자고요. 그러면 아침은 과거입니다. 점심은 현재입니다. 저녁은 미래입니다. 이 시에서는 순리대로 따르겠다는 의지를 보여줍니다. 순리에 따르는 것은 당연하지만, 실제 그 순리에 따르려면 그만한 용기가 있어야 합니다. 누구나 지금 가지고 있는 것을 내어놓기란, 내려놓기란 어렵습니다. 지금 누리고 있는 것을 최대한 누리려는 욕망, 지금 자리를 언제까지나 고수하고 싶은 욕망, 지금 가진 것을 지키고 싶은 욕망을 갖는 것은 당연합니다. 그게 인간입니다.

그렇게 지키고, 누리고, 고수하고 있으면 나 자신도 모르게 그렇게 될 것 같은 아집이 자리 잡습니다. 아직 내가 이 자리를 지킬 수 있을 것 같고, 지금 가진 것을 누릴 수 있을 것 같고, 지금의 방식을 그대로 고수할 수 있을 것 같습니다. 하지만 그것은 착각입니다. 자신을 잘 모르고 있기 때문에 고집을 부릴 뿐입니다. 마음과 몸이 하나인 것 같지만 실상은 마음 따로 몸 따로입니다. 마음과 몸은 처음엔 따로 놀다가 한창나이일 때 그저 20년도 채 안 되는 동안만 마음과 몸이 거의 일치하다, 나이 들수록 따로 놉니다. 그게 순리입니다. 마음이 내 마음이 아니오, 몸이 내 몸이 아닙니다. 그것을 잘 조화하여 내 것으로 만들어야 내 마음 내 몸입니다.

그럼에도 만일 지금의 것들을 고수하려고 한다면 어떻게 될까요? 모든 것은 정체되어 있어야 하고, 모든 것은 그 자리에서 멈추어 있어야 한다는 의미입니다. 그것은 순리가 아니라 역리입니다. 그렇게 되면 나 자신은 물론 더불어 사는 우리 모두가 곤란을 겪고 혼란을 겪을 수밖에 없습니다. 때문에 아침이 지나면 점심때가 오고, 정오를 지나면 저녁이 온다는, 저녁이 지나면 밤이 온다는 순리를 받아들여야 합니다. 이 순리는 다시 순환하면서 새로운 시간의 산물들이 아침을 지나고, 정오를 지나고, 저녁을 지나 어둠 속으로 사라진다는 사실, 신이 아닌 모든 존재는 생장소멸의 순리를 받아들어야 한다는 필연을 받아들어야 합니다.

우리가 아무리 순리를 멈추려 해도, 시간의 흐름을 멈추게 하려고 해도, 시간은 여지없이 흐르고 또 흐릅니다. 골방에 소년을 가두어도, 소년은 청춘으로 흐르고, 청춘을 유지하고 싶어 아무리 기를 쓰고 폐쇄적으로 살아도 이내 청춘은 노년을 부릅니다. 그게 인생입니다. 그걸 인정하지 않으려 하니 모든 게 얽히고 자꾸 괴롭습니다. 그러니까 자기 자신을 알고 그 흐름을 인정하며, 자신의 진실을 받아들여야 합니다. 물은 얼어 얼음으로 있어도 늘 얼음일 수 없습니다. 날씨가 풀려 봄이 오면 아무리 두꺼운 얼음도 쉽게 본질인 물로 돌아갑니다. 사람도 마찬가지입니다. 소년은 청년으로, 청년은 장년으로, 장년은 노년으로 어김없이 변합니다. 시간은 죽일 수도 없고 죽지도 않습니다.

여지없이 시간은 흐릅니다. 씨앗이 싹을 내고 자라 꽃을 피우고, 꽃이 지고 난 후에 열매를 맺듯이 시간은 살아서 모든 만물을 쓰다듬어 흐름의 순리를 유지합니다. 올 것은 오는 것, 갈 것은 가는 것임을 인정하고 받아들이자고요. 그리고 그 시절에 맞게, 그 나이에 맞게 누릴 수 있는 것 그때 누리고, 할 수 있는 것 그때 하고, 그때 꿈 꿀 수 있는 것 그때 꿈꾸자고요. 그래요. 오늘 할 수 있는 것, 오늘 하고 싶은 것 오늘 해요. 오늘 아니면 이미 내일은 그 일이 그 일이 아닙니다. 그저 닮았지만 오늘에 떠오른 태양은 내일의 태양이 아닙니다. 그래요. 마음껏 오늘을 누리자, 살자, 기뻐하자, 즐기자, 그게 시간을 이기는 표어입니다.

# 살아 있는 시간

신기루를 아시지요. 빛의 굴절로 생기는 이미지 말이지요. 분명히 보여서 다가가면 실제로는 아무것도 아닌, 아무것도 없는 허상입니다. 그야말로 있는 듯이 없는, 있는 것 같으나 있지 않은 이미지입니다. 쉽게 말하면 허상이요, 허깨비입니다. 있지도 않은 것을 있다고 믿고 그것을 따라갔다가 아무것도 보지 못하고 돌아설 때의 허탈함, 그토록 믿고 사랑했던 연인에게 바람을 맞았던 것만큼은 아니라도 제법 아리고 속상하겠지요. 그렇게 그런 일로 시간을 썼다면, 그 낭비한 시간이 무척 아깝겠지요. 그걸 믿은 어리석음이 한스럽겠지요. 때로 그 무엇에 대한 사랑은 거기에 들인 시간과 정성 때문이니까요.

그래요. 시간을 쓰지 않고 할 수 있는 일은 이 세상에 아무것도 없어요. 존재에 꼭 필요한 시간, 지금 당신의 시간은 안녕한가요? 지금 당신은 그런 시간을 보내고 있지는 않느냐고요? 지금은 잘살고 있지만 나중에 지금 보내는 시간들을 억울하게 생각하지 않을 거란 확신이 있느냐고요? 후회하지 않을 자신이 있느냐고요? 여러 질문을 해대니까 골자가 무엇인지 모르겠다고요. 지금 당신은 유령의 시간을 보내고 있는 것이 아니냐는 물음입니다. 그런 대로 시간관리 잘한다, 잘살기 위해 나름 시간관리를 잘한다, 그리 생각할 수는 있어요. 그런데 지금의 그 마음이 오랜 후에도 그 마음이 유효한지가 중요하지요.

지금, 이 시간들은 후일 후회 없이 보내는 시간이어야 합니다. 적어도 시간을 썼다는 표현은 하더라도 시간을 낭비했다는 표현을 하지 않을 수 있어야 합니다. 그러려면 지금의 시간들을 의미있게 보내야 합니다. 시간관리를 잘하라는 것이라기보다는 시간을 가치 있게 의미 있게 쓰라는 것입니다. 그저 시간을 죽이지 말라는 겁니다. 시간을 살리라는 겁니다. 시간을 살리고 죽이는 건 시간을 대하는 마음가짐에 있습니다. 그렇다고 시간을 무조건 열심히 일하고, 공부하고, 연구하는 일에만 쓰라는 건 아닙니다. 그러면 세상 무슨 재미로 살겠어요.

"회색 신사들은 시간의 저장 창고에서 계속해서 배급을 받지. 그들은 시간의 꽃에서 꽃잎을 떼어 내어 잿빛으로 딱딱하게 변할 때까지 바싹 말려서 그것으로 시가를 마는 거란다. 허나 그 순간까지도 꽃잎에는 실낱같은 생명이 붙어 있어. 헌데 회색 신사들은 살아 있는 시간은 소화를 시킬 수가 없어. 그래서 시가에 불을 붙여 피우는 거란다. 연기로 변하면서 시간은 완전히 죽게 되거든. 회색

신사들은 이처럼 사람의 죽은 시간으로 목숨을 부지하고 있단다."

종이 속에 말려 태워지면서 연기는 하늘로 오르고, 나머지는 태워져 재로 변하고 마는 시간처럼, 시간을 그렇게 죽이고 있다면 참 후회스러울 일입니다. 억울하지요. 우리가 죽이는 시간은 무엇일까요? 그건 나를 관리하지 않은 시간이 아닙니다. 오히려 그 반대로 악착같이 관리한 시간들입니다. 성공을 위해, 돈을 위해, 권력을 위해, 인기를 위해, 명예를 위해 아주 열심히 산 시간들일 수도 있습니다. 하지만 그렇게 아주 철저하게 관리하면서 보낸 시간들이라도 거기 영혼이 들어 있지 않다면 죽은 시간들, 아니 우리가 죽인 시간들입니다.

왜냐고요? 죽은 시간들은 나의 기준으로 산 시간들이 아닙니다. 사회적 기준, 다른 이들의 시선을 의식하며 산 시간들입니다. 그 시간들은 죽은 시간, 죽인 시간입니다. 지금 비록 누군가와 수다를 떨며 남들이 보기엔, 남들의 판단으로는 낭비한 시간들이라도, 내가 그 시간을 가치 있다 여기면 그건 살아 있는 시간, 의미 있게 보낸 시간, 가치 있게 보낸 시간, 내 영혼이 들어 있는 시간, 살아 보낸 시간, 살려낸 시간입니다.

그러니까 무엇을 하며 보냈느냐, 어떻게 보냈느냐가 중요한 것이 아니라, 그 시간을 내가 긍정적으로 의미 부여를 하느냐가 중요합니다. 그리고 그렇게 의미부여를 한 지금의 마음이 오랜 시간이 흐른들 그대로 의미 있는 시간이어야 합니다. 지금은 의미 있게 썼지만 나중에 낭비한 시간이라고 규정할 거면, 그건 죽인 시간, 유령의 시간입니다. 그러니까 심지가 굳은 사람, 신념이 있는 사람이 시간을 살릴 수 있습니다. 영혼 담긴 시간을 살 수 있습니다. 우리는 그 사람이어야 합니다. 지금 우리는 무엇을 하든 가치 있다고 생각하며 살고 있습니다. 그러면 됐습니다. 그게 영혼이 깃든 시간, 살아 있는 시간이니까요. 자! 마음껏 수다를 떨자고요!

# 내가 살아 있는 시간

사람이 죽고 있습니다. 살아도 산 게 아닌 사람들, 움직이긴 하지만 영혼 없는 사람들, 따뜻한 피는 몸속을 여기 저기, 손끝에서 머리끝, 머리끝에서 발끝까지 쉼 없이 부지런히 달리고 뛰며 흐르지만, 마음은 차갑게 얼어붙은 사람들, 냉랭하게 사람들이 죽어가고 있습니다. 사람의 탈을 썼으나 짐승만도 못한 사람들, 사람처럼 이런 저런 관계를 맺으며 사는 척하나 짐승만 못하게 사람의 뒤통수나 노리는 야비한 사람들, 그럼에도 사람의 옷을 입었으니 사람이려니, 사람처럼 걸으니 사람이려니, 사람처럼 말하니 사람이려니, 스스로 그렇게 믿고 살거나 그런 생각 따위는 할 줄도, 자신의 진정한 본질도 모르는 사람들이 있습니다. 움직이긴 하나, 행동하긴 하나 영혼 없는 사람, 따뜻한 마음 없는 사람들로 세상이 채워지고 있습니다.

이렇게 사람들은 제 얼굴, 제 몸, 제 마음을 가졌으나 껍데기만 가졌을 뿐 속을 빼버린 저를 진정한 자신으로 알고 살고 있습니다.

그런 가슴 없는 사람들, 영혼 없는 사람들을 위해, 일찍이 그리스 신화는 델포이 신전 벽에 '너 자신을 알라!'는 문장을 새겨 놓았습니다. 정체성을 모르는 사람들, 자기 정체성을 의심조차 않는 사람들로 세상은 냉랭해지고 있습니다. 이를테면 자기 기준 없이, 자기 철학 없이 살고 있습니다. 다른 사람들의 시선이나 의식하고, 사회의 기준에 맞추어서만 주어진 시간들을 쓰고 있습니다. 자신이 자신의 시간을 쓰는 게 아니라 자신의 시간을 다른 사람을 위해 쓰는 겁니다. 그러면서도 그렇게 살면 '난 잘 살고 있는 거야' 그렇게 착각합니다. 그러면 그 나중은, 그 결과는 어떻게 될까요?

"처음에는 거의 눈치를 채지 못해. 허나 어느 날 갑자기 아무것도 하고 싶지 않은 때가 오지. 어떤 것에도 흥미를 느낄 수 없어. 한 마리도 몹시 지루한 게야. 허나 이런 증상은 사라지기는커녕 점점 더 커지게 마련이란다. 하루하루, 한 주일 한 주일이 지나면서 점점 악화되는 거야. 그러면 사람은 차츰 기분은 언짢아지고, 가슴은 텅 빈 것 같고, 스스로와 이 세상에 대해 불만을 느끼게 된단다. 그 다음에는 그런 감정마저 서서히 사라져 결국 아무런 감정도 못느끼게 되지. 무관심해지고 잿빛이 되는 게야. 그러면 온 세상은 낯설게 느껴지고 자기와는 아무 상관도 없는 것 같아지는 거야."

혹시 당신도 세상이 낯설어 본 적은 없나요? 그런 상황을 까뮈는 이방인으로 표현합니다. 그저 기계처럼 습관적으로 움직이다가, 완전자동인 기계처럼 자신도 모르게 시계바늘처럼 주어진 공간만 뱅글뱅글 돌다가, 문득 자의든 타의든 멈추게 되었을 때, 그제야 바라보는 세상은 그저 낯섭니다. 그렇게 시시포스가 바위를 언덕 위로 끊임없이 굴려 올리다가 그 바위를 내려놓고 쉼을 얻을 때, 짐에서 자유로움을 얻고, 생각의 여유를 갖는 순간에 느끼는 감정, 그 감정이 이방인의 감정입니다.

많은 사람들이 일정하게 규칙적으로 시시포스처럼 삽니다. 돌을 굴려 올리는 중인 그런 사람들로 줄을 잇습니다. 그 줄에서의 잠깐의 이탈, 자의라면 자신을 돌아보기 위한 시간을 갖는 순간, 타의라면 본의 아니게 직장에서 해고를 당했거나 일을 할 수 없는 사고를 당했거나, 치명적인 질병을 얻었거나 하여, 하던 일에서 벗어난 순간의 감정, 그게 바로 낯설음의 감정, 이방인의 마음입니다. 왜냐고요? 여전히 시시포스들은 바위를 굴려 올리고, 여전히 사람들은 하던 일을 계속 하고 있으니까요. 그런데 유독 자신만 그 대열에서 벗어나 있으니 느끼는 혼자라는 불안, 그들과는 다른 자신이 걱정스러운 겁니다.

언젠가는 누구에게나 이런 이방인의 감정을 느끼는 순간이 오고야 맙니다. 자의든 타의든 상관없이 누구에게나 예외는 없습니다. 그제야 우리는 삶다운 삶을 살아왔는지, 사람다운 사람이었는지, 진정으로 자기 삶을 살았는지를 발견할 겁니다. 그렇지 않다면 원인 모를 불안과 초조에 시달리겠지요. 원인 모를 아픔을 겪겠지요. 그러니까 가끔은, 살다가 어쩌다 한 번쯤은 자신을 들여다봐야겠지요. 그래야 낯설음이 찾아오는 시간에도 제법 '난 그래도 제법 잘 살아왔어'라며, '난 괜찮아'라고 자신에게 말할 수 있겠지요. 그래요. 가능하다면 하루를 살아도 나는 내 기준의 삶, 내 삶을 살아야 합니다. 그게 살아 있는 삶, 영혼 있는 삶, 따뜻한 감정의 삶이니까요. 그래요. 난 살아 있다고요!

# 딱 한 번만 흐르는 시간

"시간이 더 이상 존재하지 않으면, 나 역시 다시는 깨어날 수 없어. 그럼 이 세상이 영원히 얼어붙은 듯 정지되어 버릴 게다. 헌데 네게는 너에게만, 딱 한 사람에게만 시간의 꽃을 줄 힘은 있단다. 물론 한 송이밖에 줄 수 없지. 언제나 한 송이만 피어나니까. 그러니까 이 세상에서 시간이 전부 멈추어도 넌 한 시간을 갖게 되는 거야."

-미하엘 엔데의 《모모》 중에서-

내 인생은 누구의 것이냐고 물으면 당연히 내 인생은 나의 것이죠. 노래 가사가 그렇기도 하고요. 내 인생은 나의 것이라지만, 실상 나는 내 인생을 내 마음대로 하지는 못합니다. 나를 둘러싼 환경이 그렇게 하지 못하게 하니까요. 또한 내 인생이 나의 것이라면, 당연히 내게 주어진 시간, 당연히 나의 시간입니다. 내 인생이 나의 것이라지만 그 또한 내 마음대로 하지 못합니다. 나의 시간 역시 내 마음대로 쓸 수 있는 여건이 되지 않으니까요. 내 것이면서 내 마음대로 못하는 모순, 우리는 모두 그 모순의 주인공으로 살고 있습니다. 우리는 모두 환경의 지배를 받을 수밖에 없는 존재니까요.

왜 우리는 내 인생이면서도 내 마음대로 못 살고, 내 시간이면서도 내 마음대로 못 쓸까요? 우리는 시간의 지배만 받는 것이 아니라 공간의 지배를 함께 받기 때문입니다. 존재는 언제나 필연적으로 공간과 시간의 지배를 받습니다. 이 공간과 시간 그리고 그 공간과 시간과 연결된 나, 이렇게 삼일치가 존재의 조건입니다. 이를테면 실존입니다. 고로 실존이란 지금이란 시간, 여기라는 공간, 존재라는 나가 공시성, 동시성, 공지성을 함께 갖는 것을 일컫습니다. 지금 여기에 있는 나를 우리는 현재라 하고, 그 현재 안에 있는 나가 바로 실존입니다. 따라서 실존은 곧 현재를 중심으로 사는 일입니다.

내게는 시간이 주어졌습니다. 나는 그 시간을 살고 있습니다. 그 소중한 나의 시간을 나는 내 마음대로 살지 못합니다. 왜냐하면 나는 시간과 공간의 지배를 받으며, 그 시간과 공간을 함께 누리며 살아야 하기 때문입니다. 적어도 시간은 각자에게 주어진다 해도, 공간은 더불어 함께 써야 하는, 같은 공간을 공유해야 하는 존재이기 때문입니다. 이렇게 인간은 신과 달리 시간과 공간의 제약을 받습니다. 유한한 시간, 유한한 공간의 지배를 받는다는 의미입니다.

때로 무언가를 공유한다는 것, 더불어 산다는 것은 우리를 불편하게 하고, 우리를 구속하기도 합니다.

하지만 시간은 각자만의 시간입니다. 각자에게 시간의 꽃은 한 송이밖에 주어지지 않듯이, 사람이라면 누구나 한 번의 삶밖에 얻을 수 없습니다. 다른 사람이 가진 시간은 나의 시간이 아닙니다. 그저 내가 바라볼 수밖에 없는 그 사람만의 시간입니다. 내 시간 역시 그 사람에겐 그가 전체를 볼 수 없는 시간입니다. 각자의 몫으로 주어진 시간, 각자 다른 시간으로 살아갑니다. 그 시간의 시작과 끝은 모두 다릅니다. 그렇게 주어진 자기만의 시간, 비록 공동체로 살아가느라, 자신의 시간을 마음대로 할 수 없다고는 해도, 자기만의 방식으로 그 시간을 의미 있게 써야 합니다.

꽃 한 송이가 피었다 지고 나면, 그 꽃이 진 자리에 열매가 대신하듯이, 우리 삶도 시간의 흐름을 따라 다른 이름을 따라 삽니다. 이를테면 아기에서 아이로, 아이에서 청년으로, 청년에서 중년으로, 중년에서 노년으로 이름을 바꾸며 살다 떠납니다. 이렇게 시간의 흐름을 따라 이름도 모습도 변하지만, 그럼에도 결국 그 달라진 행렬은 결국 나라는 동일한 존재입니다. 그렇게 딱 한 번 흘러갑니다. 그런 나의 시간만 나에게 유효합니다. 그 시간이 다하면 다른 시간은 아무 의미 없습니다. 다른 사람의 시간은 나에게 없습니다. 볼 수도 느낄 수도 없습니다. 나의 시간 안에서만 나는 남의 시간을 바라봅니다. 나의 시간 안에서만 세상이 있고, 사람이 있고, 모든 것이 있습니다. 나만의 시간, 나만을 위한 시간, 그 시간을 다시 생각해 보는 시간이어야겠지요.

# 나를 위로하는 행복한 시간

"내가 헛되이 보낸 오늘 하루는 어제 죽어간 이들이 그토록 바라던 하루이다."

소포클레스의 말입니다. 우리는 모두 시간을 먹고 살고 있습니다. 그리고 그 시간이란 식량은 조금씩 줄어들고 있습니다. 그 식량창고가 비면 우리 삶도 끝입니다. 우리가 잠든 시간에도, 공부하는 시간에도, 놀고 있는 시간에도 시간은 마치 모래시계 속의 모래알들처럼 조금씩 계기적으로 야금야금 빠져나가고 있습니다. 모래시계는 그나마 아래로 모래알이 다 빠져 내려오면, 다시 뒤집어 놓으면 다시 시작입니다. 하지만 우리는 한 번뿐입니다. 한 번 빠져 나간 시간은 보충할 수 없습니다. 그렇게 야금야금 빠져 나가는 시간은 멈출 수도 없습니다. 더디게 늦출 수도 없습니다. 그렇게 우리는 시간을 먹고 있습니다. 이를테면 항상 내게 주어진 시간창고를 조금씩 비우고 있습니다.

《모모》의 회색 신사가 시가를 피웁니다. 시가에서 연기가 피어

오릅니다. 그렇게 피어오르는 연기가 때로는 도넛 모양으로 멋진 그림을 공중에 그려냅니다. 그 멋지게 피워 올린 시가의 연기만큼 그 시가의 길이는 점점 줄어듭니다. 그렇게 시가는 시간과 함께 연기로 바뀌어 사라지고 맙니다. 그 시가가 모두 연기가 되어 하늘로 사라지면, 더 이상 시가의 본질이라곤 아무것도 없는 꽁초만 남는 것처럼, 우리는 우리의 시간을 모두 보내고 나면, 영혼 없는 몸만 남습니다. 바꾸어 말하면 우리는 시간의 연기 속에 우리의 영혼을 태워 보내고 있습니다.

시가를 피우는 사람들이 시가를 태워 연기로 만들어 날려 버리듯이 그저 무의식적으로, 우리들의 그 소중한 시간, 어제 영혼을 태워 버리고 그토록 바라던 오늘이란 시간을, 그들이 갖지 못한 그 소중한 시간을 우리는 헛되어 보내고 있지는 않을까요? 자신의 시간을 다 소비하고 죽어간 이들이 그토록 바라던 시간을 우리는 그저 아직 살아 있다는 안도감으로 줄어드는 시간을 그저 보내고 있는 건 아닐까요?

"인생은 흘러가는 것이 아니라 채워지는 것이다. 우리는 하루하루를 보내는 것이 아니라 내가 가진 무엇으로 채워가는 것이다" 라는 러스킨의 말처럼 우리는 어떤 모습으로든 시간을 쓰고 있습니다.

시가는 태워지면 연기처럼 사라지고 맙니다. 우리는 그렇게 시간을 사라지게 할 수는 없습니다. 시간을 사는 우리 모두는 각자의 시간을 갖고 있습니다. 그 시간의 양이 많든 적든 우리는 누구나 시간의 창고를 비우면서, 그렇게 사라지는 만큼 다른 그 무엇으로 빈 시간만큼을 채워야 합니다. 우리는 이렇게 시간을 다른 그 무엇과 바꾸고 있습니다. 어떤 이는 시간을 성공과 바꿉니다. 재물과 바꿉니다. 명예와 바꿉니다. 권력과 바꿉니다. 안타깝게도 절망으로, 우울로, 시기로, 질투로, 미움으로, 그런 부정적인 것들로 바꾸고 있는 이들도 있습니다.

그렇게 우리는 시간과 그 무엇을 바꾸며 살아갑니다. 그렇게 바꾸어 놓은 시간을 대신한 창고를 보며 보람을 느낀다면, 헛되이 시간을 보내지 않았다, 나름 잘살았다는 의미입니다. 하지만 그것이 일시적인 느낌일 뿐이라면 그건 결국 시가연기처럼 사라진 시간에 불과하겠지요. 시간의 흔적은 각자의 가치관에 따라 다릅니다. 성공, 재물, 명예, 권력을 시간의 흔적으로 바꾸어 가졌다 한들, 남들이 판단할 때 멋지고 좋은 것이라 해도 내 마음이 동하지 않아, 그 시간들이 공허하다면 그건 잘 보낸 시간들이 아닙니다. 결국 시간을 대신한 창고에는 내가 부여한 의미만 쌓여 있습니다.

우리는 시가처럼 태워 보낸 시간 대신 그 시간의 창고에 의미로 채우고 있을까요? 그래요. 시간의 질은, 내가 사용하는 시간의 질은 나에게 달려 있습니다. 남들이 나에게 나의 소중한 시근들을 아주 하찮게, 이를테면 시가처럼 태워 없앤다고 생각해도 상관없습니다. 내가 보내는 시간들, 그 시간에 잠을 자든, 공부를 하든, 신나게 놀든, 누군가와 싸움을 하든, 그 무엇을 위해 투쟁을 하든, 지금도 의미가 있다고 생각하고, 나중에도 그렇게 생각할 것이라면, 그러면 됐습니다. 그 시간들은 의미 있는 시간들입니다. 그리고 당신의 창고는 행복으로 가득 차고 있습니다. 그러니까 자학하지 말자고요. 오히려 우리 스스로를 위로하고 격려하자고요. 그래요. 우리는 오늘 하루도 잘살 것이니까요.

# 생생하게 살아 있는
# 이 시간이 소중한 이유

"천 명 중의 한 사람만이 현재를 진실하게 사는 길을 안다. 나머지 대부분의 사람들은 한 시간의 59분을 과거사 때문에 낭비한다. 혹은 미래의 꿈이나 공포 때문에 아까운 시간을 흘려보낸다. 그렇지만 과거는 이미 지나가 버린 것이다. 그리고 미래에 대한 막연한 생각은 시간을 잃는 것이다. 사람들은 단 한 번 이 세상에 있다가 간다. 이 순간에도 세상은 사람들 자신에게 무엇인가를 요구한다. 지금 바로 이 순간은 매우 중요하며 삶의 진정한 길은 순간순간을 낭비하지 않는 것이다. 오늘은 기적이고 그리고 이 날은 되풀이되지 않음을 명심해 살아야 한다." S. 제임스의 말입니다.

우리는 기적의 주인공입니다. 지금 살아 있기 때문입니다. 아무리 현자라 해도, 아무리 능력이 있는 사람이라 해도, 아무리 대단한 권력을 가진 사람이라 해도, 아무리 유명한 사람이라 해도, 살아 있음, 숨 쉼의 기적이 없다면 무의미합니다. 살아 있음의 기적이 모든 것입니다. 그렇게 살아 있음을 우리는 현재라 부릅니다.

때문에 현재보다 중요한 시간은 없습니다. 아무리 과거의 내가 위대했다고 해도 그 위대함은 지금 살아 있기 때문입니다. 지금, 여기, 나, '지금 여기에 있는 나'라는 '시간과 공간 속의 나'를 빼놓고는 의미 있는 것은 아무것도 없습니다. 따라서 현재가 우리의 모든 것입니다.

그럼에도 불구하고 우리는 대부분의 시간을 과거에 저당 잡혀 소비하고 있습니다. 이미 지나간 시간을 부여잡으려고, 잡으려 해도 잡히지 않는 그 시간을 붙잡는 데 시간을 쓰고 있습니다. 정작 중요한 건 현재인데, 그 현재를 위해 쓰려고 해도 부족한 시간을 헛되이 보내고 있습니다. 비록 과거가 지금의 나를 만들어 주었다고는 해도, 그래서 지금 잘살고 있다고는 해도, 그것을 되뇌는 데 시간을 쓸 것은 아닙니다. 그 시간들을 고마워할 수는 있지만, 무엇보다 현재가 중요하다는 것을 기억해야 합니다. 때로 과거의 시간이 아쉬울 수 있습니다. 그래서 가정법 과거를 쓰면서 회한을 가질 수 있습니다. 그러나 과거는 이미 죽은 시간입니다. 죽은 시간에 미련을 두는 건 어리석은 일입니다. 미련을 두고 후회하는 데에도 시간을 써야 하기 때문입니다.

반면 우리는 과거를 돌아보는 일로, 과거를 후회하는 일로 시간을 보내기도 합니다. 미래를 걱정하는 일로, 미래를 두려워하는 일로, 미리 두려워합니다. 우리는 모두 시간의 지배를 받기 때문입니다. 우리는 우리 자신을 지배하는 시간 속에서 존재이유를 생각합니다. 우리가 존재이유를 생각하는 이유는 시간으로부터 자유롭지 않기 때문입니다. 유한한 시간, 그렇게 주어진 시간을 의식하면 의식할수록 그 유한한 시간의 도래가 더 두렵습니다. 유한한 존재이기 때문에 두렵고, 게다가 그 기한이 정확하게 정해져 있지 않은, 불확실한 미래가 더 두렵습니다.

우리 삶의 끝은 유한하다, 언제일지 모른다, 이 근원적인 미래가 우리를 두렵게 합니다. 하지만 유한한 삶, 그리고 불확실한 삶, 그것을 우리는 결코 피할 수 없습니다. 두려워하고, 염려한다 한들 그것을 피할 수는 없습니다. 그러면 어떻게 할까요? 피할 수 없는 것을 자꾸 생각하면 할수록 그것은 마음의 위로나 위안을 주기는커녕, 공포와 두려움만 점점 키우는 겁니다. 그럴 바에는 미리 생각할, 미리 두려워할, 미리 두려워할 것이 아니라 그걸 차라리 인정하는 겁니다. 인간의 기본조건을 인정하고 현재를 살아야 합니다.

이미 죽은 과거를 위해 현재를 죽이는 건 억울합니다. 아직 오지 않은, 어쩌면 오지 않을 수도 있는 무의미할 수도 있는 미래를 미리 걱정할 필요 없습니다. 지금 지나가는 시간들, 지금의 이 순간들만이 살아 있는 시간입니다. 그 생생하게 살아 있는 시간을 이미 죽은 일에, 막연한 또는 오지 않을 수도 있는 미래의 일에 낭비하는 건 억울한 일입니다. 과거도 미래도 현재가 있으니까 의미 있습니다. 현재 없는 과거, 현재 없는 미래는 없습니다. 그러니까 오늘이란 기적을 헛되이 보내지 말아야 합니다. 일단 지금을, 현재를 잘 살아내고 보자고요.

## 현재를 누려야 하는 이유

사람은, 조금만 생각할 줄 아는 사람이라면 누구나 시간 중에 가장 중요한 건 현재라는 것을 알고 있습니다. 현재가 중요하다, 현재 하고 있는 일이 중요하다, 현재 만나는 사람이 중요하다 라는 것을 누구나 알고 있습니다. 알기는 하나 그것을 잊고 사는 사람이 더 많은 게 문제입니다. 알고는 있으나 무심코 넘기는 게 문제입니다. 오늘이란 시간, 현재라는 시간은 눈에 보이지 않습니다. 느껴지지 않습니다. 그러니까 어떻게 되겠지, 어제 살았으니 오늘도 살아지겠지, 내일도 그저 그런 날이겠지 그렇게 무심코 넘기며 살아갑니다. 사는 게 아니라 살아지는 대로 삽니다.

그렇습니다. 인생을 사는 사람이 있고, 살아지는 대로 사는 사람이 있습니다. 사는 사람은 적극적으로 제 삶을 살며, 제 시간을 적극적으로 통제해 보려 하는 사람입니다. 세상을 사는 사람은 자신이 통제할 수 있는 시간이란 현재밖에 없다는 것을 알고, 그 현재에 적극적으로 나름 최선을 다하는 사람입니다. 반면 살아지는 대로 사는 사람은 세상을 소극적으로 살며 시간에 방관하는 사람입니다. 그런 사람은 시간에 대한 철학이 없습니다. 과거라는 시간, 현재라는 시간, 미래라는 시간을 구분하지 않습니다. 구분을 하지 못하거나 않기 때문에 때로는 과거에 매이고, 때로는 미래에 매이고, 때로는 현재에 매여서 그렇고 그런 삶으로 삽니다.

우리는 언제나 시간을 관리할 수 없습니다. 그 시간을 나름대로 사용할 수 있는 때란 많지 않습니다. 바로 지금이란 시간만 내가 통제할 수 있습니다. 그러니까 내 시간이란 오늘이란 시간, 좀 더 확장하면 현재란 시간뿐입니다. 그 외에 과거의 시간은 이미 나의 통제 밖에 있습니다. 그러니까 과거의 시간은 이미 나의 시간이 아닙니다. 미래란 것 역시 내게로 다가오고 있으나 아직 내 손이 미치지 못합니다. 그러니까 미래 또한 나의 시간이 아닙니다. 나에게 들어온 시간, 나의 영역 속에 들어온 시간만이 나의 시간입니다. 그 시간을 우리는 현재라고 부릅니다. 따라서 우리에게 가장 중요한 시간, 아니 우리가 가진 시간은 현재뿐입니다.

"오늘을 붙들어라. 되도록 내일에 의지하지 말라. 오늘이 일 년 중에서 최선의 날이다"라는 에머슨의 말처럼 오늘을 잡지 못하는 사람은 늘 낙오자로 살 수밖에 없습니다. 과거는 내가 살아온 흔적일 뿐입니다. 따라서 과거보다는 아직 가능성으로 남아 있으니 과거보다는 미래가 낫습니다. 그러니까 차라리 과거에 미련을 두는 사람보다는 미래에 미련을 두는 사람이 낫습니다. 그 미래보다는 현재가 훨씬 낫습니다. 미래는 가능성으로 남아 있을 뿐이지만 현재는 현실이기 때문입니다. 그 현재보다는 지금이 물론 더 낫습니다. 지금은 확실히 내가 통제할 수 있고, 그 시간을 내가 활용할 수 있는 확실한 시간이기 때문입니다. 따라서 과거보다는 미래, 미래보다는 현재, 현재보다는 지금을 살아야 합니다.

지금, 지금을 살아야 합니다. 가치 있는 시간, 유용한 시간, 의미 있는 시간 중 가장 상위에 있는 시간은 지금이기 때문입니다. 잡을 수 있는 시간엔 집중해야 하고, 그 시간의 가치를 알아야 하고, 그 시간을 무엇보다 나의 것으로 만들어야 합니다. 필립 체스터필드는 "시간의 참된 가치를 알라. 그것을 붙잡아라. 억류하라. 그리고 그 순간순간을 즐겨라. 게을리 하지 말며, 헤이해지지 말며, 우물거리지 말라. 오늘 할 수 있는 일을 내일까지 미루지 말라"라고 말합니다. 시간은 촘촘하기 때문입니다. 한 치의 어긋남이 없이 촘촘한 시간, 빈틈없는 시간을 잘 잡는 방법은 지금을 사는 것밖에 없습니다.

지금을 사는 사람은 뒤로 뒤로 지금 할 일을 미루지 않습니다. 지금 해야 하는 일, 지금 할 수 있는 일은 지금이란 시간을 촘촘하게 쓰는 일입니다. 그 배당 시간은 지금 쓰지 않으면 소멸되고 맙니다. 지금을 쓰지 못하는 사람은 지금을 잃어버린 사람입니다. 지금을 잃고 잃어 그 손실은 배가 되고 인생의 낙오자로 떨어질 수밖에 없습니다. 우리에게 확실한 것은 지금이란 시간밖에 없기 때문에 뭔가를 나중으로 미룬다면 그게 제일 손실입니다. 그럼에도 우리는 때로 완전히 결정된 과거란 시간을 너무 아쉬워합니다. 불확실한 미래를 얻으려고 확실한 현재를 포기하거나 의식하지 못합니다. 우리가 가질 수 있는 시간, 통제할 수 있는 시간, 누릴 수 있는 시간은 현재뿐입니다. 좁게는 지금뿐입니다. 시간이 돈이라면, 시간이 성공이라면, 시간이 행복이라면, 시간이 사랑이라면, 그건 현재뿐입니다. 그러니까 현재를 누리세요!

# 지금,
# 일단은 느긋하게 쉬고 볼 시간

그동안 누구보다도 열심히 일했고, 열심히 살았는데, 기대했던 만큼의 성과를 얻지 못하고 나니 맥이 쫙 빠진다, 몸도 내 내 몸 같지 않고, 마음도 내 마음 같지 않다, 정말 우울하다, 잠도 잘 오지 않는다, 세상이 날 배신하는 것 같고, 운도 지독하게 따르지 않는 것 같다, 요즘 이런 증상 아닌가요? 마음의 상태는, 몸의 상태는 안녕한가요? 이유 없이 우울하거나 잠이 잘 오지 않는다면, 얼마 전까지만 해도 열심히 일을 했는데 왠지 모르게 무기력해지고, 우울하거나 잠이 오지 않는다면, 혹시 번아웃 신드롬이 아닐까 의심해 봐야 합니다.

'번아웃 신드롬Burn-out Syndrome'은 심리학 용어로 1974년 미국의 심리학자 허버트 프로이덴버거 박사가 처음 주장했습니다. 너무 일에 열중한 나머지 정신적 피로는 물론 신체적 피로까지 겹쳐서 무기력해지는 증상을 뜻합니다. 우리말로는 소진 또는 연소나 탈진 증후군이라고 할 수 있습니다. 허버트 박사는 소진 증후군에 이르면 지속적인 스트레스 때문에 신체뿐만 아니라 정신이 쇠약해지고, 의욕을 잃으면서, 질병에 대한 저항력이 떨어진다는 것입니다. 게다가 감정이 황폐해지면서 대인관계에도 문제가 생기고, 무기력감에 빠져 일의 능률이 현저히 떨어지는 경우도 있다는 것입니다.

소진 증후군인가 아닌가를 간단하게 알아보려면 아래 질문 5가지 중 3가지 이상이 걸리면 그 가능성이 있다고 합니다.

1. 아침에 눈 뜰 때 나 자신이 근사하다는 마음이 들지 않는다.

2. 기억력이 옛날 같지 않고 깜박깜박한다.

3. 전에는 그냥 넘길 수 있던 일들이 요즘엔 짜증나고 화를 못 참겠다.

4. 어디론가 훌쩍 떠나고 싶다.

5. 이전에 즐거웠던 일들이 요즘은 무미건조하고 삶의 행복이 느껴지지 않는다.

소진 증후군의 심한 증상이라면 수면장애, 우울증, 심리적 회피, 과도한 소비 증세뿐 아니라 알코올에 의존하는 경우도 있습니다. 그러다 보니 자기 통제가 어려워지면서 인생의 허무를 느껴서 극단적인 선택을 하는 경우, 갑자기 잘 다니던 회사를 그만두거나 진행 중이던 일마저 회피하는 경우도 있습니다. 우울증과 같은 증세를 보이기도 하지만 어떤 면에서는 우울증보다 심각한 문제일 수도 있습니다.

이러한 소진 증후군 또는 번아웃 신드롬에 빠지지 않으려면 일에 매진하는 것은 좋으나 감당할 만큼 일을 하는 지혜가 필요합니다. 또한 자신이 하는 일에 너무 기대를 많이 걸지 말아야 합니다. 지나치게 목표를 높게 잡지도 말아야 합니다. 이미 삶의 소진 상태에 빠져 있다면, 일단 쉬어야 합니다. 쉬는 것도 그냥 폐쇄적으로 휴식할 것이 아니라 여행을 떠나거나 정신회복에 좋은 취미활동을 하면서 쉬는 게 좋습니다. 비록 육체를 다소 피로하게 하더라도 일이 아닌 취미활동이라면 몸과 마음에 충분히 윤활유 역할을 할 수 있습니다. 일을 위한 일이 아니라 일을 즐길 수 있다면 그것은 자신을 탈진하게 하지는 않습니다.

지나친 일 욕심, 지나친 목표설정, 지나친 경쟁의식이 스스로를 완전히 연소하게 만드는 것입니다. 따라서 일을 위해 일하지 말고, 쉼을 위해 일해야 합니다. 쉼이란 시간 낭비가 아닙니다. 쉼은 보다 생산적으로, 보다 능률적으로 일하기 위한 회복의 과정입니다. 일종의 작전타임입니다. 비록 얼마간의 쉼이라도 지혜롭게 쉴 수 있다면, 그 시간은 자신의 소진된 에너지를 보충할 수 있는 좋은 시간입니다. 인생, 무엇이 중요하겠어요. 그러니까 자신을 위해 적당하게 일하는 게 좋습니다. 쉴 때는 화끈하게 일을 내려놓고 느긋하게 쉬는 겁니다. 그런 삶의 자세 속에 행복이 스며드는 겁니다.

# 09

# 속도조절,

## 다시 시작하는 여유로운 삶

## '나 괜찮아요!'의 시간

"저는 분명히 제가 한 것 이상으로 많은 사람에게 큰 사랑을 받았습니다. 잘하진 못했지만 항상 열심히 하려고 애썼습니다. 그걸 여러분이 조금은 알아주신 것 같아서 대표팀 옷을 벗을 수 있었습니다. 행복한 축구선수로 떠날 수 있게 해 주셔서 감사합니다."

2015년 3월 31일 차두리가 국가대표선수를 은퇴하면서 남긴 고별사입니다. 그는 대한민국에서 차범근의 아들로 태어나 축구선수로 인정받는다는 것은 상당히 힘든 일이었다고도 했습니다. 그럼에도 자신의 롤모델과 늘 함께 지낼 수 있어서 행복했으며, 축복이었다고 했습니다.

인생을 어떻게 사느냐는 분명 중요하지만, 어떻게 보면 자신의 인생을 어떻게 받아들이느냐, 어떻게 자평하느냐가 더 중요합니다. 그런데 스스로의 평가보다는 다른 사람의 평가에 더 신경을 쓰는 사람이 대부분입니다. 이를테면 자신의 인생을 다른 사람이 어떻게 바라볼까, 어떻게 평가할까에 전전긍긍하며 소신 있게 살지 못합니다. 그건 자신의 삶이 아닙니다. 그건 노예의 삶이고, 다른 사람의 삶입니다. 그렇게 다른 사람의 평가에 민감하면 대부분 자신의 삶을 부정적으로 바라볼 수밖에 없습니다. 자신이 살아온 삶을 부정적으로 받아들일 수 있습니다.

자신의 삶을 부정적으로 받아들이는 삶의 자세, 자신이 살아온 삶을 부정적으로, 원망으로 받아들이는 삶의 자세, 그런 사람의 자세를 갖는다면 우울에 빠져 지낼 수밖에 없습니다. 때문에 세상을 어떻게 사느냐보다 세상을 어떻게 받아들이느냐가 더 중요합니다. 그러면 어떻게 살든 무조건 자기 합리화하여 자신이 옳다는 것으로 받아들이란 말이냐고 반문하는 이들도 있을 겁니다. 자신의 인생을 좋게 평가하지 않으면, 자신의 삶에 자신감이 없다는 표현입니다. 자존감이 없다는 의미입니다. 그러니 자기 존재 가치나 이유도 발견하지 못할 게 분명합니다. 이처럼 자존감이 없으면 세상 살맛 안 나는 건 당연합니다.

때문에 내 인생을 긍정적으로 바라보는 삶의 자세, 내가 살아온 삶을 긍정적으로 받아들이는 삶의 자세, 그런 삶의 자세를 가져야 행복할 수 있습니다. 자신의 삶을 제대로 평가하는 사람, 자신의 삶을 긍정적으로 받아들이며, 자신의 삶을 가치 있다, 의미 있다고 받아들이는 사람은 당연히 세상을 제대로 사는 방법을 알고 있고, 그 방식대로 살아갑니다. 그러니까 그는 자기 삶에 자신감이 있고, 자존감이 있습니다. 따라서 어떻게 세상을 살아야 제대로 사는지를 알며, 자신의 삶을 어떻게 받아들여야 하는지도 압니다.

그렇게 스스로를 잘 평가하는 사람, 그는 행복합니다. 그래 나는 잘 살았어, 나름 열심히 살았어, 자신의 과거를 친근하게 받아들이는 사람, 그는 행복합니다. 그는 지금 긍정적으로 삽니다. 그는 스스로를 위로할 줄 압니다. 그는 스스로를 좋게 받아들입니다. 그런 삶의 자세가 그 자신의 모두를 긍정으로 바꿉니다. 따라서 세상을 어떻게 사느냐, 살았느냐와 함께 세상을 어떻게 받아들이느냐, 자신의 삶을 어떻게 받아들이느냐 하는 점에서, 자신을 긍정적으로 평가하는 게 좋습니다.

자신에 대한 긍정, 그렇게 자기 삶을 받아들이는 사람, 그의 과거는 그에겐 긍정이고, 지금은 긍정으로 살고, 다가오는 미래 또한 자신감 있게 맞이합니다. 그 사람은 자신감 있고 당당하게 자존감을 유지하며 삽니다. 그 삶의 자세가 그를 행복하게 합니다. 사람, 사람은 완벽하지 못합니다. 실수할 수 있습니다. 실패할 수도 있습니다. 그러니까 너무 자신의 실수나 실패를 민감하게 받아들이거나 아프게 반응할 게 아니라 ,조금은 자신에게 너그러워야 행복할 수 있습니다. 부정적인 자신의 삶의 모습을 부각시키려 말고, 자신의 긍정적인 삶의 모습을 부각시키는 자기긍정의 자세, 그 삶의 자세가 필요합니다. 지금 우선 자신을 위로하는 시간, 나 잘 살고 있어, 나 괜찮아, 이렇게 위로하는 시간이었으면 합니다.

# 제자리를 잘 지키는 시간

인생, 인생이 짧다면 짧고 길다면 깁니다. 그 삶을 길게 느끼든 짧게 느끼든 그 인생이란 여정에서는 많은 부침이 있습니다. 이런 일 저런 일 참 많습니다. 별 것 아닌 것 같지만 그 작은 일들이 모여 지금의 나로 머물러 있습니다. 조금의 오차만 있었어도 지금의 나와는 판이하게 다른 내가 여기 있을 겁니다. 나 스스로 생각해도 지금보다 나은 삶일 수도 있고, 못할 수도 있습니다. 또한 다른 사람들이 보기에도, 사회적 기준으로 봐도, 내 삶의 현재 모습은 지금보다 나을 수도 안 좋을 수도 있습니다. 그 수많은 부침들 속에 지금 여기에 나는 있습니다.

지금 여기 이 자리가 나에게 어울리는 자리인지, 진정한 나의 자리인지, 그걸 제대로 알기란 참 어렵습니다. 그래서 우리에겐 늘 성찰의 시간이 필요합니다. 수많은 부침들, 그 일들은 나 스스로 만드는 게 아니라, 주변의 영향을 받는 경우가 많습니다. 때문에 순수한 나의 판단보다는 주변의 권유나 부추김 또는 끌어내림에 영향을 받는 경우가 더 많습니다. 그렇게 찾은 자리, 진정한 자기의 자리를 찾지 못하고 주변 때문에 잡은 자리를 제자리인 양 생각할 수 있습니다.

그 자리, 그 자리가 처음엔 어색한 것 같지만 익숙해지면, 그 자리가 진정 나의 자리, 내가 있어 당연한 곳이라 생각할 수 있습니다. 정말 다행히도, 주변의 도움을 받아 내 진정한 자리에 내가 있다면 참 다행한 일입니다. 내 진정한 자리, 그것을 우리는 제자리라고 합니다. 내가 있어 당연한 자리, 내가 있어야 할 자리, 내게 잘 어울리는 자리, 그 자리를 잘 지키며 사는 삶, 그 삶은 다행한 삶이며, 행복한 삶, 진정 성공한 삶입니다. 따라서 제자리를 지키는 게 무엇보다 중요합니다. 제자리를 지키는 일, 그것은 참 쉬우면서도 어렵습니다.

내가 내 자리를 잘 지킬 수 있다면 나는 보다 행복할 수 있습니다. 나뿐만 아니라, 누구든 제자리를 제대로 잘 알고 지킬 수 있다면 그 공동체는 행복합니다. 그런데 그게 어렵습니다. 소위 소시민은 제자리를 찾으려 이리 저리 기웃거리면서 더 나은 자리를 찾아다니는 게 당연하지만, 어느 분야에서 제법 괜찮은 자리를 점한 사람이라면, 더욱 그 자리를 지켜주는 게 좋습니다. 그래야 그 한 사람이 누군가의 롤모델이 되고, 그 시대의 영웅이 됩니다. 이를테면 그들이 나라의 어른이며, 나라의 존경 받을 인물입니다. 그런 사람들이 많을수록 그 나라는 행복합니다.

영향력이 있는 사람, 많은 이들의 존경 받는 사람, 그 사람들이 많을수록 좋은데, 그런 사람들이 점점 사라져 갑니다. 제자리를 지키지 못하거나 지키지 않기 때문입니다. 그 자리에서만 존경 받을 사람인데 다른 자리를 기웃거리다 이제껏 쌓아왔던 이미지를 한꺼번에 잃는 경우가 많습니다. 그러니까 사회에 영향력이 많은 사람일수록 제자리를 잘 지켜야 합니다. 비록 그것이 자신에게 다소 불이익이 되더라도 다른 사람들에게 희망의 불빛이 된다면, 존경을 받는다면 그 자리를 지켜주어야 합니다. 때로 주변에서 부추기는 대로 따라가다 보면 본의 아니게 제자리를 잃을 수 있습니다. 그렇게 되면 이제껏 쌓아온 좋은 이미지를 모두 잃습니다.

어쩌면 지금까지의 이미지는 진정한  것이 아니라 왜곡되어 있었고, 지금의 그 이미지가 진정한 그의 이미지일 수도 있습니다. 하지만 비록 좋았던 이미자가 왜곡되어 있었어도, 그것을 유지한다는 건 좋은 일입니다. 누군가의 가슴에 희망을 심어주고, 기쁨을 주기 때문입니다. 가끔은 많은 사람을 위해, 또는 누군가를 위해 가식적이지만, 위선적이지만 페르소나로 사는 것도 괜찮습니다. 그리고 그 굳어진 이미지라면, 그것을 제자리로 알고 지켜주는 것도 필요합니다. 이게 안 되니까 우리 사회에 존경받을 만한 사람, 그저 바라만보아도 마음의 위로가 되는 이들이 없어서 불행합니다. 그러니 이제껏 좋은 본보기로 살아온 이들은 제자리를 잘 지켜주세요. 가만히 있는 사람을 다른 자리로 끌어내지도 말고요. 지금 당신의 자리는 제자리 맞나요?

# 내 삶을 채우는 시간

"삼십 분이란 티끌과 같은 시간이라고 말하지 말고, 그 동안이라도 티끌과 같은 일을 처리하는 것이 현명한 방법이다." 이 말은 독일의 위대한 시인 괴테의 말입니다. 무엇인가를 하려는데 턱없이 시간이 부족할 때가 있습니다. 그럴 때 우리는 대부분 더는 일을 할 엄두도 못 내고 그냥 그 일을 접는 경우가 많습니다. 하지만 헤밍웨이가 《노인과 바다》에서 "인간은 패배하려고 태어난 게 아니야. 죽으면 죽었지, 패배할 수는 없어"라고 말하듯이, 우리는 존재하는 한 무엇이건 시도해야 합니다.

시간, 우리에게 남은 시간은 얼마나 될까요? 하고자 하는 일에 턱없이 부족한 시간, 내가 하려는 일에 내가 투자하고자 하는 시간이 너무 부족하다는 생각이 들 때가 있지만, 어떻게 보면 내가 어떤 일을 하려는데 소용될 시간은 나의 결정일 뿐입니다. 실제는 그 시간은 전무할 수도 있고 내게 확보된 확실한 시간은 없습니다. 내가 원하는 시간과 내게 주어진 시간은 다릅니다. 내게, 내 삶에 남은 시간이란 실상은 하루 후일지, 한 시간 후일지, 삼십 분 후 일지, 십 분 후일지는 아무도 모릅니다. 우리는 모두 불확실한 시간 속에 살고 있습니다. 따라서 존재하는 한 주어진 시간 동안 그 무엇에 최선을 다할 뿐입니다. 그 삶이 현명한 일입니다.

내 삶의 자투리 시간이 비록 얼마 안 된다면, 그 동안 자투리 일을 하면 됩니다. 그렇게 사는 것이 내가 내 인생을 그저 흘려보내지 않는 겁니다. 인생은 그저 흘러가는 것이 아니라 내가 채워가는 과정입니다. 무엇을 채우든 내 인생은 채워지고 있습니다. 아무 생각 없이 흘려보낸 시간들도 내 인생에는 그대로 채워져 있습니다. 게으름으로도 채워지고, 분노로도 채워지고, 슬픔으로도 채워지고, 기쁨으로도 채워지고, 후회로도 채워집니다. 그냥 흘려보내는 시간은 없습니다. 그러니까 그 시간의 흐름 속에 무엇을 채울 것인지 생각하며 살아야 합니다.

그냥 무심코 보낸 시간에도 무심으로 채워지고, 부정적으로 넋 놓고 있으면 맥 적음으로 채워지고 마니, 그렇게 세월을 채울 바에는 조금이라도 꼼지락거리면서, 그 꼼지락으로 채우고, 기왕이면 조금이라도 내 삶을 보람 있게 채워갈 일입니다. 지금까지 어떻게 시간을 채우며 살아왔든 그건 중요하지 않습니다. 지금이 중요합니다. 지금의 삶이 나의 과거의 삶을 비게 만들거나 채워지게 만듭니다. 지금을 어떻게 사느냐에 따라 나는 나의 채워진 과거를 오늘을 사는 소중한 디딤돌로 삼을 수도 있고 시금석으로 삼을 수도 있습니다.

'지금 뒤돌아보면 내 뒤엔 무엇이 쌓여 있을까?' 그렇게 생각해 본 적이 있나요? 과거란 때로 부끄럽고 후회스러울 수 있습니다. 그렇다면 과거를 되돌아볼 것이 아니라 현재를 돌아봐야 합니다. 아무리 못생긴 과거라도 현재에 충실하다면 과거는 그저 좋은 디딤돌이요, 좋은 추억입니다. 우리 삶의 모든 시간은 현재로 해석하기 때문입니다. 내 과거에 대한 해석은 바로 현재라는 의미입니다. 그만큼 모든 시간은 현재와 관계를 맺고 있습니다.

미래란 것도 현재의 지속입니다. 현재를 긍정적으로 살고 있다면 현재는 바로 나 자신의 재산입니다. 부끄러움의 대상이 아니라 나를 키워준 디딤돌이요, 나를 사람답게 만들어준 시금석입니다. 그러니까 과거를 살리는 것은 현재의 삶입니다. 미래를 살리는 힘도 현재의 삶입니다. 현재를 잘 보듬으며 살면 과거는 감사의 대상이요, 나를 키워준 밑거름임을 깨닫게 합니다. 현재가 과거를 의미를 갖게, 보람을 갖게 합니다. 따라서 무엇보다도 현재를 잘 살아야 합니다. 과거를 후회나 부끄럼의 대상으로 해석할 게 아니라 디딤돌로, 추억으로 해석할 수 있도록 오늘을, 현재를 잘 살아야 합니다.

## 삶의 무늬를 수놓는 시간

세상이 변하기를 바랐습니다. 살만한 세상으로 변하기를, 눈물 없는 세상으로 변하기를, 설움 없는 세상으로 변하기를, 바라고 바랐습니다. 대단한 사람들이 변화를 외쳐서 살기 좋은 세상으로 변할 줄 알았습니다. 하지만 세상은 변하지 않았습니다. 어쩌면 이런 상황은 인류가 생겨난 이후 늘 같은 반복이었을 겁니다. 다양한 혁명이 일어나고, 피바람이 불었습니다. 그건 잠시였습니다. 이내 다시 사람들의 이기심이 발동합니다. 저 잘난 멋에 남을 마구 깎아내립니다. 앞으로 변하긴 할까요? 얼마나 더 속으면 변할까요? 어쩌면 비관적입니다. 그 물에 그 물일 거라고 생각하면 비관적이라 할 테지만 우리는 그렇게 살아왔습니다.

변화, 그건 혁명과도 같습니다. 우리는 그 환상을 너무 믿고 있었는지도 모릅니다. 이제 생각을 바꿉니다. 세상이 바뀌길 기다릴 게 아니라 내가 내 마음을 바꿔야 한다고 말입니다. 날씨가 우중충하다고 모두 우울하지는 않습니다. 날씨가 춥다고 마음마저 춥지는 않습니다. 내 마음의 문제입니다. 남들이 보기에 괴로운 일도, 많이 아플 것 같은 일도 그걸 아파하지 않는 사람도 있습니다. 내 마음의 눈이 세상을 바꿉니다. 내가 어떻게 보느냐에 따라 세상은 곱기도 하고 구슬프기도 합니다. 아름답기도 하고 추하기도 합니다. 세상이 변하는 게 아니라 내 마음의 시각이 세상을 바꿉니다.

이런 저런 생각을 하다 잡초를 떠올렸습니다. 아무런 이름을 갖지 못한 잡초 말이지요. 그놈들은 참 용케도 잘 살아내고 있습니다. 때로 우리도, 우리 같은 무지랭이들은 너무 세상에 민감할 게 아니라 잡초처럼 제 삶을 끈질기게 살아가는 것도 괜찮겠다는 생각을 했습니다. 아픔을 아픔으로 받아들이지 않고, 슬픔을 슬픔으로 받아들이지 않고, 끈질긴 삶을 살아내면서 때로 이름은 없어도 예쁜 꽃을 피워내기도 하는 잡초의 모습이 참 대견스러웠습니다. 그 누구의 보살핌은커녕 때로 짓이겨지면서도 잘 살아내는 잡초의 모습이 멋있어 보였습니다.

누가 돌보지 않아도 잡초는
누가 이름 하나 주지 않아도
끈질기게 살아남는다.
때로 밟히고 찢기고 바닥에 눕혀져도
애써 일어나 제자리를 찾는다
아파도 힘들어도 견뎌내며 찢겨진 상처를

그저 자기만의 삶의 무늬로 만들며 산다.

돌아보면 과거란 때로 온갖 삶의 부대낌에서 얻은 상처들뿐입니다. 그걸 상처로 받아들이면 상처지만, 그걸 현재의 약으로 받아들이면 그건 약입니다. 감사와 원망은 마음가짐에 있는 것이지, 정해진 것은 아닙니다. 자신의 아픔을, 상처를 삶의 무늬로 만들기, 그건 바로 나의 과거를 나의 자산으로 삼는 일입니다. 아린 상처들을 잘 보듬어 나의 글 속으로, 나의 경험담 속으로 초대할 수 있다면, 그건 바로 상처들을 삶의 무늬로 바꾸는 일입니다.

분노를 분노라 부르지 않고, 아픔을 아픔이라 부르지 않고, 내 안에 쌓인 그 얼룩들을 삶의 무늬로 바꿀 수 있다면 이미 세상은 변해 있습니다. 어떻게든 우리 인간은 행복하게 살아야 하니까요. 늘 미워만하면서, 늘 시기만 하면서, 늘 분노로 이죽거리면서 세상을 살기엔 주어진 시간들이 너무 짧습니다. 너무 아깝습니다. 지난 일들을 나의 자산으로 삼으면서, 나를 사람답게 키워준 그 아픔들을 감사의 대상으로 받아들일 수는 없을까요?

그래요. 잡초라면 어때요. 이름 따위 없으면 어때요. 내가 내 삶을 보듬으며, 내 삶을 위로하며, 내 삶을 사랑하며 살자고요. 그 삶에는 아름다운 삶의 무늬들이 곱게 수놓아질 거예요. 내가 살아온 날들의 기억들을 내 자산으로 삼아 내 삶의 무늬로 바꾸어 사는 일, 그 삶은 생산적이며, 행복한 일입니다. 내가 내 삶을 응원하는 잡초처럼, 우리들 삶을 부끄러이 여기지 않는 잡초처럼 당당한 삶을 살자고요.

# 우선멈춤,
# 그리고 수술할 시간

근원적인 부조리, 인간은 유한자라는 존재의 한계를 안고 세상에 왔고, 세상을 살고, 세상을 떠납니다. 길든 짧든 한평생입니다. 그 한평생에 할 수 있는 일도 한계가 있습니다. 인간은 한평생에 자신이 할 수 있는 일을 제대로 다 못할 텐데도, 그 이상의 일을 하려 욕심을 부립니다. 초인적인 힘을 기대합니다. 초인은 없습니다. 아무리 인간이 위대한 업적을 남겨도 그건 인간의 일입니다. 초월이니 초인이니, 그건 인간의 희망사항에 불과합니다. 그럼에도 인간인지라 제 한계 이상의 욕심을 부리다 보니 자신의 삶이 엉망이 될 뿐 아니라, 세상을 엉망으로 만들기도 합니다. 제 한계를 인정하지 않는 인간의 끝없는 욕심이 제 삶을 망치고 주변을 어지럽힙니다.

이런 욕심들이 우리를 빨리 빨리로 많이 많이로 몰아댑니다. 이 물결에 밀린 우리는 위대한 존재가 되는 일은, 보다 나은 존재가 되는 일은 남보다 빨라야 한다, 남보다 많아야 한다는 강박관념에 사로잡혀 생활합니다. 그러다 보니 자신을 돌아볼 여유가 없습니다. 만일 뭔가 잘못되었다면, 그리고 그 잘못된 일이 부분 땜질식으로 수정할 수 없는 일이라면, 완전히 우선 멈추고 완전히 새로 시작해야 함에도 불구하고, 그냥 임시변통으로 넘어갑니다. 그러면 작거나 큰 문제가 종종 발생하고 나중엔 도저히 수습이 불가능한 상황에 빠지고 맙니다. 이를테면 아무리 급해도 대대적인 수술이 필요하다면 모든 일을 멈추고 우선 환부를 모두 도려내야 하는 것처럼, 사람의 일도 부분으로 덮을 일이 있고, 모두 바꿔야 할 일이 있습니다.

문제의 사안에 따라 완전히 새로 시작해야 하는 일이 있고, 진행하면서 고치며 해야 할 일이 따로 있습니다. 그럼에도 빨리 빨리 병에 걸려서 그저 앞으로만 가려 합니다. 내 주변에서 그렇게 서두르기 때문입니다. 그들처럼 나 역시 앞으로만 달리려 합니다. 상황을 보면 완전히 전환점임을 인식하면서도 다른 사람을 의식하여 멈추지 못합니다. 어느 순간에 완전히 멈추어 놓고 완전히 새로 시작을 해야 하는데 그렇게 못합니다. 그저 땜질식으로 문제를 봉합하고 그럭저럭 넘어갑니다. 그렇게 다행히, 다행스럽게 끝까지 가기만 바랍니다.

그 어리석음이 언젠가 나를 완전히 다시는 재기불능의 나락에 빠지게 할 수도 있다는 것을 알면서도, 어떻게 되겠지, 닥치면 무슨 수가 있겠지, 그 생각으로 상황을 슬그머니 덮고 넘어갑니다.

그런 일들이 습관처럼 반복되니까 나중엔 아무런 위기의식 없이 지나갑니다. 하지만 올 것은 반드시 오고야 맙니다. 임시 봉합한 것은 단지 시간만 조금 더 얻은 것일 뿐, 필연적으로 올 것은 오고, 터질 것은 터지고야 맙니다. 그러니까 자신을 잘 돌아보아 멈추어야 할 시점이라면 일단 우선 멈추어야 합니다. 그리고 완전히 새로 시작해야 합니다.

이를테면 너무 곪아서 재생이 불가능한 피부를 그대로 두고 약이나 바르고 반창고나 붙여서 임시로 환부를 덮으면 나중엔 썩어서 그 부위뿐 아니라 생명에도 위협이 되고 맙니다. 그럴 땐 그 환부를 완전히 도려내고 새 살이 돋도록 해야 합니다. 그런 상황이라면 어떤 희생을 치루더라도 모든 일을 멈추고 완전히 대수술을 해야 합니다. 문제된 환부만 도려낸들 또 그 상황은 반복될 겁니다. 그 환부뿐 아니라 그 환부 주변에 조금이라도 상했을 가능성이 있는 부위까지도 화끈하게 도려내야 합니다. 그렇게 하여 완전히 새로운 살이 돋게 하지 않는 한, 그런 문제는 또 반복될 뿐입니다. 우선멈춤, 그리고 자신을 먼저 돌아보기, 나 자신에게 솔직해지기, 남에게 솔직해지기, 그것이 나 자신뿐 아니라 우리 모두가 제대로 사는 방법입니다.

## 지금,
## 유의미한 시간

"시간의 참된 가치를 알라. 그것을 붙잡아라. 억류하라. 그리고 그 순간순간을 즐겨라. 게을리 하지 말며, 헤이해지지 말며, 우물거리지 말라. 오늘 할 수 있는 일을 내일까지 미루지 말라." 이는 체스터필드의 말입니다. 인생을 잘 살았다고 하는 이들의 말의 요지는 대부분 오늘을 잘 살라, 순간순간을 즐기라는 것입니다. 하긴 우리가 가진 시간이란 현재라는 시간, 더 좁히면 지금이란 시간밖에 없습니다. 지금이란 시간만이 내가 쓸 수 있는 시간이고, 내가 생각할 수 있는 시간이고, 내가 낭비할 수 있는 시간이기도 합니다.

이 현재라는 시간을 어떻게 쓸까, 시간 낭비와 유용한 시간의 차이는 무엇일까, 그건 누가 정해주는 것이지, 이런 질문을 던진다면, 그 대답은 자신 안에 있을 뿐입니다. 지금 보내는 시간을 유의미한 시간으로 보내는지, 무의미한 시간으로 보내는지, 그건 자기 자신의 생각에 달려 있습니다. 그럼에도 불구하고 대부분 그 시간의 의미를 다른 사람의 기준, 사회의 기준에 맞추어 판단하려고 합니다. 다른 사람의 기준은 비교의 시간입니다. 그러다 보니 나보다 나은 사람을 따라가려니 그저 바쁩니다. 사회의 기준은 부, 성공, 명예, 권력 따위입니다. 그 기준에 따르려니 남보다 더 머리를 쓰고, 남보다 더 일하고, 남보다 더 바빠야 합니다. 그러니 마음의 여유가 없습니다.

이제 사회에 돌려준 기준, 다른 사람의 시선에 돌려준 기준을 자기 기준으로 가져와야 합니다. 이를테면 시간에 대한 자기철학을 가지라는 겁니다. 남들이 뭐라든, 사회적으로 성공을 못하든, 자신이 생각하기에 행복하다, 좋다, 의미 있다 싶은 일에 시간을 보냈다면, 그건 잘 보낸 시간, 유의미한 시간입니다. 그렇지 않고 다른 사람의 기준이나 사회적 기준에 맞추어 보내는 시간, 그 시간을 사는 건 제 인생이 아니라 남의 인생을 사는 겁니다. 그러니까 남들이 보기에 잘 살았어도 저 스스로는 우울하고 뭔가 허전하고 허무한 겁니다. 그러므로 나 스스로 기준을 정한 삶, 그런 삶을 살아야 합니다.

자기 철학으로 사는 사람에겐 시간 낭비란 없습니다. 남들과 수다 떠는 시간, 할 일 없이 여기 저기 거니는 시간, 연애하는 시간, 농담하는 시간, 잠자는 시간, 그 모든 시간에 의미를 부여할 줄 아는 덕분입니다. 지금 무엇을 하고 있든 그게 중요한 게 아닙니다. 그 시간에 어떤 의미를 부여하느냐가 중요합니다. 그것이 곧 자기 삶을 개념화하는 것이고, 자기 삶의 정당성을 부여하는 일입니다. 이렇게 자신이 보내는 시간들이 유의미하다 생각하는 사람은 행복할 수밖에 없고, 그렇게 순간을 사는 사람들은 후회하지 않을 수밖에 없습니다. 그러니까 지금 무엇을 하든 의미를 부여하며 살라는 겁니다.

지금은 지금 하는 일에 의미 부여를 하라는 겁니다. 지금 하는 일에 의미를 부여하는 사람의 시간은 과거라는 이름으로 뒤에 쌓입니다. 물론 의미부여를 하지 않은 시간들도 쌓입니다. 무의미하다고 생각한 시간은 후회로 쌓이고, 유의미한 시간은 추억으로 쌓입니다. 그 추억의 양만큼 우리는 행복하고, 그 후회의 수만큼 우리는 우울합니다. 그러니까 지금의 시간을 유의미하게 생각하여 보내라는 겁니다. 또한 지나치게 보내버린 시간 중에 추억은 되살리되, 후회는 살리지 말라는 겁니다. 후회에 낭비하는 시간은 또 무의미한 시간이기 때문입니다.

지금, 무엇을 하고 있나요? 무엇을 하든 보다 중요한 것은 지금 하는 일을 유의미하게 생각하느냐가 중요합니다. 세상일이란 어떻게 생각하느냐에 따라 모든 일이 유의미할 수도 있고 무의미할 수도 있습니다. 그 일을 가치 있게 만들면 모두 가치가 있습니다. 생각하며 하는 고생은 삶의 시행착오를 줄여주거나 보람을 느끼게 하니 유의미한 일입니다. 하지만 생각 없는 고생은 헛고생입니다. 그러니까 무엇을 하든 자기 철학을 가지고 하면 의미가 있고 가치가 있습니다. 지금 나는 의미 있는 시간을, 가치 있는 시간을 보낸다 이렇게 생각하자고요.

# 사람을 사랑하는 시간

"주께는 하루가 천 년 같고, 천 년이 하루 같은 이 한 가지를 잊지 말라"라는 성경 구절이 있습니다. 모순적인 문장임엔 틀림없습니다. 문장이 모순이라고 내용도 문제인 것은 아닙니다. "사랑이란 두 글자는 길고도 짧은 얘기"란 노래 가사도 같은 맥락이니까요. 이와 마찬가지로 시간이란 것도 때로는 길고 때로는 짧습니다. 기계적인 시간은 길고도 짧지는 않습니다. 그저 똑같습니다. 하지만 느끼는 시간, 심리적인 시간은 길고도 짧습니다. 아니 길게 느껴지기도 하고 짧게 느껴지기도 합니다. 상황에 따라 시간은 더디게도 빠르게도 흘러가는 것처럼 느껴진다는 의미입니다.

이를테면 신께서 사람을 사랑하실 때 인간이 악의 길에서 돌아오기를 기다리는 시간은 무척 지루할 겁니다. 또한 너무 사랑한 나머지 이제나 저제나 돌아오기를 기다리는 마음은 천 년을 하루처럼 용서의 마음으로, 사랑의 마음으로 기다려야 할 겁니다. 계기적인 시간, 기계적인 시간, 시계로 재는 시간은 누구에게나 같은 속도로 흐르지만, 마음으로 재는 시간은 사람에 따라, 상황에 따라 달리 느껴집니다. 즐거운 시간들은 아주 빨리 지나갑니다. 하루가 한 시간처럼 후딱 지나갑니다. 사랑하는 사람과 있는 시간은 벌써 이렇게 되었나 싶게 아주 빨리 지나갑니다. 그렇게 즐거운 시간은 시간이 흘러가는지조차 의식하지 못합니다. 마음이 온통 그 사랑하는 사람에 집중하고 있기 때문입니다.

반면 힘든 삶에 주어지는 시간은 아주 더디게 흐릅니다. 하루가 마치 백 일이라도 되는 듯 아주 더디 더디 흐릅니다. 자꾸 시간을 확인합니다. 그럴수록 시간은 더욱 더디 갑니다. 즐겁지 않은 시간, 미운 사람과 함께하는 시간, 하기 싫은 일을 하는 시간, 그 시간은 전혀 흐르지 않고 멈추어 있는 것 같습니다.  그렇게 힘든 시간, 피하고 싶은 시간, 고통스러운 시간들은 더디 더디 흐릅니다. 지루합니다. 그럴수록 시간을 보고 또 봅니다. 전혀 집중도 안 됩니다. 그래서 더 힘이 듭니다. 그래서 더 시간이 흐르지 않습니다.

무슨 일에든 집중 할 수 있다면 시간을 잊고 삽니다. 시간의 흐름을 의식하지 않습니다. 때문에 행복하게 살려면 시간의 흐름을 잊고 살아야 합니다. 시간의 흐름을 잊고 살려면 즐거운 일을 하며 살아야 합니다. 집중할 수 있는 일을 해야 합니다. 하지만 그렇게 내가 하고 싶은 일을 골라하며 살기란 쉽지 않습니다. 오히려 하기 싫은 일을 하도록 되어 있는 게 우리 삶입니다. 그럼에도 그 일을 거절할 수 없다면, 회피할 수 없다면 그 일에 집중해야 합니다. 그 일을 즐겨야 합니다. 따라서 행복한 삶을 원한다면 집중할 수 있는 일을 찾거나, 즐거운 일을 하거나, 주어진 일에 집중하거나, 주어진 일을 즐겨야 합니다.

기계적인 시간은 조금의 오차도 없이 계기적으로 흘러갑니다. 그 시간의 흐름만큼 우리 또한 여지없이 신체의 변화를 맞이합니다. 그 흐름에서 벗어날 수 있는 사람은 아무도 없습니다. 누구나 나이 들고, 자라고, 늙어갑니다. 그 시간은 누구에게나 공평합니다. 그런 시간 속에서 어떤 이는 행복하게 살고, 어떤 이는 불행하게 삽니다. 이렇게 차별이 생기는 이유는 공평하게 주어지는 시간 탓이 아닙니다. 그 시간을 다르게 느끼는 심리적인 시간 때문입니다. 그러니까 기계적인 시간보다는 각자 다르게 쓸 수 있는 심리적 시간이 더 중요합니다.

또한 시간은 아주 정확하게 흐른다 한들, 주어지는 속도는 같다 한들, 주어지는 시간의 양은 모두 다릅니다. 시간의 흐름은 공평할지라도, 주어지는 시간의 양은 결국 공평하지 않습니다. 그럼에도 불구하고 시간을 많이 받은 사람이 행복한 건 아닙니다. 시간을 조금 받은 사람이 불행한 것도 아닙니다. 받은 시간의 양이 중요한 게 아니라, 주어진 시간 속에 무엇엔가 집중할 수 있느냐가 중요합니다. 그래요. 행복하게 살려면 시간의 흐름을 느끼지 않는, 무엇엔가 집중할 수 있는 그런 삶을 살아야 합니다. 그 무엇을, 그 누군가를 사랑할 수 있다면, 거기에 집중할 수 있고, 집중할 수 있으면 시간의 흐름이 허무하지 않고, 늘 행복할 수 있습니다. 그러니까 사랑하자고요. 사랑하는 시간, 그것은 천 년을 하루처럼 사는 즐겁고 유쾌한 일이니까요. 오늘은 일을, 사람을, 놀이를 사랑할 시간입니다.

# 누군가와
화해하는 시간

어떤 강의를 하든 즐거운 마음으로 하자, 물론 강의뿐 아니라 무슨 일을 하든 기왕이면 즐겁게 하자는 게 제 생각입니다. 글쓰기, 책 읽기, 그리스 신화, 이러 저러한 여러 가지 강의를 합니다. 주제와 내용이 다양한 만큼 강의를 하고 받는 대가도 천차만별입니다. 어떤 조건이든, 어떤 강의이든 최선을 다하려, 즐겁게 하려 노력합니다. 강의 하나 하나에 나름의 의미부여를 하려 합니다. 다양한 강의인 만큼 또한 다양한 사람들을 만납니다. 그 만남 하나하나 모두 소중합니다. 만남 그 자체가 배움이니까요. 언제 어디서 다시 우연을 가장하여 마주칠지는 아무도 모르니까요.

무엇을 하든 의미부여를 하는 일은 자기 존재이유나 존재가치에 도움이 됩니다. 자기 존재의 의미를 찾으면, 세상 살맛도 나고, 재미도 있어 자신감과 자존감도 커집니다. 내가 하는 강의에 자부심을 가질 수도 있고요. 이렇게 하는 일에, 그 무엇에 보람 찾기에서 다음에 그 일을 할 때에 더한 에너지를 받습니다. 제 강의를 들은 분 중에 한 분이 "아주 오랜만에 아버지를 만나 뵙고 화해를 하였습니다. 제 마음 속의 상처를 씻을 수 있는 기회를 준 동기는 바로 그리스 신화 강의입니다. 그리스 신화를  통해서 인간에 대해서 다시 생각할 시간을 주셔서 감사합니다"란 매일을 보내왔습니다.

그리스 신화로 읽는 사람심리를 8주간 한 번도 빠짐없이 참석하여 강의를 들은 분입니다. 인간의 적나라한 모습을 보여주는 그리스 신화는 우리들 마음의 모습을 그대로 보여줍니다. 우리는 모두 추하면서 아름답고, 아름다우면서 추하고, 악하면서 선하고, 선하면서 악한 존재라는 겁니다. 따라서 우리는 누군가를 마음껏 비난할 수도 없습니다. 우리 또한 악하기도 하고 추하기도 하니까요. 그걸 인정하면 나보다 나쁜 사람은 별로 없습니다. 그리스 신화를 읽으면서 그 분도 다양한 사람의 모습을 인정하게 되었나 봅니다. 무엇을 배우느냐보다 그것을 어떻게 받아들여 나의 것으로 삼고, 실천하느냐가 더 중요합니다. 그 분의 화해의 모습이 참 아름답습니다. 화해하는 시간이 더 아름답습니다.

알고 보면 나 자신 남보다 선하지 않습니다. 잘나지 않았습니다. 그런데도 우리는 자신을 선하게 여기는 대신 마음에 안 드는 사람을 보면 악하다고 여깁니다. 마음의 모습은 거기서 거긴데 그것을 인정하지 않으려 합니다. 그런 고얀 마음, 그런 오만한 마음 때문에 우리는 다른 사람을 배척하거나 관계를 나쁘게 틀어놓기도 합니다. 그런 어그러진 관계의 책임은 바로 나 자신에게 있습니다. 그렇게 멀어진 사람들, 우리는 그런 사람들을 잊으려 애쓰면서 도 마음 한켠에 그 미움의 덩이, 찜찜함을 짐으로 싸놓고 있습니다. 그러면 마음은 더 불편하고 찜찜합니다.

미움은 쌓아두면 쌓아둘수록 우리를 불편하게 하고 마음을 무겁게 합니다. 미움 받는 사람은 그 생각조차 않을 수도 있는데, 미워하는 나만 그저 괴롭습니다. 잊으려 해도 그 생각이 떠나지 않습니다. 생각하지 않으려 해도 가끔 떠올라 나를 괴롭힙니다. 그런 괴로움, 그런 우울함, 그런 찜찜한 기분을 떨쳐 버리려면 이제 화해의 시간이 필요합니다. 그 화해가 나를 편안하게 하고, 무거운 마음의 짐을 내려놓게 하기 때문입니다. 물론 먼저 화해의 손을 내밀기란 무척 어렵습니다. 때로 자존심이 허락지 않을 수도 있고, 쓸데없는 짓인 것으로 생각할 수도 있기 때문입니다.

하지만 조금만 용기를 내거나, 조금만 이해를 한다면, 내가 먼저 화해의 손을 내밀 수 있습니다. 나도 인간인 한 충분히 나 자신도 나을 것이 없다, 나쁜 사람일 수 있다 생각하면 다른 사람을 받아들이기 그리 어렵지 않을 겁니다. 그래서 조금만 용기를 내면, 조금만 이해를 하면, 그래서 누군가와 화해할 수 있다면, 그 다음 시간들은 아주 편안할 겁니다. 마음이 아주 경쾌할 겁니다. 그래요. 화해할 상대가 있나 돌아보자고요. 그리고 이 이 아침엔 누군가와 화해를 시도하는 문자라도 보내보거나, 전화를 했으면 좋겠어요. 아름다운 화해의 시간이었으면 좋겠어요. 한결 마음이 가벼

워질 테니까요. 화해하는 시간, 그것은 행복을 만드는 시간입니다.

# 우리가 행복해야 하는 이유

우리는 모두 세상에 행복하기 위해서 태어났습니다. 하여 누구나 행복을 추구할 권리가 있습니다. 당연히 우리가 신의 아들이라면, 우리 모두는 당연히 행복해야 합니다. 적어도 신이 인간의 편이라면, 우리가 행복하게 사는 것을 원할 것은 당연하니까요. 우리가 행복하지 못하면 신은 가슴이 아플 것이고, 우리가 행복하면 빙그레 미소 지을 겁니다. 그러니까 우리는 우리 자신을 위해서도 행복해야 합니다. 또한 우리 편인 신을 위해서도 행복할 의무가 있습니다. 고로 우리는 어떻게 해서든 행복하게 살아야 합니다.

실상 우리 삶의 조건은 그다지 행복의 조건이 아닙니다. 우리의 신체구조를 찬찬히 따져 보면 온통 하자 투성이입니다. 늘 여러 질병에, 또는 여러 위험에 적잖게 노출되어 있습니다. 우리의 정신구조를 찬찬히 들여다보면, 우리 정신구조 역시 온전하지 못합니다. 때로는 뿌리 없는 부평초처럼 흔들리지를 않나, 때로는 감정의 고조를 걷잡을 수 없이 오락가락하지 않나, 무엇 하나 안정적인 게 없습니다. 이렇게 우리 인간은 불완전한 존재입니다. 그럼에도 불구하고 우리는 행복을 추구하며 살아야 합니다.

행복한 삶, 인간이라면 누구나 시간의 지배와 공간의 지배를 당연히 받습니다. 이를테면 내가 나에게 주어진 시간 그리고 공간과 얼마나 잘 조화를 이루느냐가 내가 행복할 수 있는 바로미터입니다. 공간이야 멈추어 있다 해도 시간은 그 공간 위를 쉼 없이 지나갑니다. 지나가는 시간만큼 공간도 변해 갑니다. 그러니까 내가 어떤 시간을 사느냐, 어떻게 시간을 사느냐가 무엇보다 중요합니다. 따라서 시간에 대한 자신의 철학을 갖고 그 시간을 자신 안에서 유의미한 정의를 내리며 살아야 합니다.

유태인들은 디아스포라의 시련을 겪으면서 시간에 대해 이렇게 정의했습니다.

"승자는 패자보다 더 열심히 일하지만 시간에 여유가 있고, 패자는 승자보다 게으르지만 늘 바쁘다고 한다. 승자의 하루는 25시간이고 패자의 하루는 23시간밖에 안 된다."

제 삶을 잘 사는 사람은 여유가 있습니다. 그다지 서두르지 않으면서도 일을 잘 처리합니다. 생산적으로 일합니다. 그러니까 여유 있게 살 수 있습니다. 그런데 제 삶을 잘 관리하지 못하는 사람은 늘 서두르면서도 일의 성과는 별로입니다. 왜일까요? 이는 일의 우선순위의 지혜를 갖지 못했기 때문입니다. 생각 없이 일하기 때문입니다. 따라서 그저 서두르지 말고 지혜롭게 살려 노력해야 합니다.

또한 "승자는 열심히 일하고 열심히 놀고 열심히 쉰다. 패자는 허겁지겁 일하고 빈둥빈둥 놀고 흐지부지 쉰다. 승자는 시간을 관리하며 살고 패자는 시간에 끌려 산다. 승자는 시간을 붙잡고 달리며 패자는 시간에 쫓겨서 달린다"라고 합니다. 우리 삶은 음악과도 같습니다. 흐름을 타며 자연스럽게 살면 일도 잘 풀리고, 하는 일도 재미있습니다. 그런데 삶의 음을 타지 못하고 어긋나면 일도 자꾸 꼬이고 일이 지겹고 하기 싫습니다. 그래서 악순환이 되풀이 되는 겁니다. 일단 제 삶의 리듬을 찾을 수만 있다면 그 다음엔 하는 일마다 즐겁고, 일이 즐거우니 그 일의 생산성이 높아지고, 생산성이 높아지니 당연히 삶의 여유가 생기게 마련입니다. 그러니까 자기 삶의 리듬을 잘 맞추며 살아야 합니다.

우리가 성공하는 데 꼭 필요한 요소는 시간이란 놈입니다. 무슨 일이든 시간이 존재하지 않는 한 이루어지지 않습니다. 세상에는 그래서 수많은 시간관리 책들이 나오지만 그 책들에 나오는 이론을 섭렵한다고 시간이 관리되는 것은 아닙니다. 일에 임하는 자세, 일을 처리하는 지혜, 삶의 리듬을 타면서 일을 즐기는 자세가 중요합니다. 이렇게 일을 즐길 수 있다면 우리는 이제 행복합니다. 그렇습니다. 시간 속에 행복이 있습니다. 시간을 살면서 행복합니다. 삶의 리듬을 잘 타면서 일을 즐길 때 행복은 주어집니다. 우리 모두는 이렇게 행복할 자격이 있고, 당연히 행복해야 합니다. 오늘부터 행복하게 살기 위한 프로젝트를 만들어 보자고요.

# 내 소중한 삶 속에 내가 있을까?

우리는 고작 100년도 못 살면서 마치 천 년 그 이상을 살 것처럼, 수 없는 걱정을 하며 삽니다. 이미 지나간 일이라 아무리 되돌리려 해도 되돌릴 수 없는 일도 억지로 현재로 끌어다 고민합니다. 그러니 미래의 일이야 오죽하겠어요. 오지도 않은 일, 오지 않을 수도 있는 일까지도, 가능성이란 단어를 앞세워 미리 끌어다 걱정거리로 쌓아두고 고민에 고민을 거듭합니다. 그렇게 고민한다고 그 일을 다 할 수 없다는 걸 알면서도 마치 취미처럼 걱정하는 일을 일상으로 삼아 살아갑니다.

우리를 힘들게 하는 것, 우리를 우울하게 하는 것은 우리 자신이 실제로 할 수 있는 일보다 훨씬 많은 일을 자신이 해야 할 일의 목록으로 삼기 때문입니다. 오늘 할 수 있는 일을 잘 정하고 오늘 그 일을 다했다면, 아주 편안하게 잠들 수 있습니다. 그런 하루하루가 모여 우리를 행복한 사람으로 만들어 줍니다. 그런 날들이 모여 우리를 보람을 느끼며 살게 합니다. 과하지 않고 소박하게 나 자신을 잘 규정지으며, 주제에 맞게 생활하면 행복하지 않을 이유가 없습니다. 그러니까 정말로 행복하게 살려한다면, 실제로 할 수 있는 일을 슬기롭게 정해야 합니다.

그런데 자신의 기준을 갖고 살면 될 것을, 자신의 기준으로 일하면 될 것을, 다른 사람과 비교하며 자신의 삶의 규모와 일의 규모를 정하고 그것을 위해 삽니다. 때문에 늘 고민이 따르고, 걱정이 따르고, 힘겨움이 따릅니다. 그러니까 나는 나지, 너는 나가 아니라는 아주 기본적인 생각부터 가져야 합니다. 그런 기본도 안 돼 있으니까 우왕좌왕하며 살게 됩니다. 그러다 보니 제 삶에서 자신은 없고 다른 사람만 있습니다. 따라서 아무개는 어떻고 하지 말고, 나는 어떠하다 라는 기본 생각으로 나를 내세우며 살아야 합니다.

내 소중한 삶에 나는 없고 다른 사람만 있다면 참 억울합니다. 당연히 내 소중한 삶의 중심은 나여야 하는데, 내 삶에 실제로는 내가 없는 경우가 많습니다. 삶의 기준도 남을 의식한 기준, 공부의 기준도 남을 의식한 기준, 일의 기준이나 일의 목표의 기준도 남과 비교한 기준인 경우가 많습니다. 그러니까 내가 놀고 싶을 때도 못 놉니다. 내가 일하고 싶을 때 일하지도 않습니다. 남을 의식하며 일하고 남을 의식하며 놉니다. 내 소중한 삶에 내가 없는 이런 아이러니한 삶을 살면서도 모른 채 살고 있습니다.

정말로 나는 소신껏 일하는 시간과 노는 시간을 뚜렷이 구분하고 있을까요? 내 소중한 삶에 부여된 내 시간은 참 중요합니다. 그 순간들을 즐겁게 보내면서, 나름대로 잘 활용하면 행복합니다. 그러면 지난날은 즐거운 추억으로 가득 찰 것이고, 나중에라도 후회할 일이 줄어들 겁니다. 그렇게 살면 비록 힘든 날에도 아름답고 행복하게 삶을 살 수 있습니다. 자신의 삶 속에서 이제는 다른 사람을 내보내고, 자신이 삶 속을 주관하며 소신껏 살아야 합니다. 그리하여 하루 하루를 깔끔하게 정리하며 편안한 잠에 깊이 빠져야 합니다. 잘 살은 하루들이 모여 행복한 인생을 이루어준다는 걸 생각하자고요.

# 지금은
# 여유를 되찾을 시간

냉랭한 마음의 소유자들, 눈만 살아 움직이는 것처럼 밀려들며 지옥철을 만들던 사람들, 뭐가 그리 급한지 앞만 바라보며 미친 듯이 달려가던 사람들, 어딘가 모르게 불만이 가득 찬 얼굴의 사람들, 조금만 기분 상해도 버럭 화를 내던 사람들, 괜한 짜증을 내며 당장 싸우기라도 할 듯 인내심을 잃은 사람들, 주변에서 무슨 일이 일어나든 무관심한 사람들, 그런 사람들로 넘쳐나서 살기가 무서워지던 세상이 어느 날 갑자기 살만한 세상으로 바뀐다면 얼마나 신기할까요?

넘어진 사람을 일으켜주는 마음 따뜻한 사람, 먹을 것이 없어 구걸하는 사람에게 정성스럽게 자비를 베풀며 다정하게 손을 잡아주는 사람, 전철에 사람들이 많다 싶으니 그 차를 보내고 다음 차를 기다리며 책을 읽는 사람, 누군가에 발을 밟혀도 화를 내기보다 괜찮다며 휴지를 꺼내 제 구두를 털어내는 사람, 어쩌다 부딪쳐도 화를 내기보다 싱긋 미소를 짓는 사람, 냉랭한 마음들이 녹아내려 따뜻한 마음의 소유자들, 이렇게 정감어린 사람들, 배려하는 사람들, 양보하는 사람들로 세상이 점점 채워지고 있다면 얼마나 뿌듯할까요. 사람으로 태어난 것이 얼마나 신나고 자랑스러우며 자부심이 있을까요?

"모든 것이 다시 활기를 띠고 움직이기 시작했다. 자동차들은 길을 달리고, 교통순경들은 호루라기를 불고, 비둘기들은 날아가고, 강아지는 전신주에 오줌을 쌌다.

이 세상이 한 시간 동안 멈춰 서 있었던 것을 눈치 챈 사람은 아무도 없었다. 실제로 세상이 정지했다가 다시 움직이기까지 시간은 전혀 흐르지 않았기 때문이다. 사람들은 그 사이 눈을 한 번 깜빡였다고 생각했다.

하지만 전과 달라진 것이 있었다. 별안간 모든 사람들이 한없이 시간이 많아진 것이다. 당연히 모두 기뻐했다. 그러나 그것이 자신들이 아낀 시간이라는 것, 그 시간이 신기한 과정을 거쳐 되돌아왔다는 것을 아는 사람은 아무도 없었다."

시간의 여유, 그건 일을 아주 잘 처리한다고 생기는 것도, 무슨 일이든 재빨리 처리한다고 얻어지는 것도, 쉬지 않고 끝없이 일을 한다고 얻어지는 것도 아닙니다. 시간의 여유, 그것은 마음의 문제입니다. 마음을 느긋하게 가지면 시간의 여유가 생깁니다. 자기 일의 양을 무리하게 잡지 말고 적절히 정하면 여유가 생깁니다. 하던 일이라도 일단 멈추고 진정한 자신의 삶을 찾으려 하면 여유가 생깁니다. 여유는 내 밖에 있는 것이 아니라, 내 안에서 정하는 내 룰에 있습니다.

다른 사람을 따라하려 하지 마세요. 다른 사람과 자신을 견주어 살지 마세요. 그들은 그들의 인생이 있고 나는 나의 인생이 있습니다. 다른 사람을 부러워할 것도 아니고, 다른 사람을 무시할 것도 아닙니다. 내 인생의 기준은 내가 정하고 내 기준에 맞추어 내 삶을 살면 됩니다. 물론 다른 사람을 따라하면 지금보다 사회적인 성공에 가까이 갈 수 있습니다. 지금보다 더 많은 돈을 벌 수도 있고, 사회적인 지위도 높아질 수 있고, 보다 큰 사회적 영향력도 확대할 수는 있습니다.

만일 그게 진정한 삶의 목적이라면 그렇게 살아도 됩니다. 하지만 그런 사회적 기준에 따른 삶, 남과 비교하며 사는 삶을 추구하는 사람들이 늘어나면서 우리 사는 세상이 이토록 냉랭하고, 급하고, 인정 없는 곳으로 변하고 있습니다. 그러니까 이제는 발전이 더디더라도, 비록 지금 상황에서 더 이상 발전이 멈추어진다고 해도 차라리 지금 행복한 게 낫습니다. 조금 불편해도 마음이 편한 게 좋습니다. 그러니까 이제는 여유를 찾자고요. 그래서 행복하자고요.

# 피워야 할 시간의 꽃

봄은 꽃의 계절입니다. 화사하게 피어 봄을 알려준 벚꽃들이 흐드러지게 핍니다. 이내 꽃이파리 바람에 흩날리는 날들이 지나기 무섭게 산에 산에 산에는 형형색색의 꽃들이 핍니다. 여기 저기 불붙듯이 홍조를 띤 연분홍 진달래들이 삭막한 산들을 수놓습니다. 그뿐인가요. 산울가 여기 저기 귀엽게 피어나는 이름도 알 수 없는 노란꽃들이며, 복수초며, 다양한 색깔의 꽃들이 뽐내며 피어납니다. 물론 꽃들이 봄에만 피는 것은 아니지만, 흔히들 봄 하면 대부분 꽃의 이미지를 떠올립니다. 봄은 삭막했던 겨울을 지우면서 그 자리를 화려한 꽃들로 수놓기 때문입니다. 무엇이든 처음을 잘 기억하는 덕분에 다른 계절을 꽃의 계절이라 부르지 않고 봄을 꽃의 계절이라 부릅니다.

꽃, 우리는 그 꽃들 중에서 꽃만을 기억합니다. 이를테면 꽃이 피기 전의 모습엔 그다지 관심이 없습니다. 또한 꽃이 진 다음에도 그다지 관심이 없습니다. 여기 저기 꽃구경은 열심히 다니지만 꽃

피기 전에는 그 꽃이 나무나 꽃 뿌리였다는 건 관심이 없습니다. 꽃구경을 하고 난 후엔 그 꽃을 잊고 삽니다. 그 꽃이 피기까지에는 꽃의 과거가 있다는 걸, 씨앗이었을 수도 있고, 앙상한 나무였을 수도 있습니다. 그런 씨앗이 있었기에, 앙상한 나무가 있었기에 지금의 꽃이 있습니다. 씨앗이, 앙상한 나뭇가지가 지금의 꽃을 만들어 주었습니다.

지금 꽃이 한창입니다. 참 아름답습니다. 이 아름다움이 오래오래 계속되었으면 하고 바라나요? 꽃이 핀대로 언제까지 그대로 있었으면 하냐고요? 꽃은 그리 오래 머물지 않습니다. 금세 떨어집니다. 어쩌면 짧게 피었다가 지기 때문에 꽃이 아름다운지도 모릅니다. 아름다움을 접으며, 꽃은 집니다. 그토록 곱던, 그 아름다움을 자랑하던 꽃이 집니다. 그렇게 꽃이 어서 떨어져야 그 꽃진 자리에 열매가 맺힙니다. 그 열매가 다시 씨앗이 되어 다음해를 기약합니다. 그게 순리입니다. 꽃이 아무리 아름다운 들 지지 않으면 그 꽃은 더 이상 존재할 수 없습니다.

하나가 물러나면 다른 하나가 그 자리를 채우는 순리, 그것은 꽃을 닮았습니다. 씨앗이 싹을 내면, 씨앗의 시간이 갑니다. 씨앗의 시간이 가면 싹의 시간입니다. 싹이 자라면 꽃의 시간입니다. 꽃의 시간이 지나면 열매의 시간입니다. 그 하나의 자리를 다른 모습들이 자리를 교대합니다. 그런 아름다운 순환이 종족을 유지하게 합니다. 그것을 우리는 순리라고 부릅니다.

우리의 삶도 마찬가지입니다. 아가의 시간이 지나면, 아동의 시간으로 이어지고, 아동의 시간은 소년의 시간으로, 소년의 시간은 청년의 시간으로, 청년의 시간은 성인의 시간으로, 성인의 시간은 중년의 시간으로, 중년의 시간은 노년의 시간으로 배턴을 넘겨줍니다. 이런 순환 속에 지금 우리는 바로 전 단계를 딛고 여기에 있습니다. 지금, 누구에게든 지금은 꽃의 시절입니다. 길지 않게 이어질 지금이란 현재의 꽃, 이 아름다운 지금에 머물려고 발버둥치면 우리는 추해집니다.

우리는 우리 피어 있는 이 자리를 뒤로 남겨두면서 앞으로 나아가야 합니다. 우리가 지나 지금이란 꽃이 진 자리가 있어야, 그 자리에 아름다운 열매가 맺힙니다. 그리곤 이내 꽃이 진 자리에 다시 새로운 꽃이 핍니다. 그러니 지금 이 자리에서 버티지 말자고요. 늙음을, 나이듦을 기꺼운 마음으로, 즐거운 마음으로 받아들여지자고요. 그렇게 사는 것이, 순리를 따르며, 그것을 서운해 하거나 허무하게 생각할 것이 아니라, 나이 들어감이 대견스럽다, 아름답다고 진심으로 받아들여야 합니다. 인생은 지금이 가장 아름답습니다. 겹동백이 촘촘한 꽃잎들로 아름다움을 뽐내듯이 인생의 주름은 아름다운 삶의 경륜입니다. 겉은 주름져도 속은 촘촘히 지혜로 채우며 살았으면 합니다. 오! 자랑스러운 주름이여.

# 우선멈춤

–멈추어야 제대로 발견하는 소중한 시간들

초판 1쇄 인쇄 2019년 12월 01일
1쇄 발행 2019년 12월 10일

지은이 | 최복현

펴낸곳 | 도서출판 제이케이(보보스, 작은씨앗)
펴낸이 | 고정남
디자인 | 박원섭
마케팅 | 박광규

등 록 | 제2018-000075호(2018. 7. 10)
주 소 | 서울시 강서구 허준로47, 209동 402호(가양2단지 성지)
전 화 | 031-941-8363
팩 스 | 031-941-8364
이메일 | jk-books@daum.net



ISBN 979-11-966280-0-0 03810